PIERRE ALCOPA

COSMOGONIE

ROMAN

L'auteur n'est pas le mieux placé
pour les corrections. Aussi demande-t-il
au lecteur à l'œil sagace un peu d'indulgence.

© Pierre Alcopa, 2017.
ISBN : 978-2-322-09992-4

Garde toujours dans ta main la main de l'enfant que tu as été.

Cervantès

Halètements d'un train à vapeur dans la nuit tendre. La palpitation de la lumière animait sur le plafond d'une chambre d'enfant l'image vaporeuse d'une longue fenêtre à rayures horizontales. La cadence régulière du train s'éloignait à mesure que la fenêtre aux contours fondus glissait se dissoudre dans l'angle obscur d'un mur. L'embrasure de la porte de la chambre se découpait sur un couloir flavescent, faiblement éclairé par le luminaire d'une autre pièce. Ombre furtive d'un homme dans le couloir rouge sang. Sons d'un corps féminin se mouvant dans la salle de bains : crissement du grand zip d'une paire de bottes en cuir brut ; chuintement des bas de soie végétale sur la peau ; craquements des articulations ; bruissement de la robe de tergal ; froufrous des sous-vêtements en tulle. Douces sonorités rendant sensible, les yeux grands fermés, la texture duveteuse de la peau d'une silhouette féminine, maintenant nue, se faufilant à la suite de l'homme dans la chambre à coucher mitoyenne à celle de l'enfant. Sans bruit, la porte se refermera à clef.

L'enfant regardait le mur sombre mitoyen derrière lequel le silence geignait aussi fort que cette étrange douleur qui naissait en lui : la jalousie.

Tard dans la nuit, dans l'embrasure de la porte de la chambre de l'enfant, petit à petit, se recomposait la silhouette de la femme nue, chevelure cuivrée remontée sur le haut du crâne, chignon habilement torsadé qui tenait avec une seule épingle coudée.
— Tu ne dors toujours pas mon fils ?
Pierre répondait non. La silhouette s'approchait doucement. Mouvement de bascule des hanches. Cris d'un train à vapeur dans la nuit. Les lattes de la fenêtre ondulaient sur le corps. Sur le plafond s'écoulait l'ombre dédoublée de la mère. Elle se penchait vers Pierre. Elle lui parlait, tandis

que le train s'éloignait dans la nuit, tendre rumeur superposant à sa voix comme une autre voix. Pierre sentait s'exhaler de la bouche de sa mère – dans l'obscurité, ses lèvres fines paraissaient noir d'encre – l'haleine d'une autre personne. Il en éprouvait du dégoût.

— Tu sais, lui disait sa mère, si un jour, en allant aux toilettes, tu vois couler du sang, il ne faudra pas t'en inquiéter. Ce sera normal, car tu grandis.

En regardant sa mère qui lui parlait doucement, Pierre avait la sensation de voir en filigrane sur son visage celui d'une autre femme, un visage plus âgé, double figure qui s'approchait de lui pour l'embrasser sur la bouche. Sa mère lui murmurait qu'il fallait dormir maintenant, sinon, demain, il ne pourrait pas se lever pour aller à l'école. Puis elle ajouta qu'elle était trop fatiguée, ce soir, pour qu'il dormît avec elle : il bougeait beaucoup trop dans son sommeil. Derechef, elle voulut l'embrasser sur la bouche ; mais Pierre esquiva son geste. Alors elle lui baisa la joue, très fort, puis se retira. Pierre la regardait s'éloigner irrémédiablement de lui. Gêné, il détournait ses yeux de la large croupe bosselée de sa mère. Après qu'elle eut éteint la salle de bains, Pierre entendait le son mat de ses pieds nus sur le carrelage du couloir.

C'était désagréable d'être pris pour un idiot par sa mère. Pierre avait très bien compris que sa fatigue n'était qu'un mensonge derrière lequel se dissimulait l'homme qu'elle avait décidé de mettre dans son lit cette nuit-là. Et elle n'aurait pas besoin de lui dire, le lendemain matin, que cet homme qu'il avait entr'aperçu dans son lit en allant aux toilettes, cet homme tout de noir vêtu, c'était juste un ami qui se reposait. Car il savait très bien, malgré son jeune âge, ce qui se passait entre un homme et une femme dans une chambre à coucher : à l'intérieur du tiroir de l'armoire de sa mère, il avait découvert, parmi les entrelacs d'un sautoir de perles fines, une petite bague en argent au chaton finement ciselé en forme d'une femme et d'un homme nus, enlacés par l'étreinte sexuelle – cela avait été pour lui une découverte essentielle, une *révélation*, comme plus tard la découverte de la masturbation, avec cette étrange impression fugace, brutalement émouvante, de retrouver la mémoire d'un temps perdu depuis peu.

    Pierre avait sorti de dessous son oreiller un magnétophone à cassettes, avec lequel il avait enregistré *L'Oiseau de Feu*. Lorsqu'il avait étudié en classe cette œuvre, des flots impétueux d'images fantastiques avaient surgi en lui. Cette musique lui donnait accès à d'autres mondes. Un jour, alors que le téléviseur était allumé sur l'image d'une pendule en forme de spirale infinie (sa mère allumait toujours la télévision une demi-heure avant le début des programmes de midi), reconnaissant l'air de *L'Oiseau de Feu*, Pierre s'était précipité dans sa chambre pour prendre son magnétophone. Le cœur battant, le micro plaqué contre le haut-parleur en façade du téléviseur, il écoutait attentivement chaque note de musique aller sauvagement se fixer à jamais – croyait-il – sur la bande magnétique qui se déroulait en couinant à l'intérieur de son boîtier en plastique bouton d'or.

    La tête bien enfoncée dans l'oreiller rebrodé de ses initiales (PA), Pierre écoutait sourdre de la ouate une *danse infernale*. Scherzo ! Il s'abandonnait dans les bras des princesses qui lui chantonnaient au creux de l'oreille :

>   Être comme sa mère
>   Saigner comme une femme
>   Saigner comme la mère
>   Être comme une femme
>   N'aie pas peur, *Pierre Pierre*
>   Le voyage commence…

Une immensité noire. Le noir de l'origine. Peu à peu, des étoiles… des centaines… des milliers de milliards d'étoiles d'intensité variable… L'une d'elles grossissait, devenant beaucoup plus brillante à mesure qu'elle paraissait se déplacer, créant autour d'elle un halo vaporeux irisé de chaque côté de deux minuscules étoiles, en fait deux petits phares qu'arborait un vaisseau blanc en forme de sphère tronquée à la base et percée d'un large hublot ovale. Sur les flancs du vaisseau, quatre petites fusées directionnelles, disposées en croix, lui permettaient de pivoter sur lui-même, de se déplacer de haut en bas, sur les côtés et d'avant en arrière. Le vaisseau filait à travers l'espace à plus de 28 000 km/h.

À l'intérieur du vaisseau, un astronaute, engoncé dans un rutilant scaphandre rouge sang, manipulait quelques touches et manettes, tout en contrôlant des données chiffrées que des écrans lui affichaient. La visière de son casque reflétait tous les voyants lumineux du tableau de commande, créant sur son visage des sortes de maquillages primitifs qui variaient selon les parties du tableau qui s'activaient. Des bruits électroniques crépitaient. L'oxygène, qui alimentait la cabine et le scaphandre, chuintait en continu. L'astronaute, véritable Homo-Spatialis, paraissait faire partie intégrante de cette bulle de très haute technologie. Seule sa respiration, calme et rauque, rappelait son origine animale. Stoïque, tantôt il regardait droit devant lui l'immensité étoilée à travers laquelle son vaisseau filait ; tantôt il scrutait tel ou tel écran de contrôle, afin d'ajuster de nouveaux paramètres en pianotant sur quelques touches lumineuses. Ainsi occupé, sa dépense d'énergie ne dépassait pas 52 kcal/h.

Une inquiétude venait peu à peu assombrir le visage monolithique de l'astronaute. Ses sourcils épais se fronçaient. Son regard noir se fixait avec intensité sur une petite chose lumineuse, mais imprécise, qui se déplaçait doucement, perdue dans l'immensité étoilée. Une alerte s'alluma sur le tableau de commande. Une alarme se mit à hululer. L'astronaute regardait nerveusement chacun des écrans de contrôle. L'un d'eux affichait un point d'interrogation blanc sur fond bleu azur. Le tableau de commande clignotait de partout, comme affolé. À travers le hublot, l'astronaute voyait que le vaisseau, malgré les paramètres qu'il entrait dans son ordinateur quantique de bord, allait droit vers la chose lumineuse. Et à mesure que le vaisseau s'en approchait, la chose dévoilait ses formes. Frappé de stupéfaction, l'astronaute ne cillait plus. Les formes qui se révélaient doucement à lui, dans un bain de lumière crue très blanche, étaient celles d'un corps humain gigantesque.

Une multitude de points d'interrogation de toutes les couleurs clignotaient sur les écrans de contrôle avec précipitation, projetant des spectres d'angoisse animale sur le visage pétrifié de l'astronaute. Incapable de réagir, il laissait son vaisseau s'approcher lentement de ce corps humain géant, et dont les formes se révélaient être féminines. L'astronaute en était certain : il avait vu sur les écrans du loisir des corps féminins – certes surréels, car miniaturisés, découpés et cadrés pour en faire des images. Mais il était sûr de ne pas se tromper : ce corps était bien celui d'une géante. Et cela n'était pas une hallucination, puisque l'ordinateur réagissait en lui balançant des points d'interrogation dans les yeux et des alarmes dans les oreilles – à en devenir sourd et aveugle.

À l'aide de ses petites fusées directionnelles, le vaisseau évoluait lentement au-dessus du ventre, vaste plaine où les petits seins se dressaient comme des montagnes sauvages. Puis il obliqua sur un côté, et se retrouva sous le dos à suivre les pointillés osseux de la colonne vertébrale, jusqu'à l'opulente croupe, remontant ensuite face à la vulve, les puissants phares éclairant à travers la broussaille noire la béance rouge humide. L'astronaute enfonçait nerveusement les touches lumineuses. Mais le vaisseau ne lui répondait plus. De lui-même il survolait le visage de la femme, se dirigeant vers l'un de ses grands yeux pers, puis pénétrant à l'intérieur pour se perdre dans la vaste pupille. Et le noir le plus noir enveloppa le vaisseau.

PARTY-GIRLS ONE

1

— Pourquoi vous me matez comme ça ? s'écriait une jeune femme enveloppant sa nudité de latex dans un peignoir bleu turquoise.
— Parce que c'est mon travail ! répondait Pierre Aporia, l'enfant-homme, l'œil prédateur dissimulé derrière une grosse caméra Kalos Haute Définition, cette machine à disséquer le monde et le Temps.

Pierre Aporia venait de filmer – sans conviction aucune – un plan général d'une *scène de lit*, comme on disait par euphémisme dans le métier. Bien que le *rapport sexuel* fût totalement simulé – mêmes gestes, mêmes gémissements inlassablement répétés et filmés, sans que les acteurs fussent ensemble en dehors des plans larges (la scène comportait au total 43 plans) –, à la demande de Pierre Aporia, et pour des questions tout à la fois éthiques et artistiques, l'intimité de la jeune femme (Pierre Aporia avait choisi cette actrice pour de mauvaises raisons : ses grands yeux de biche et sa gouaillerie lui avaient rappelé sa jeunesse et sa passion-chaste avec une fille de sa Cité populaire) était protégée par un pourpoint de latex chair, reproduisant dans les moindres détails une généreuse poitrine aux larges aréoles sombres, un petit ventre rebondi, un sexe violâtre et buissonnant, des fesses pleines, des cuisses fuselées et satinées, un corps plus vrai que nature duquel les yeux les plus sagaces (trente paires d'yeux régnaient sur le plateau du tournage) pouvaient y discerner duvet, vergetures, plis, veines, fossettes cellulitiques et gouttes de sueur. Le partenaire masculin arborait un maigre corps de latex, imberbe et bien membré (l'organe brun-rouge avait l'étrange aspect grenu et veiné d'un objet contondant paléolithique, le méat obscur excrétant de violentes protubérances au teint d'albâtre). L'acteur portait une paire de lunettes à la monture noire et carrée, et dont les verres avaient été traités afin de refléter le visage et le corps de l'actrice lorsque la caméra était sur lui.

Les techniciens s'activaient à préparer le plan suivant : contre-champ du précédent très complexe, car l'on devait avoir, en premier plan, le lit d'acier chromé sur lequel le couple copulerait, et, dans la profondeur de champ, une large baie où ruissellerait du sang, ainsi que sur les buildings de carton-pâte se découpant sur une brume orangée d'hydrocarbures. Durant cette longue mise en place, la rumeur avait circulé que, lors de la prise de vue précédente (plan d'ensemble sur la femme de dos, accroupie sur l'homme, avec l'image murale noir et blanc, à la tête du lit, d'une explosion atomique), et malgré leurs combinaisons de latex, « les deux comédiens l'avaient fait pour de vrai ».

— Qu'ils ont fait quoi ? lançait Pierre Aporia, avec agressivité, à la femme qui se trouvait tout soudain près de lui.

Vexée, celle-ci se détourna pour dissimuler ses joues qui s'empourpraient. Honteux de sa réaction impulsive, Pierre Aporia lui disait :

— Pardonnez-moi... Je suis fatigué, fatigué... fatigué...

La femme se retourna et se rapprocha, doucement, pour lui donner un baiser sur la joue. L'empreinte sanguine de ses lèvres charnues luisait sur la peau garnie de poils gris, soyeux et fins.

— Tu en auras besoin, murmurait-elle en s'éloignant dans le décor de carton-pâte.

Elle portait une jupe droite mi-cuisse semée de grosses fleurs bleu turquoise sur fond carmin, et qui lui moulait au plus près sa croupe large et rebondie. Sa silhouette ondulante fondait dans l'obscurité d'une partie des coulisses du décor. Un rai de lumière, provenant d'un projecteur qu'un technicien manipulait, détourait du fond noir glacial sa chevelure aux belles boucles blondes. Pierre Aporia ne se souvenait pas avoir déjà vu cette femme. Pourtant, il avait l'impression de l'avoir toujours connue ; de tout savoir sur elle… jusqu'à son odeur.

En écoutant son pas cadencé s'éloigner, Pierre Aporia regardait le sang épais s'écouler doucement sur la baie vitrée et sur les buildings de carton-pâte. Une voix intérieure maligne lui murmurait que c'était pour de faux. Ce n'était pas du sang, mais de l'hémoglobine. Et il y en avait tout un camion citerne.

La comédienne était allongée à plat ventre sur le lit à coucher, le visage face à l'énorme caméra Kalos Haute Définition. Derrière elle, un accessoiriste pointilleux réglait sur le comédien impossible le mécanisme d'éjaculation de son faux sexe en érection perpétuelle. Sur le clap électronique, un assistant paramétrait les numéros en diodes rouges du plan et de la prise :

COSMOGONIE
PLAN 223 – PRISE 7
INTERIEUR / EFFET JOUR

Après avoir enclenché l'électrophone diffusant *L'Oiseau de Feu*, Pierre Aporia ajustait des trames de diffusion, de différentes densités, sur un petit projecteur qui éclairait le visage de la jeune femme, et sur lequel de grosses larmes irisées glissaient doucement.
— Pourquoi pleurez-vous ? demanda Pierre Aporia surpris.
— Pour vous ! répondit la jeune femme.
— Pour moi ? Mais pourquoi se faire du mal pour quelque chose qui n'existe pas et n'existera jamais ?

En regardant les larmes brûlantes s'écouler des yeux rougis par une blessure primitive réouverte, peu à peu, Pierre Aporia perdait pied.

— Bientôt, disait-il, vous me demanderez de vous gifler, de vous insulter, de comploter avec votre partenaire des choses à votre insu, pour vous faire sortir de vraies larmes, pour vous faire *jouer* comme dans la *vraie vie*. D'être manipulée par moi et violée par la caméra, ça ne vous suffit pas ?

— Je ne peux travailler autrement, pour que l'émotion soit juste et sincère…

— Mais moi, j'ai toujours pensé qu'au cinéma la vie prenait vie par le spectateur rendu voyant par le cinéaste. On doit proposer du symbolique…

— Peut-être êtes-vous entré dans le cinéma comme on entre en religion. Ce que le public veut maintenant c'est de la chair et du sang ; et je suis prête à me laisser dévorer par lui, comme je suis prête à aimer véritablement cet homme avec lequel vous voulez que je fasse semblant de baiser.

— En agissant ainsi vous allez vous faire du mal, vous allez vous détruire petit à petit. C'est un métier dangereux : il faut travailler avec la raison et non avec l'irrationnel. Tout cela doit rester ludique. Léger. Intelligent. Mettre sa peau en jeu, c'est bon pour les idolâtres du culte Judéo-Chrétien de la souffrance.

— Moi j'aime ce qui est gluant ! Je ne veux pas être une Icône asexuée. Je suis *un corps-ouvert* et je travaille avec ça ! Vous vous posez trop de questions. Et vous êtes dans le déni : vous ne vous rendez pas compte que vous ne croyez plus en la magie du cinéma : faire vrai avec du faux et faire faux avec du vrai. Alors, cette magie étant morte, prenez-moi Maître Pierre ; ceci est mon corps et là-dessus bâtissez votre œuvre.

« Je suis fatigué, fatigué… fatigué », se disait à part lui Pierre Aporia, l'enfant-homme. « Je crois que je ne suis pas fait… plus fait pour ce métier… » Fuir, en quatrième vitesse, de cette boîte de Pandore qu'était devenu ce plateau de cinéma. Fuir, non parce que la vue et les propos de cette jeune femme l'effrayaient soudainement, mais, parce que, comme un vertige venait vous saisir sans prévenir, c'était comme s'il venait de se réveiller d'un long sommeil. Que faisait-il ici ? Qui étaient tous ces gens qui le regardaient ? Où était-il ? Pourquoi avait-il si peur ? Et cette fatigue ? Cette douleur dans le plexus ? Que faisait cette femme en pleurs, les cuisses entr'ouvertes, les yeux révulsés ? Qu'attendaient tous ces gens autour d'elle ? Pourquoi la regardaient-ils ? Pourquoi regardaient-ils sa croupe comme le fruit d'un carnage ? Que voulait cet homme impassible, au phallus de latex dressé comme une arme et qui excrétait laborieusement une épaisse substance blanche, en émettant un son gluant, un bruit visqueux comme un corps en décomposition accélérée ?

Pierre Aporia, l'enfant-homme, sentait sur sa joue la chaleur sauvagine de l'empreinte du baiser disparaître en lui à mesure que le couple s'abîmait dans le tumulte d'une *danse infernale*. Et c'était comme si les fausses gouttes de sueur, qui perlaient sur les corps perdus au fond du lit à coucher et drapés d'un tissu de mensonges, s'écoulaient sur tout son visage ; puis, mélangées au faux sang de la baie panoramique, venaient ruisseler sur tout son corps. La bulle hypertrophiée de tout ce qui avait structuré son dogme des images venait d'éclater.

Pierre Aporia avait très froid. Il avait très peur aussi… de ce qu'il pouvait y avoir derrière les images. Il comprenait qu'il ne pourrait pas continuer à vivre sans le voile des illusions.

2

Pierre Aporia, l'enfant-homme, poussait un hurlement de panique dans cette obscurité qui l'enveloppait comme un linceul moite. Une voix féminine lui disait ces mots :

— Vous avez eu un accident ! Vous avez mal quelque part ? Pouvez-vous bouger ? Monsieur Laporia, vous m'entendez ?

« Mais, que raconte cette femme à la voix âpre et rauque ? C'est Aporia mon nom. Pierrot, Pétrus, Vieux-Gars, Le Pierre, Monsieur Cinéma, Monsieur Pierre, ce sont les sobriquets-diminutifs usités par celles et ceux qui avaient – et qui ont encore – peur de m'appeler par mon prénom. Pourtant, *Pierre*, ça sonne plutôt bien… J'ai toujours aimé mon prénom. Enfant, le soir, dans mon lit, je me le répétais à l'infini… *Pierre*… *Pierre*… *Pierre*… jusqu'à sentir tout mon être s'incarner dans le son qui s'exhalait de ma bouche. Une petite extase contenue dans un monosyllabe. Et j'en retrouvais les traces fossiles, de cette extase, lorsque j'entendais une personne me nommer. Surtout lorsque c'était une voix féminine, car la voix féminine pénètre tous les mystères du monde, même ceux contenus dans ce monosyllabe de *Pierre*, me dévoilant ainsi cette vérité irréfutable : que c'était bien moi, moi seul, qui avais décidé de vivre une singularité de *Pierre* sur cette planète, et quels qu'eussent été mes parents. Même sans volonté divine, j'existerais. Et cela s'était toujours vérifié, même adulte, même tout de suite maintenant ce petit miracle d'avaler et d'être le son *Pierre* pourrait se produire, si cette femme à la voix âpre et rauque me nommait par mon prénom. Allez ! courage… Dites *Pierre mon Pierre* au lieu de me parler d'accident, d'hyperventilation, de tachycardie, de coma dépassé et autres barbarismes… Tiens ! le noir devient blanc… Petit à petit, cette voix âpre et rauque prend la forme d'une silhouette aphrodisiaque, galbée dans une blouse toute blanche, très belle silhouette vaporeuse penchée au-dessus de moi, les mains, asséchées par les désinfectants, appuyées sur mon plexus solaire, jolis petits seins dans l'échancrure de la blouse, un grain de beauté flottant sur la peau du sein droit dont la blancheur évoque l'illimité, blanc cosmique sur lequel de minuscules taches pourpres éclosent, tels des coquelicots dans un champ baigné de soleil ardent… Ô … de ma bouche vient de jaillir un flot rouge… Et sur le sol à damier noir et blanc s'étale la chute d'un drapé de sang, comme sur le ciel, au crépuscule, lorsque le Soleil meurt avant de descendre dans la Terre. Je n'ai qu'environ cinq litres et demi de sang ! Mon Temps est donc compté. »

À bord de sa D.S.Argo filant à très grande vitesse sur l'autoroute (l'aiguille rouge du compteur dépassait les 180 Km/h), Pierre Aporia, le front bas, regardait en dessous ce magnifique Soleil couchant qui se reflétait sur ses lunettes à monture noire et carrée. Il se souvenait, enfant, alors qu'il contemplait un coucher de Soleil pendant un embouteillage sur l'autoroute du retour des Juillettistes, avoir été saisi d'une fulgurance qui devait le réconcilier à tout jamais avec ce sentiment d'injustice lié à sa propre finitude : le Soleil, dans quatre milliards d'années, allait mourir. Ainsi, il n'y avait donc pas que lui de mortel. « Tout ça disparaîtra donc un jour ! » s'était-il dit en regardant ce monde qu'il avait cru *être* pour l'éternité, mais sans lui.

Pierre Aporia faisait corps avec sa D.S.Argo. Son vaisseau-bulle, comme il disait, était une sorte de cinéma-ambulant : le mouvement du paysage de par et d'autre de l'habitacle, la vitesse de défilement de la route et des bordures, le bourdonnement du moteur, la sono à plein volume le mettaient dans un état de transe hypnagogique dont il avait besoin, chaque jour, avant d'entrer sur un plateau. Se

sentir plein d'images. Mais, à cet instant, Pierre Aporia, l'enfant-homme, ne se rendait pas aux Studios Scotchlood pour y travailler. Il roulait sans but. Le plus vite possible. Fumant cigarette sur cigarette, la colère roulait dans son cœur : ayant congédié la comédienne, le tournage était suspendu, au grand désespoir de sa productrice Marie Saint-Silver. Trouver une autre actrice, retourner toutes les scènes avec elle, reconstruire la baie panoramique de la chambre à coucher, parce que l'autre avait été souillée par des litres et des litres d'hémoglobine, cela allait prendre beaucoup de Temps, et, dans le cinéma, univers cruel où rien ne repoussait après son passage, le Temps c'était de l'argent. Mettre à profit ce Temps pour repenser tout le film ?
— Je suis fatigué, fatigué… fatigué, marmonnait Pierre Aporia, l'enfant-homme, une cigarette pendue à ses lèvres.

Sa D.S.Argo, son cinéma-laboratoire-ambulant, était devenue un véritable fumoir où les notes infernales de *L'Oiseau de Feu* flottaient de volute en volute, si glissant selon leurs formes, rejouant ainsi avec la Théorie des Ensembles, jusqu'à ce que l'ombre de la nuit recouvrît tout.

La Brasserie Ariane, où Pierre Aporia s'était arrêté pour dîner, était envahie par la fumée des cigarettes. Cela l'étonnait un peu de voir que tous les clients fumaient en mangeant. N'était-il pas interdit de fumer dans les lieux publics ? Mais Pierre Aporia n'avait d'yeux que pour la serveuse : elle était grande, de forte ossature, la bouche chevaline, la silhouette callipyge. Sa chevelure d'or, remontée sur sa tête en un chignon de boucles indisciplinées, était traversée par un crayon de couleur rouge sang.
— Un petit dessert ? lui demandait-elle, en se penchant en avant afin de retirer les couverts de dessus la table en formica rouge. Elle pouvait se voir dans le reflet des lunettes à

monture noire et carrée de Pierre Aporia, lequel observait un grain de beauté se trémousser sur le dessus du sein droit satiné de sueur et libre de ses mouvements – comme celui de gauche – sous un chemisier de coton blanc échancré. Relevant ses yeux noirs par-dessus ses lunettes, Pierre Aporia demandait à la serveuse :

— Cela vous intéresserait-il de jouer dans un film ?
— Il plaisante ! riait-elle.
— Non, je suis très sérieux.
— J'n'ai pas l'temps de discuter : y a trop de monde. De toute façon, vous seriez très déçu : je ne suis pas photogénique et je suis très timide.
— La photogénie ou la cinégénie c'est mon problème…
— Je ne sais pas quelle idée vous avez derrière la tête, mais je dois aller travailler. Vous perdez votre temps, vous dis-je. Je ne sais pas jouer, moi !
— Vous jouez très bien votre rôle de serveuse… Je ne vous demanderai pas d'être comme une actrice avec une technique d'actrice, des tics d'actrice, des poses d'actrice, des caprices et des angoisses d'actrice, il nous faudrait des mois pour gommer tout ça. Non, je vous demanderai juste de ne rien faire. Être comme un modèle. Être neutre. Pour faire un peu pompeux : juste être l'égérie de l'imaginaire des spectateurs. Ce sont eux qui se joueront votre personnage. Vous serez le fil de tension qui les conduira au beau, à la magie de leur monde intérieur…
— Vous êtes fou ! Et c'est difficile de ne rien faire vous savez !
— Vous avez l'air d'une bête curieuse, pleine de ressources.
— La bête a du boulot sur la planche !
— Je comprends… Excusez-moi… Je vous laisse ma carte… Réfléchissez… Chacun peut, au moins une fois dans sa vie, laisser s'exprimer, sous un masque, le démon créatif qu'il a à

l'intérieur de lui. C'est cette aventure que je vous propose : jouer avec votre démon. Être vous-même. Renaître à soi.
— Vous aimez jouer avec le feu, vous ! J'y réfléchirai… Il prendra un dessert ?
— Juste un café… Un café bien serré !

En regardant par-dessus ses lunettes la serveuse s'éloigner dans l'atmosphère embrumée de la Brasserie Ariane, Pierre Aporia écoutait sa petite voix intérieure l'interpeller : « Tu vois, mec, ce n'est pas bien difficile. Il suffit juste de laisser faire les choses, puisqu'il n'y a pas de hasard. Une serveuse dans un film à plusieurs millions de Dol', ça va faire jaser : "Pas crédible ! Il se retranche ! Il se couche ! Il veut refaire comme quand il était jeune !" Depuis, en effet, tu t'es bien égaré, fourvoyé, trompé, englué, voire totalement embourbé dans l'Image. Mais comment faire un film autrement ? C'est-à-dire sans mentir, sans ajouter du mensonge au mensonge qu'est déjà une image ? Comment filmer toutes les choses à partir du Dire Véritable ? Comment offrir une mise à nu crue, frontale ? Comment représenter toutes les choses telles qu'elles sont, telles qu'elles nous apparaissent, sans aucune création qui aurait pour but de faire surgir une réalité cachée ? Il n'y a pas de réalité cachée, seulement une paresse de nos sens. Ne plus filmer ? Car filmer c'est truquer le monde, puisqu'on le réduit à un *instant scellé,* éjecté de l'espace-temps, du mouvement ; même si cet *instant scellé* garde l'apparence de la vie, il n'est qu'un simulacre, un phénomène qui ne peut prendre corps que dans la naïveté, la part infantile du spectateur : son aptitude séculaire à la croyance. L'Illusion cinématographique – et aussi photographique – fonctionne sur un besoin cognitif, collectif et idéologique de croyance. Te souviens-tu, enfant, tu croyais que ce que tu voyais sur l'écran de la télévision se déroulait véritablement dans un autre monde. Et que, inversement, dans cet arrière-monde des gens te voyaient sur un écran similaire, et pas seulement lorsque tu jouais aux cow-boys et aux indiens, à l'agent secret, à la guerre… mais aussi dans ta vie de tous les jours (sauf quand tu allais aux toilettes, car, dans l'autre monde, on ne les voyait jamais aller aux toilettes, ni se laver). Un soir, ton père t'a emmené voir un western (à cette époque, pour toi, cinéma c'était la même chose que télévision, mais en plus grand). À la fin du film, le héros meurt. Puis voilà que quelques jours plus tard, tu revois ce même acteur à la télévision. Comment cela était-il possible ? Puisque ce que tu voyais sur un écran était vrai, comment quelqu'un pouvait-il mourir un jour et être de nouveau vivant le jour d'après ? On t'en expliqua la raison : ce qu'il y avait sur les écrans, c'était du bidon. C'était du cinéma. C'était ça *faire du cinéma*. De la comédie. Du trucage. Le cinéma où la réalité convaincante du faux-semblant. À partir de cet instant, tu n'as pas cessé de regarder les films à travers l'œil critique de la technique : comment ce que tu voyais était-il fait ? Jusqu'à aller reproduire avec des maquettes de ta propre fabrication, une petite caméra et un instinct visuel infaillible, certains films que tu allais voir au cinéma – cette salle obscure où, petit, tu regardais derrière toi le trou d'où provenait le faisceau lumineux magique ; et où tu voulais poser ta main sur l'écran dans l'espoir puéril de récupérer de la poussière d'images perdues. D'une certaine manière, sans jamais te l'avouer, tu n'as plus jamais cru à ce que tu voyais au cinéma. Tu te retranchais derrière la technique. Et ce qui te fascinait, c'était cette possibilité de créer un monde auquel les autres pourraient croire – et c'était leur croyance qui ressuscitait la tienne. Et voilà que maintenant tout s'effondre comme un château de cartes biseautées. Tu ne sais plus. Tu ne sais pas. Tu as peur. Cependant, tu sais que tu ne peux plus continuer ce film ainsi. Tu ne peux plus te mentir à toi-même et aux autres. Cette serveuse, si elle disait oui, tu lui vampiriserais toute sa force de vie pour en faire une abstraction, un *être-mort* sur celluloïd : une starlette, une star, une superstar... une start-up ! Et pourquoi donc ne pas la filmer sans mettre de pellicule dans ta caméra-tombeau ?... Juste pour le geste... Pour le beau... Pour l'agir... Juste pour retrouver une authenticité du regard, perdue peut-être à jamais... Juste pour changer ton regard sur toutes les choses qui aménagent le monde, et non pour en conserver une trace qui se substituerait au réel. Tu ne sais plus. Tu ne sais pas. Tu as peur, car ton désir de cinéma repose depuis toujours sur un malentendu : pour toi, le cinéma passe par les femmes... Bel hommage mec, oui, mais cela revient à dire aussi que, pour toi, les femmes ne peuvent passer que par le cinéma. Tu ne peux les aimer qu'à travers l'œil mort du cinématographe : l'icône. Il y a très peu de femmes, dans ta toute petite vie névrotique, qui ne sont pas passées devant ta caméra. Au fait, en arabe, El Kaméra, cela veut dire le pénis ! »

Et dans la nuit, sous un choc violent, apparaissait en forme d'éclairs l'éclat du feu. Il y avait moins de personnes dans la Brasserie Ariane zébrée de puissantes lueurs d'orage. La patronne avait éteint les lumières du bar, auquel s'appuyait une femme brune, coupe au carré *Lulu*, vêtue d'une robe mini blanche entièrement rebrodée de cristaux, et remontée effrontément sur la cuisse droite, car la femme avait posé son pied chaussé d'un escarpin noir à talon aiguille sur le marchepied qui longeait le zinc. Le poids du corps, nu sous la robe, reposant sur la jambe gauche – au pied de laquelle se frottait un chat noir – abaissait l'épaule gauche et remontait le fessier, aux courbes pleines et harmonieuses. La femme terminait de boire un alcool fort, en tirant par moment sur son fume-cigarette en émail écru. Tels les filaments d'une nébuleuse cosmique, la fumée se déplaçait doucement devant son visage ovale, rehaussé de tons chauds par la crémation intermittente de la cigarette. D'une voix posée, douce et rauque, elle racontait à la patronne – laquelle écoutait en essuyant des verres – que des scientifiques électrocutaient des rats dès qu'ils entraient dans une chambre noire. Ainsi, après plusieurs électrocutions, les rats n'osaient plus entrer dans celle-ci. Une fois un des rats mort, les scientifiques prélevaient une substance dans son cerveau. Puis ils injectaient cette substance dans d'autres rats. En renouvelant l'expérience de la chambre noire, ils s'aperçurent que les rats injectés n'y entraient pas, alors que les rats non injectés y entraient. Les scientifiques en avaient déduit qu'il y avait une *molécule de la peur du noir*.

En observant par le triangle du décolleté dorsal le fin ciselé de la colonne vertébrale de la femme, Pierre Aporia revoyait un souvenir qui ne s'était jamais départi de lui, et auquel il pouvait volontairement faire appel pour repousser un vague à l'âme : dans un ancien abri antiatomique transformé en boîte de nuit monochrome, assis au fond d'un fauteuil bas au bord de la piste de danse, il avait passé un long moment, comme hypnotisé, à regarder en contre-plongée une jeune femme, moulée dans une robe de cuir blanc, se déhancher impétueusement au-dessus de lui, sur le rythme déchaîné d'une musique de métal-hurlant en fusion.

Au fond de la salle à manger de la Brasserie Ariane, dans la pénombre, la serveuse commençait à retourner des chaises sur les tables, pour passer plus facilement le balai et ensuite la serpillière. L'orage grondait. Chaque éclair illuminait la salle, la découpant d'ombres menaçantes. Un petit téléphone à cadran sonnait sur le comptoir. La patronne décrocha. Puis, elle fit signe à Pierre Aporia que l'appel lui était destiné. Surpris, il porta sa main sur sa poitrine, demandant si c'était vraiment pour lui, alors que personne ne

savait qu'il se trouvait en cet endroit perdu. La patronne acquiesça. Alors, il se leva, et alla jusqu'au comptoir…
— *Pierre…* murmurait une voix féminine dans l'écouteur.
— Sol'Ange !… T'as une petite voix…
— C'est à cause… Nathalie Nathalicia…
— Oui ?
— Elle est morte…
— Morte ? Mais comment ?
— Suicide… On l'a retrouvée chez elle cet après-midi…
— … … …

Pierre Aporia n'arrivait plus à articuler un mot. Il ressentait une forte tension nouer sa gorge, et sa poitrine était comme perforée d'un trou par lequel s'échappait tout l'air de ses poumons goudronnés par le tabac. La Brasserie Ariane n'existait plus. Elle fondait dans l'obscurité. Seul existait ce revêtement de formica rouge du comptoir, où la lueur d'un éclair glissait lentement. Pierre Aporia regardait cette lueur avec intensité, comme si son être au monde en dépendait. Il n'entendait plus Sol'Ange lui dire qu'elle le rappellerait plus tard. Sans quitter des yeux le déplacement lumineux de l'éclair, il reposait le combiné. Le Temps avait dû s'arrêter. Des flots irrépressibles d'images mentales de Nathalie Nathalicia se télescopaient sur l'écran douloureux de la mémoire : elle riait ; elle pleurait ; elle jouissait ; elle parlait ; elle embrassait ; elle pissait ; elle caressait ; elle lisait ; elle criait ; elle écrivait ; elle écoutait ; elle vivait… Encore et encore… Les larmes aux yeux, Pierre Aporia approchait doucement son visage de la lueur de l'éclair qui se diluait, petit à petit, dans le formica rouge.
— Est-ce toi, Nathalie Nathalicia ? C'est toi, ô bel mannequin, qui viens me rendre un dernier salut ?

3

La D.S.Argo fonçait dans la nuit humide, toute constellée d'éclairs qui illuminaient, en de courts instants, la route longeant une côte escarpée, où de très hautes vagues chargées d'écume venaient s'y déchirer dans un grondement qui se mêlait à celui du tonnerre. À travers le pare-brise nimbé d'eau, Pierre Aporia distinguait à peine la route. À chaque éclair, sur sa droite, il voyait, avec une crainte primitive, la mer furieuse surgir des ténèbres, pour y être engloutie aussitôt. Un vent puissant secouait la D.S.Argo mugissante, et Pierre Aporia avait peur de se retrouver projeté en pleine mer. Penché en avant, tenant fermement le petit volant gainé de cuir, il essayait de bien fixer la ligne discontinue tracée sur l'asphalte et qui ondoyait sous la pluie battante, comme la courbe d'un sismographe. Il essayait, car les larmes qui noyaient par intermittence son regard – face auquel, en boucle, émergeait, puis se disloquait le beau visage de Nathalie Nathalicia – n'arrangeaient rien. Alors, après avoir relevé ses lunettes sur son front, il passait sur chacun de ses yeux, puis sur chacune de ses joues humides, le revers de sa main droite. Chaque crise de larmes entraînait avec elle son cortège d'images d'un passé révolu. Et Pierre Aporia ne cherchait pas à les réprimer : c'était comme un voyage dans le Temps, une négation de la mort de Nathalie Nathalicia, un déni plus fort que lui, une sorte de soupape de sécurité qui filtrait sa souffrance, qui l'aidait à tenir debout, à ne pas sombrer dans les affres d'un hurlement d'effroi infini, car la mort de Nathalie Nathalicia n'était pas dans l'ordre cosmique des choses qui organisent ce monde.

Telles des tours arrogantes de béton, d'acier et de verre s'effondrant sous un tremblement de terre dégageant une énergie colossale, le séisme intérieur, qui grondait en Pierre Aporia, lézardait le mur de briques rouge sang de sa mémoire, y dégageant, peu à peu, une chambre glaciale, au sein de laquelle Nathalie Nathalicia et lui avaient, jadis, perdu leur innocence en jouant avec le péché originel, à même un matelas élimé posé au sol à damier noir et blanc, grandes dalles froides qui recouvraient tout le petit appartement abandonné en l'état par la mère de Pierre – on disait qu'elle avait abandonné ainsi plusieurs appartements. Pierre fixait le beau visage de Nathalie Nathalicia. Il couvrait son corps plantureux de son long corps osseux. Sa verge, en déchirant Nathalie Nathalicia, allait puiser au fond des entrailles. C'était si chaud, qu'il pensait que son membre allait fondre. Pierre n'osait pas donner des coups de reins trop forts, même si Nathalie lui disait « plus fort ! ». Et sa belle bouche, aux lèvres charnues bleuies, restait grande ouverte. De petites volutes de vapeur s'en exhalaient. La chambre était froide, et cela stimulait l'ardeur et la fougue de leurs corps. Sur le voile de ses paupières closes, Nathalie voyait une mer primitive gigantesque s'épanouir dans son authenticité originelle. De hautes vagues aux sommets blancs d'écume s'enroulaient sur elles-mêmes, tandis que derrière elles, d'autres, poussées par un vent puissant, se dressaient, s'élevaient jusqu'au ciel de cobalt zébré d'éclairs silencieux. L'œil coruscant, Pierre regardait le ventre haletant de Nathalie Nathalicia, peau satinée duveteuse aspergée du foutre jailli de son membre empourpré. « Ne fais pas cette tête *Ôméga-Man* : c'est pas toi qui saignes, c'est moi ! C'est notre privilège à nous, les femmes vierges – paraît-il ! Tu viens d'offrir aux dieux une illustre hécatombe ! » disait Nathalie Nathalicia tout ébouriffée. Sur son visage, la sueur étincelait. Le feu flambait dans ses yeux pers. Elle regardait le sexe circoncis de Pierre. « Tu es Juif ? » demandait-elle. Circonspect, Pierre haussait les épaules. Les doigts longs et fins d'une main de Nathalie glissaient sur la verge rouge sang. Elle disait : « Il paraît que, pour le plaisir, les filles préfèrent ces bites-là ; et que c'est plus hygiénique… Alors, qu'as-tu pensé de la rencontre de nos deux cerveaux reptiliens ? » Pierre ne répondait pas. Il la regardait tendre sa main vers un slip azur et rebrodé d'un minuscule papillon sur le devant auréolé de taches. Elle l'enfila sans nettoyer le sang de son sexe. Au-dessus du lit, un vieux crucifix de bois souffrait en silence depuis les siècles des siècles. Redressée sur son séant, d'une main intrépide, Nathalie Nathalicia caressait la verge, si longue, si fine, si roide, si gluante de sang. Bouche contre bouche, Nathalie Nathalicia murmurait : « Derrière la croix se tient le Diable. » Son haleine avait l'odeur du sang. Extatique, Pierre essayait de superposer ce visage de Nathalie Nathalicia, ce visage qu'il venait de voir empreint d'une jouissance sauvagine – cette jouissance originaire qui permettait à l'étant de sauter par-dessus la chimère du néant –, il essayait de faire coïncider la grâce et la plénitude de ce visage-là, avec la précoce *maturité inquiétante* de celui en train de remonter, peu à peu, du souvenir de leur première rencontre.

Il y avait du monde dans le bus. On piétinait les uns près des autres pour descendre. Pierre laissa passer une jeune fille à la longue chevelure blonde. Il l'avait remarquée, adossée contre la vitre centrale. Son port de tête, sa grande bouche et ses ongles maquillés d'azur, l'échancrure de son chemisier, laissant deviner des petits seins fermes animés d'une houle muette, force infrangible de la nature, l'avaient ému, douloureusement, parce que ce beau-en-soi était pour lui comme perpétuellement en retrait. Leurs regards s'étaient croisés à plusieurs reprises. À chaque fois Pierre avait baissé les yeux, comme à cet instant opportun où il la laissa passer devant lui. En descendant derrière elle, Pierre s'aperçut qu'une mèche de la longue chevelure blonde s'était accrochée à l'un des boutons de son manteau noir. Ainsi attachés l'un à l'autre pour descendre du bus, Pierre essayait, fébrilement, de dénouer tous ces fins cheveux qui s'étaient emberlificotés autour du bouton. Arrivée sur la chaussée, la jeune fille, sentant une tension derrière elle ralentir son élan, s'était retournée sur Pierre, lequel, gêné, balbutiait des excuses plates tout en continuant de dénouer la mèche. Elle avait dit en souriant : « Ce n'est pas grave ! » Avec soulagement, Pierre voyait les derniers fils de cheveux se détacher du bouton. La jeune fille reculait, et d'un petit signe d'au revoir de la main droite, un sourire malicieux au coin des lèvres azur, la taille déhanchée dans un jean moulant, elle lui lançait ces mots : « C'est tout plein de dieux ici ! » Pierre, les joues empourprées par la honte et la gêne, reformulait de plates excuses, et la laissait partir de son côté, fine silhouette à la longue chevelure blonde se noyant dans la masse de l'anonymat.

Plus tard, dans un autre bus, Pierre avait tout de suite reconnu, assise du côté fenêtre, la jeune fille à la longue chevelure blonde. Elle lisait *Empédocle*. Le bus roulait vite, et la lumière du Soleil, filtrant au travers des arbres, animait sur toutes les courbes de son corps un jeu d'ombres stroboscopiques. Pierre ne savait comment l'aborder. Il s'appuya contre la vitre centrale, là où il l'avait vue la première fois. Il regardait par la fenêtre toutes ces filles arpenter la ville, toutes ces filles dont il ne connaîtrait jamais rien en dehors de la forme sensible qu'elles offraient, cette forme qui découpait le réel avec une puissance incommensurable. La jeune fille à la longue chevelure blonde le guignait par-dessus le livre. Interceptant un regard, Pierre lui répondit par un sourire timide. D'un mouvement de tête, la jeune fille lui fit comprendre que la place auprès d'elle était libre. Aussitôt, Pierre alla s'asseoir à ses côtés. Il était tendu comme un arc. La conversation, qu'elle entamait, allait l'aider à apaiser son cœur, qui tapait si fort dans sa poitrine, et dans sa gorge, au niveau de la carotide, qu'il l'entendait tambouriner dans sa tête. Elle lui parlait avec passion de ses études de philosophie (à 16 ans, elle était déjà en première année de philo ; lui, vieux gars de 18 ans, essayait laborieusement de décrocher un bac d'économie, pour aller faire ensuite une école de cinématographie). Pierre l'écoutait, tout en regardant ses grands yeux pers, puis sa bouche charnue d'où s'exhalait une douce fragrance de bonbon acidulé. Elle avait un diastème entre les deux incisives supérieures : un signe de beauté. Une jolie fossette marquait le méplat de sa joue droite quand elle souriait. Mais Pierre était surtout envoûté par l'inquiétance de sa maturité précoce. La jeune fille à la longue chevelure blonde écoutait Pierre lui parler de sa passion de cinéma. Peut-être était-elle troublée par ce visage au profil grec, arborant une barbe naissante, et par ce regard sombre et sagace, habillé d'une paire de lunettes à monture carrée noire qui lui donnait un air intellectuel. Une nuée de poussière flottait dans les rayons intermittents du Soleil. Le bus, presque vide, roulait vite. Pierre et la jeune fille avaient raté leur arrêt. Ils ne le savaient pas encore, mais ils allaient faire un très long chemin de vie ensemble…

    Pierre Aporia marchait autour de la D.S.Argo, une cigarette aux lèvres. Il regardait le reflet des lampadaires de l'aire de parking se refléter sur le sol humide. Cet espace neutre, sans âme, ce non-lieu colonisé par la technologie de l'automobile et par des images dévitalisées se dévorant elles-mêmes, lui procurait une certaine plénitude – sentiment paradoxal, car il n'aimait pas ces espaces d'oppression qui annonçaient la Cité-Idéale du Futur, où seraient abolis l'individu et le langage, où règneraient en maîtres des êtres semblables, voire unisexes, coupés de la sexualité, du spirituel, de la pensée et de la raison, mais obéissant à la Loi du Marché, socle d'idéologies alogiques pour cette nouvelle espèce façonnée dans le moule du *chacun pour soi* et enchaînée à la machine guerrière de la *dématérialisation* du monde.

Sa cigarette presque consumée, Pierre Aporia en sortait une autre d'un paquet contenu dans la pochette extérieure de sa veste noire. Les yeux convergeant sur l'extrémité, il l'allumait avec le mégot encore incandescent. Puis, d'une pichenette, il propulsa le mégot qui, après avoir tracé une belle courbe rougeoyante, alla s'écraser sur le macadam humide, pas loin d'un car militaire, en produisant une jolie aspersion d'étincelles.

Pierre Aporia se revoyait dans un bus de l'armée, lors d'une permission pendant son service militaire, après trois semaines d'enfermement dans un milieu ultra-masculin – il crut même entendre une femme marcher en talons dans le vaste couloir sonore, alors que ce n'était qu'un garçon qui, par paresse, avait enfilé ses chaussures de ville comme des savates. Pierre regardait, par la fenêtre du car, la base clôturée de barbelés s'enfoncer dans la nuit aniline. Un Mirage, phares blancs étincelants, venait se poser doucement sur la piste près de la route. Peu à peu, les arbres dressaient un écran noir ; ainsi le visage de Pierre se reflétait sur la vitre. Soudain, des taches et des traits de couleurs vives ! Et parmi ce feu d'artifice se découpaient des formes féminines. Emmitouflées dans leurs manteaux d'hiver et leurs bottes de cuir, elles arpentaient toutes, d'un pas léger et rapide, le macadam humide de la cité flamboyante. « Elles existent encore ? » s'étonnait Pierre, les yeux grands ouverts. Oui ! elles existaient toujours, en chair et en os. Et une bouffée d'oxygène pure envahissait les poumons de Pierre. Cette vision avait sur lui l'effet d'une drogue magique, comme ce jour où, dans un bus, en se rendant au Lycée, il regardait des femmes par la fenêtre – et dans ce monde où le *Marché a toujours raison*, les femmes n'ont-elles pas perdu ce lien étrange et inquiétant avec la nature de leur *être femme* en étant re-léguées, dé-placées, voire escamotées au second plan de l'ordre social taylorien du servage domestique, sexuel, consumériste, esthétique et anthropologique (devoir faire, pouvoir et espérer comme un homme) ? Et alors Pierre eut comme une révélation : il se surprenait à penser qu'il y avait un *secret* en elles, un *savoir*, et qu'un jour, il travaillerait à le découvrir. Perspective enchantée ; mais non sans danger…

Le pare-brise de la D.S.Argo devint une mosaïque blanche… qui éclata en une multitude de cristaux étincelants allant se perdre dans les ténèbres… d'où surgissait un arbre gigantesque. Tel un javelot lancé avec ardeur, et traversant de part en part le corps cuirassé d'un guerrier, la D.S.Argo traversait toute la matière végétale constitutive de l'arbre millénaire, dont la cime feuillue s'élevait vers le ciel parcouru par toute l'*en puissance* de la Voie Lactée, où une étoile venait d'éclater en supernova.

4

Pierre Aporia, l'enfant-homme, était assis sur la cuvette des toilettes : il perdait du sang. Auréoles rouge vif sur l'émail et dans l'entrelacs des fibres végétales du papier hygiénique. Une méchante petite voix intérieure lui disait que son anus était comme un petit vagin. On le lui avait bien dit, qu'un jour il saignerait comme une femme. Encore une fois, implicitement, sa mère avait exigé quelque chose de lui : être comme elle : *nié(e)* dans son propre genre.

Pierre Aporia avait eu ce qu'il nommait maintenant une mère bicéphale : sa propre mère et la mère de celle-ci. Elles étaient toutes les deux prisonnières d'un rapport amour/haine. Cette mère bicéphale était une créature qui s'auto-dévorait de l'intérieur : quand l'une des deux, vidée de son énergie, s'effondrait, l'autre lui prenait la place de mère ; et quand celle-ci, épuisée, s'effondrait à son tour, l'autre, régénérée, lui prenait la place. Et ainsi de suite… et au-delà de la mort…

À son insu, pour être reconnu, Pierre Aporia n'eut pas de cesse que cette figure autophage de la mère bicéphale ne fût *transférée* dans sa vie professionnelle, amicale, sexuelle, amoureuse – la figure était permutable en genre et à l'infini.

La vue du sang avait ouvert derechef la voie à l'angoisse. Radieuse, brûlante, elle avait fait son siège du plexus solaire de Pierre Aporia. Cela lui apprendra d'avoir localisé cette fiction qu'est l'inconscient dans cette zone, lorsqu'il avait 16 ans et qu'il commençait à lire des ouvrages sur la psychanalyse (mais, à cette époque, c'était surtout *le travail du rêve* qui l'intéressait).

À l'angoisse se substituerait bientôt la crise de panique. Il le savait. Sournoise, elle était là, tapie dans les interstices du sol à damier noir et blanc des toilettes. Et lutter contre ne servirait à rien. Pourquoi reculer pour mieux y sauter ? Autant y aller de suite. Fermer les yeux, prendre sa respiration et… aller se perdre à l'intérieur de soi-même… tremblement de peur… s'abîmer dans le labyrinthe des images en soi… salle obscure où Pierre Aporia discernait Nathalie Nathalicia à l'intérieur du cercueil, tout enveloppée d'étoffes blanches, le corps dur et froid comme une statue, les longues mains repliées sur sa belle poitrine, une rose bleue glissée entre les doigts, une ancienne montre mécanique à son bras droit, le cadran à chiffres noirs tourné sur l'intérieur du poignet, mécanisme d'horlogerie martelant de sa cadence tout à la fois déjà là et plus là le silence minéral de la tombe, chaque tic-tac ponctuant le mouvement de la Terre autour de son étoile, le Soleil.

Sous cet œil de feu qui brillait dans le ciel irradié, Pierre arpentait un champ de coquelicots, dont l'horizon frémissait dans l'air chaud. Il prenait des photographies pour les repérages de son film COSMOGONIE. L'œil prédateur dans le viseur, il voyait déjà se dresser parmi les coquelicots les croix sur lesquelles seraient crucifiées des femmes. Toutes ces croix seraient reliées à une centrale énergétique en forme de champignon phalloïde. Le champ serait entouré de barbelés. Sur un panneau électronique, l'héroïne, en fuite de la Cité-Idéale, un Magnum 357 à la main, lirait ce slogan :

LA CAPTATION DU DÉSIR INFINI ♀
EST UNE BIOTECHNOLOGIE CAPABLE
DE PRODUIRE UN CARBURANT DE SYNTHÈSE
AUSSI PUISSANT QUE L'ATOME.
VOTRE ÉNERGIE ♀

EST NOTRE SAVOIR-FAIRE.

Accroupi, Pierre tendait la main vers un coquelicot. Tout le champ bruissait sous le vent léger. « Il ne faut pas cueillir un coquelicot, sinon il meurt... » Surpris, Pierre tourna la tête en direction de cette voix féminine qui venait de stopper l'élan à son envie de coincer entre deux pages de son carnet de notes le rouge vif de cette fleur sauvage. Allongée parmi les herbes et les fleurs, les yeux en amande encore pleins de sommeil, la femme l'observait. Elle était vêtue d'une longue robe bleu azur, nouée à la taille d'une fine ceinture or ; et sa longue chevelure noire serpentait dans l'herbe. Elle souriait. Et doucement, ses yeux se refermaient... S'avançant avec délicatesse auprès de la femme, Pierre la regardait dans l'obscurité du viseur de son appareil qui prenait une image d'elle.

Un peu plus tard, en ramenant cette femme à bord de sa D.S.Argo toute ruisselante de soleil couchant, il apprit son nom : Sol'Ange Léo. Chez elle, dans une vaste pièce baignée de nuit aniline, le voyant regarder avec intérêt ses piles de livres, elle lui demanda s'il aimait ses tours. Il lui répondit qu'il était surpris de voir qu'elles tenaient debout. Une question d'équilibre de forces contraires, comme pour l'univers, lui répondit-elle en sortant deux tasses d'un buffet. Et lorsque Pierre, après avoir bu un café bien serré, décida de se lever pour prendre congé, il s'aperçut que Sol'Ange Léo lui avait d'abord dénoué, puis noué ensemble les lacets de ses chaussures – l'empêchant ainsi de mettre un pied devant l'autre – et cela sans qu'il ne s'en rendît compte, puisqu'il n'avait pas quitté des yeux son beau visage lui renvoyant ce sentiment indéfectible d'être enfin reconnu pour ce qu'il était biologiquement et non pour ce qu'il était socialement. Après un coït plein d'*audace* et d'*étonnement*, les corps encore en conjonction idéale, hors d'haleine, les pupilles dilatées,

Sol'Ange avisa Pierre qu'elle était insatiable : *une folle du cul* au sens d'accomplissement – la sexualité, cette chatoyante drogue naturelle, indicielle et apocalypse intérieure, intermédiaire d'humidité primitive entre les étants et l'indicibilité du monde.

Petit à petit, rendez-vous après rendez-vous, Sol'Ange Léo, la belle endormie dans un champ de coquelicots, sentit vite que Pierre avait peur d'elle – rêve dans le rêve où Pierre se réveillait auprès de Sol'Ange se retournant vers lui brusquement, le visage monstrueux et poussant un râle féroce. Elle comprenait aussi que son idéalisation des femmes *dit-simule* une image faussée de l'homme, puisqu'il avait vu, dès l'enfance, sa mère être battue jusqu'au sang par le père, et que cette image faussée de l'homme s'était transformée, lors de la post-adolescence, en peur panique de faire du mal aux femmes… de *rejouer* quelque chose sur leurs corps… en couchant avec elles, par exemple…

Alors que la mère de Pierre changeait les draps du lit à coucher conjugal, d'une voix froide, elle lui avait confié – alors qu'il n'avait pas encore dix ans – « que la première fois qu'on couche, c'est un choc ! » Et la première fois qu'il verra en cachette ces visages mutiques féminins figés en images sexuelles, il pensera que ces femmes avaient mal.

Cette névrose fut la source nourricière de son enfermement dans la *salle obscure*, sur les parois de laquelle s'animait le simulacre rassurant d'un monde où il pouvait *déjouer*, sur le corps métaphorisé de la mère, la blessure de l'enfant.

Quelques mois après la rencontre de la belle endormie dans un champ de coquelicots, Nathalie Nathalicia, Sol'Ange Léo et Pierre Aporia formèrent un Trio Infernal. C'était Nathalie Nathalicia qui en avait eu l'initiative. Un Trio Infernal pour éviter de se perdre et de se détruire dans le quotidien ; pour créer une *tension* qui ne permettrait à aucun des trois de se reposer sur un acquis affectif et sexuel ; pour obliger chacun des trois à se remettre en question en se retrouvant dans le regard croisé des deux autres tel qu'il était en réalité : un être humain qui fuyait constamment la vérité et qui préférait l'illusion de ne former qu'une seule entité au sein du couple conjugal, matrice idéologique auréolée de croyances et de fantasmes. Pour Nathalie Nathalicia, le Trio Infernal créait des couples de contraires permutables à l'infini ; et de cette contrariété, loin de toutes fictions, se déploierait une vie en mouvement, un toujours recommencé qui permettrait l'épanouissement de chacun, au risque de sa vie tranquille. Le lit à coucher fut le théâtre de cette conversion des esprits et des corps, expérience de vie où le Trio Infernal alla jusqu'au bout de lui-même, au bout des ténèbres de chacun. Sans écrasement de l'un ou de l'autre, sans occulter les différences, le Trio Infernal exposait sans fard la vérité de chacun en exacerbant le couple coopération/rivalité : chacun montrait sa nature où le négatif est un avec le positif. Retrouvant cette part maudite – l'animalité – chacun osait être présent au monde factuel et non plus au monde de la subjectivité collective. Et plus ils étaient présents au monde, plus ce monde les pensait en même temps qu'ils le pensaient. Chacun regardait la réalité en face, pour la comprendre *en soi*. De voir ainsi Nathalie Nathalicia et Sol'Ange Léo les cuisses trempées écartées, le sexe *ob-scène*, le visage cru, la bouche délirante, et de se ressentir vivant et pensant dans le prolongement de ces bouches délirantes, de ces sexes *ob-scènes*, de ces cuisses ouvertes comme un Ô sur la vérité effective du monde, cette sauvagerie comme fondement rendait Pierre Aporia voyant : au-delà du désir et de la peur il quittait le monde du rêve, de la subjectivité, du particularisme pour le monde en soi, *celui qui est le même pour tous*, c'est-à-dire un chemin ardu où le positif sera fatalement traversé par le négatif, loi universelle des contraires et selon laquelle ont lieu tous les évènements qui tissent le monde. Sortant de la Violence, osant la mesure de l'excès, Nathalie, Sol'Ange et Pierre coïtaient dans l'abîme de cet instant de lucidité. Coït : métaphore de la chair du monde, lutte pour sa survie, création ontologique où chacun arrache quelques belles choses à la mort immense et trouve une réponse à la question de sa présence unique au monde. Ils coïtaient sans se soustraire à ce monde indépendant d'eux, où amour haine, vie mort, dominant dominé(e), jour nuit, été hiver, bien mal, beau laid, bonheur malheur, plaisir souffrance… imprimaient dans leurs corps une harmonie contre-tendue, ne formant qu'un tout où inéluctablement reviendront amour haine, vie mort, dominant dominé(e)…, toutes les choses divisibles selon leur nature et auxquelles l'être humain est lié tragiquement. C'était cette tragédie qui se déployait dans l'harmonie contre-tendue de leurs corps sauvages, chair odorante de sueur, de cyprine et de sperme, aspersion d'une vérité crue en devenir perpétuel. Le lit à coucher grinçait la mesure de cette harmonie contre-tendue, audible pour les siècles des siècles et traversant de part en part, en ce moment opportun, le corps, en posture animale, de Nathalie Nathalicia qui soufflait de tout son *être femme* le sperme brûlant de Pierre dans le sexe fontaine de Sol'Ange, radieuse et ensauvagée par la promesse d'éternité qui s'épanouissait, comme une fleur, dans tout son *être femme* tourné vers le Soleil de la vérité. Le Trio Infernal souhaitait conjurer cette vision nihiliste qui, haïssant le féminin, montrait *les femmes accouchant à cheval sur la tombe*. Alors qu'une lumière crépusculaire s'étendait peu à peu sur leur désir de liberté sans compromis, le Trio Infernal avait compris que pour risquer de vivre son être au monde, cela s'apparentait à un combat par rapport à l'hystérie collective du monde décapité, où chacun est absent à soi et à l'autre, réduit à un objet de désir et de crainte, enfermé dans les ritournelles idéologiques et particulières du mensonge. Et ce chemin ardu de la connaissance, cette sagesse de l'écoute de la Jouissance Féminine qui traverse toutes choses et crée toutes choses, ce chemin de l'effort, ce dire et ce faire vrais passaient par le corps, membrane vivante en contact avec tous les évènements du monde. Le Trio Infernal savait que cela imposait le retrait, l'isolement, le détachement de la multitude-norme, et que cette réconciliation avec la sauvagerie native aurait pour conséquence l'angoisse absolue.

Sol'Ange, enceinte de Pierre via Nathalie, fit une fausse couche suite à une grossesse extra-utérine. Cet évènement annonçait la fin inéluctable du Trio Infernal. Quoi qu'il arrivât, ils étaient dans une mutation irréversible : ils ne pouvaient plus retourner en arrière. De tout cela, Le Trio Infernal n'avait pas vraiment conscience.

Pierre était allongé entre Sol'Ange et Nathalie. Ils étaient nus tous les trois. Sol'Ange et Nathalie se passaient mutuellement une cigarette, préalablement trempée dans de l'éther. Elles inhalaient des taffes goulues qu'elles essayaient de garder le plus longtemps possible dans leurs poumons, déjà en feu. Pierre regardait la cigarette aux volutes folles aller et venir au-dessus de son torse velu. Puis Sol'Ange et Nathalie la déposèrent délicatement entre les lèvres de Pierre. Pâles, elles le fixaient, avec de grands yeux de chair aux prunelles instinctives, la respiration bloquée pour laisser monter l'ivresse du vertige irréversible. Le Trio Infernal s'embrassait à bouches folles. Entre chaque baiser, Pierre observait Sol'Ange et Nathalie : elles ne se ressemblaient absolument pas, sauf leurs petits nez busqués. Les ombres et les clairs du grand corps de la brune Sol'Ange étaient un subtil composé de jaune de chrome sombre et de teintes carmin ; tandis que ceux du grand corps de la blonde Nathalie étaient un subtil composé de jaune de chrome clair et de vermillon. Sur elles, les yeux cernés étaient d'un très bel effet plastique : art de la parure de leurs visages crus. Le vrai d'abord ! Après avoir tiré chacune une dernière taffe sur la cigarette coincée entre les doigts de Pierre, elles se penchèrent pour aller sucer chacune un tétin émergeant des poils noirs. Leurs langues gravitaient autour de la chair vineuse et turgescente. Une petite fumée dormante s'étirait encore au sortir de leurs narines dilatées. Dans un même mouvement, Sol'Ange et Nathalie glissèrent indolemment, mais avec une froide insolence, vers la verge tendue à la verticale de *la vie la mort*. Pierre regardait son sexe, parcouru d'un lacis de veines saillantes toutes bleues, devenir peu à peu bicéphale, double bouche fellatrice encadrée de deux vagues de boucles blondes et brunes qui s'entremêlaient, se confondaient avec ce corps callipyge dédoublé, entrelacement de chair dénouant une femme aux bras et aux jambes multiples, qui se dépliait en une étoile démiurge dont la puissance de la Jouissance créait un monde féminin, où tout se meut, où tout s'écoule, où tout coule, où tout passe, où tout meurt pour naître, où le sexe est une odyssée vers la beauté crue qui se dérobe, c'est-à-dire le réel, jusqu'à atteindre dans l'anéantissement total d'un *Oui !* la fulgurance de l'origine des étants : L'Une, cette singularité primordiale vers laquelle tend fatalement l'étant, puisqu'il est désir immanent… un chaosmos de singularités infinies…

Les semaines passèrent, durant lesquelles Sol'Ange, Nathalie et Pierre, toujours dans une opposition constructive et l'acceptation de leur incomplétude, tentaient de réussir à vivre leur Trio Infernal avec, dans, mais aussi contre cette société-égalitaire qui ne voyait la liberté que d'un point du vue réactionnaire.

Puis…

Un désir, sculpté dans la forme vivante d'une matière brute, accompagna l'éclatement vertigineux du Trio Infernal vers un ailleurs inconnu. *Quand tout est joué, il faut faire des choix* : Nathalie Nathalicia quitta Sol'Ange Léo et Pierre Aporia.

Seule dans la nuit mutique, où brillait avec une forte magnitude une *étoile mystérieuse* en train de mourir, Sol'Ange Léo, la belle endormie dans un champ de coquelicots, rentrait de son travail (elle était éducatrice de jeunes enfants dans un établissement où elle avait mis en place un dispositif de relation haptonomique). Après avoir refermé la portière de la D.S.Argo de Pierre, Sol'Ange resta un moment dans la nuit enveloppante à écouter le ressac de la mer, en caressant son ventre très rond, inspirant profondément le parfum salé qui embaumait l'air humide et frais. Elle était enceinte de Pierre depuis trois mois. Leurs corps entrelacés par l'étreinte sexuelle, dans la lumière froide et monochrome d'un après-midi d'hiver, ils s'étaient abandonnés au mouvement insolite de l'oublié, jusqu'à en perdre l'haleine, un chaos des chairs et des sens d'une telle fougue primitive que le préservatif Kaïros ®, au moment opportun, s'était déchiré… et des millions de spermatozoïdes déchaînés avaient déferlé vers l'ovule afin de le déshabiller… de l'exciter chimiquement… puis, l'un d'eux l'avait pénétré… Environ six semaines plus tard, Sol'Ange vint annoncer la bonne nouvelle à Pierre. Au cœur d'un silence pur, en caressant le ventre – au tréfonds duquel il sentait implicitement toute la genèse de l'univers s'incarner dans la logique de ce vivant en gestation – il avait dit : « Si c'est une fille ce sera Luna ; si c'est un garçon Jonas ». Sol'Ange accepta. Elle choisit les seconds prénoms : Hannah et Andréas. De jour en jour, la nudité tout en Verbe de Sol'Ange enceinte était une *idéographie dynamique* qui travaillait âprement Pierre au corps. Une troublante et infinie régression *ad uterum*.

En longeant l'étang, à la surface duquel se reflétait l'*étoile mystérieuse*, Sol'Ange remontait vers la Villa Hauteville, qu'elle partageait avec Pierre Aporia depuis bientôt deux ans. Elle sentait la fatigue de sa longue journée dans le lâcher-prise de tout son corps. Une fois à l'intérieur de la maison immense, elle s'étonna de ne pas entendre de musique, de ne pas trouver Pierre à sa machine à écrire (il s'était constitué un stock considérable de rubans encreurs pour continuer d'utiliser cette machine d'un autre Temps, avec laquelle il se sentait plus libre qu'avec ses quatre ordinateurs).

Sol'Ange retrouva Pierre étendu sur le sol à damier noir et blanc des toilettes. Il avait perdu connaissance. Près de lui, quelques taches de sang rouge vif. Paniquée, Sol'Ange le secouait, en le nommant, d'une voix douce et rauque…

— *Pierre … Pierre … Pierre mon Pierre…*

Et Pierre Aporia ouvrit grand les yeux…

— Ô… tu sais… j'ai fait plein de rêves, lui dit-il.

5

Les femmes possèdent en elles un principe ineffable.

Prostré dans un fauteuil de cuir noir capitonné, et qui craquetait sous ses fesses, Pierre Aporia écoutait distraitement une femme-médecin assise en face de lui, la silhouette-tronc se découpant sur une baie panoramique baignée de lumière blanche. D'une voix posée, la femme-médecin lui disait ces mots remèdes :
— C'est votre angoisse qui se ballade en vous (sur une feuille de papier libre, posée à plat devant Pierre Aporia, elle dessinait une spirale qui partait d'un point noir). Ces saignements, ces phobies d'impulsion, la peur d'avoir peur, c'est parce que vous avez eu un choc affectif, et que vous êtes dans un virage. Il n'y a pas de hasard. Vous n'êtes pas un bourrin, mais quelqu'un de sensible. Et pleurer est une soupape de sécurité...

Ce point noir, c'était donc lui ? La spirale, le mouvement de sa névrose ? Le mouvement du même ? L'impossibilité de vivre dans le changement perpétuel, aussi imperceptible soit-il ? Prostré dans le fauteuil de cuir noir, nid protecteur qui craquetait au moindre de ses gestes, Pierre Aporia laissait voguer au fil de son attention flottante une rêverie obsessionnelle... Lorsqu'il voyait une femme dans la rue, arriver vers lui, telle une étoile filante, la cadence de ses seins au rythme de son pas félin, Pierre Aporia se retournait sur elle, titubant d'ivresse à la vue des courbes mises en valeur dans une robe sensuelle, ou sublimées dans une jupe folle, ou corsetées dans un jean coquin plein de tension et de repos. Poussant à l'extrême limite son désir d'identification à la femme – et ressentir en lui le fait *qu'aucun pays ne traite la femme aussi bien que les hommes* –, dans une ruelle peu à peu recouverte par l'ombre de la nuit, Pierre Aporia s'enfilait une robe moulante noire, épave textile qu'il venait de trouver au pied d'un arbre millénaire (en voyant l'étiquette de la marque FEMMENTALE il avait lu malgré lui : *Fondamentale*). Du tissu de soie crue, s'exhalait une forte odeur féminine. Le corps féminin comme matrice du monde.

Une femme est un éclair dans la nuit mutique.

La femme-médecin était penchée au-dessus de Pierre Aporia – il sentait son parfum, son haleine –, promenant délicatement la plaque réceptrice de son stéthoscope près du plexus solaire, l'os de la tête du cœur. Contact froid de l'acier chromé, comme le baiser de glace d'une amante au corps délié, sous une porte cochère mouillée du néon blafard de l'Hôtel PIERRE, une nuit d'hiver sans Lune ; air organique inhalé, vapeur nuageant au sortir de sa bouche gourmande, salive en filaments étirés, langue coquine spumeuse, haleine de viande crue, lèvres cherchant glissando dans l'homme l'enfant ; enquête de la pulpe des doigts de l'amant remontant à la source, la reine de tous les êtres, l'œil du monde, le pur connaître…
— Vous avez perdu seize kilos en trois semaines. Vous mangez ? Vous vous sentez fatigué ?
— Non, au contraire : je sens une boule d'énergie bloquée en moi… là ! (Il montrait son plexus.)
— Votre cœur est très rapide…
— Ô, cela ne m'empêchera pas de vivre centenaire, n'est-ce pas docteur ?
— Je ne vous le garantis pas, répondit-elle en lui palpant doucement le ventre.
Comment pouvait-elle oser lui dire une chose pareille ? Cela ne concordait absolument pas avec ce qu'un

cardiologue réputé de la Capitale lui avait dit quand il avait sept ans :
— Ton électrocardiogramme est normal. Ton cœur est un peu rapide, mais ce n'est pas grave. Tu dois être de ces petits garçons qui n'aiment pas trop le sport, et qui mettent du temps pour s'endormir le soir ?
— Oui monsieur.
— Ne t'inquiète pas. Rien de bien méchant. C'est juste un peu de tachycardie ; et cela ne t'empêchera pas de vivre centenaire.
Le médecin avait posé sa main sur la tête de Pierre :
— Allez ! va… La vie est un long fleuve tranquille.

En sortant, avec sa mère, du cabinet médical sombrement éclairé, Pierre avait senti les ailes de son cœur se redéployer. La rue baignait dans une lumière vivante. Les immeubles se découpaient dans le ciel irradié. En repensant à ce que le cardiologue venait de lui dire, il lui ressouvint que sa mère lui répétait souvent : « Tu as le Temps pour toi, mon fils, tout le Temps. »

Avant d'aller reprendre le train, sa mère avait décidé de l'emmener au cinéma. Dans la salle obscure, face à une Angélique nue et gigantesque, à plat ventre sur un lit aux draps froissés d'un blanc éclatant, Pierre était *À Quia* : c'était le premier film de cinématographe qu'il voyait. Mais cette Angélique géante, qui le regardait de ses grands yeux pers, n'était-elle pas à son tour *À Quia* ?

C'est peut-être le ressouvenir de ce traumatisme scopique qui fera dire plus tard à Pierre Aporia que le cinématographe crée une *sensation* par rapport à quelque chose qui *n'existe pas*. Le cinématographe comme mouvement du non-être. Le cinématographe comme monde qui se ferme à la concrétude : abandon de la vie, qui ne se donne jamais en un sens fixe, au profit d'une abstraction conceptuelle à visée universelle : capturer, figer, fixer, mettre à mort le réel. Écran : anagramme de crâne. Mais comment voir cette mort qui nous rend aveugle ?

Au fil du temps, lorsque la mère emmenait Pierre au cinéma (c'était elle qui choisissait les films, souvent des films difficiles d'accès pour un enfant, mais aussi des films très violents. « Tu sauras comme ça ce que c'est qu'une femme violée ! » lui avait-elle dit un jour à propos de l'un d'eux. Puis, une autre fois, il avait été très gêné, voire honteux, de l'entendre marmonner « *Salaud ! Salaud !* » en réaction vis-à-vis d'un cow-boy qui violait une femme ; et l'insulte était suffisamment audible pour que l'homme, assis pas loin d'elle, l'entendît), à chaque fois, donc, que sa mère choisissait un film, un peu boudeur, regardant l'œil par en dessous l'écran, Pierre attendait de voir au générique le nom d'une actrice. Quand c'était – souvent – le cas, il en ressentait un profond soulagement : ainsi, il ne perdrait pas son Temps à observer l'image géante d'une femme – laquelle n'existait pas réellement ; mais cela, il ne le savait pas encore, comme il ne savait pas que tous ces *faux-semblants* lui tissaient une représentation fallacieuse du monde.

Après Angélique, la nuit tombante, sur le chemin du retour, la mère était passée avec Pierre dans une rue, parallèle à la gare, où se trouvaient des prostituées. En remontant cette rue animée, à l'atmosphère brute, où la sexualité n'était plus cachée sous des parures de luxe, mais offerte en peau de cuir mouillé, la mère avait dit à Pierre : « Je me demande comment ces femmes en arrivent là ? » Et Pierre – troublé par cette chair mise à nu ostensiblement – percevait chez sa mère une fascination, une interrogation, et une empathie envers ces femmes. Elle n'était pas venue dans cet envers du décor de la Capitale comme simple touriste-voyeur, mais pour tenter de comprendre, de saisir quelque chose.

Pierre Aporia fixait le ventre de la femme-médecin, ventre rond sur lequel se profilait cette image rêvée dans sa petite enfance, alors que sa mère était enceinte de ses sœurs jumelles : dans le ventre des femmes il y avait une machine à images, l'âme du monde, le pur connaître… dont l'imaginaire est la trace fossile…
— Il faudra tout de même envisager une rectoscopie ! lança froidement la femme-médecin.
— Non ! Ce n'est rien vous dis-je ! À trop chercher, on crée les maladies.
— Vous êtes emmerdant, vous !
— Mais ce sang n'est qu'une métaphore sauvage : je suis un homme *sans* !

Seul le mouvement relatif des jambes féminines est important : l'œil le décompose, tel le vol d'un Oiseau de Paradis, pour découvrir dans ce bien *être* une béance.

Dans son kimono de soie crue, Sol'Ange Léo, la belle endormie au champ de coquelicots, était allongée à plat dos sur la moquette blanche de la chambre à coucher de la Villa Hauteville, son gros ventre rond découvert, les jambes écartées reposant sur les cuisses de Pierre Aporia, assis en face d'elle, et vêtu d'un pantalon de toile noire et d'une chemise blanche. La chambre à coucher était obscure. Les murs noirs et nus avaient une profonde densité, voire, semblaient immatériels. Seule une lampe de chevet, simulacre d'une bougie du XVIIIe siècle, était allumée, et sa lumière luisait sur le ventre. Le ressac de la mer était perceptible de la fenêtre entr'ouverte. Penché en avant, Pierre Aporia glissait vers lui la paume de ses mains au long des reins de Sol'Ange, de manière à les étirer bien à plat sur le sol et dans le prolongement du dos. Aussi simple paraissait cette manipulation, cela lui demandait énergie et concentration. Pierre Aporia répéta ce geste une deuxième fois. Ensuite, sans retirer ses mains de dessous les reins, il imprima de légères impulsions dans chacune d'elles, cela de façon à provoquer un doux balancement du large bassin de Sol'Ange. Comme un berceau, au fond duquel *le bébé* allait descendre, vers la chaleur des mains plaquées sur les reins. Un peu plus tard, Pierre Aporia posa sa main droite sur un côté du ventre. Il sentait avec émotion *le bébé* venir tout contre sa main, attiré par la chaleur de celle-ci. Sur toute la surface de sa paume, Pierre Aporia devinait les mouvements du *bébé* ; et Sol'Ange le ressentait dans son ventre. Pierre Aporia posa son autre main de l'autre côté du ventre ; puis, doucement, il retira sa main droite : et *le bébé* glissa aussitôt vers l'autre main. À son tour, Sol'Ange posa une main sur son ventre. Pierre Aporia retira délicatement la sienne… et *le bébé* alla vers la main de Sol'Ange. Ensuite, Pierre Aporia déposa une main sur celle de Sol'Ange… De sentir ainsi *le bébé* se déplacer dans le ventre les troublait tous les deux. Cette expérience rendait la grossesse moins abstraite pour Pierre Aporia. Et il ne voyait plus avec les mêmes yeux, au regard de la vérité, non seulement Sol'Ange, mais les femmes en général – objectivement pas toutes, car certaines femmes (mais aussi certains hommes), détournées par le corps social, n'étaient plus hantées par ce frémissement ontologique et ontique qui traverse toutes les choses : la contrainte universelle de la génération. (Derrière toute sexualité épanouie se cache le désir de grossesse, même chez l'homme. Ce qui ne veut pas dire que toute sexualité épanouie doit nécessairement passer par la grossesse, même chez l'homme !) En observant ainsi Sol'Ange communiquer avec *le bébé*, Pierre Aporia était face à un infini : Sol'Ange était une métonymie historiale du grand *Oui !* des premiers instants du cosmos et de tous les stades de l'évolution, de la cellule primitive (qui rêve de se dédoubler) à la complexité du vivant. Ce petit être, avec lequel ils étaient en train de communiquer, revivait tous les stades de cette histoire indicible. L'oreille posée contre le ventre, Pierre Aporia fermait les yeux : il entendait battre à se rompre le cœur du *bébé* ; il sentait l'énergie de ce petit corps se déplaçant tout près de son oreille se manifester en de minuscules « toc-toc » qui attendaient une réponse, qu'une simple contraction de la mâchoire de Pierre Aporia pouvait satisfaire. La nuit, le ventre rond calé bien au chaud au creux de son dos, *le bébé* venait y chercher ces contacts *psychotactiles* avec ses petits « toc-toc », auxquels Pierre Aporia répondait en contractant ses muscles dorsaux. "Jouer" et "parler" à cette heure tardive, cela ne ferait pas du *bébé* un être social couche-tôt. Mais ceci est une autre histoire…

En communiquant ainsi avec *le bébé* – *il* reconnaissait les mains de la mère, celles du père, et leurs voix – cela *lui* permettait de prendre conscience de tout l'espace dans lequel *il* se trouvait, et d'occuper pleinement cet espace, pour son bien-être et son bien-vivre, ainsi que le bien-vivre et le bien-être de la mère. Ce contact haptonomique entre *le bébé* et les parents créait une sphère d'*affectivité* qui aiderait *le bébé* à sortir du ventre de sa mère, se sentant, se vivant totalement accompagné et attendu par la mère et le père – lequel coupera le cordon – pour cette naissance au monde.

Après chaque séance, Pierre Aporia était physiquement épuisé, mais émotionnellement comblé. *Le bébé,* en pleine forme. Sol'Ange, totalement épanouie : radieuse. Ils vivaient à fond, jusqu'à la pulpe de leurs doigts, cette dernière grande aventure humaine.

6

L'*étoile mystérieuse* brillait d'une forte magnitude parmi une poudre stellaire que traçait la voie lactée dans la nuit, enveloppe céleste où la Villa Hauteville se dédoublait dans l'étang, à la surface duquel des chauves-souris, sorties de leur sommeil diurne d'une grotte alentour, venaient ricocher pour s'y abreuver. La mer bruissait doucement : la marée était montante. Les feuilles des arbres frémissaient. Une petite voiture venait de se ranger près de la D.S.Argo. Marie Saint-Silver – productrice de Pierre Aporia –, une femme à l'allure étique, en était descendue. Une mallette à la main, elle gravissait les marches du perron de la Villa Hauteville. Près de la porte était accrochée une plaque que Sol'Ange Léo avait confectionnée elle-même. On pouvait y lire : *Ta kala*, ou bien *les belles choses*.

Devant un mur noir, se dressait une statue de femme *décapitée*, le corps chaulé nu ployant légèrement en arrière, les jambes fléchies un peu arquées, les pieds bien à plat sur un socle d'acier, où reposait la tête auréolée de boucles sauvages, les yeux écarquillés et la bouche délirante ouverte en un rictus où se mêlaient la douleur, la colère, la peur, la haine et la culpabilité. Sur une plaque était gravé : NATURE EXPOSÉE EN PUBLIC.

L'exécution de la sculpture rendait avec réalisme les muscles bandés des jambes et des bras, la saillie des côtes et des veines, le relief tourmenté du sexe, les formes pleines des fesses capitonnées et la courbe des seins lourds, figés dans un mouvement ascendant qui contenait une telle énergie qu'on avait l'impression que la statue venait de s'immobiliser à l'instant.

Sur le mur, cinq gravures en noir et blanc cadraient la statue dans une sorte de Pi majuscule Π. En reculant peu à peu, à partir de la statue, dans le vaste salon de la Villa Hauteville – où Marie Saint-Silver venait de pénétrer, alors que, comme pour la faire fuir au plus vite, puisqu'elle n'aimait pas la musique contemporaine, Pierre Aporia était en train de mettre sur la platine disques une étude pour piano idiomatique : *L'Escalier du Diable*, presto légato ma leggiero, « exécution tactile et motrice qui évoquait des images mentales », selon l'auteur –, donc, en continuant de reculer bien face à la statue, on découvrait, perpendiculaires au mur derrière elle, à droite, une baie donnant sur la mer, à gauche, un mur noir en partie couvert de gravures en noir et blanc, et le long duquel se trouvait un buffet laqué noir – d'où s'éloignait Pierre Aporia. Trois stores à lamelles de bois gris anthracite, réglables indépendamment les uns des autres et projetant leurs ombres horizontales sur tout le salon, selon l'intensité de la lumière extérieure, couvraient la baie. Au centre du salon, une grande table basse rectangulaire, en verre trempé et pieds en acier chromé, était entourée de six larges fauteuils en cuir noir. Marie Saint-Silver – son corps occultait la statue décapitée – et Pierre Aporia s'étaient assis en vis-à-vis. Derrière lui, un escalier, longeant le mur qui prolongeait la baie, montait à l'étage ; à droite de l'escalier, une double porte s'ouvrait sur le vestibule d'entrée, éclairé d'un plafonnier sphérique. Une moquette blanche couvrait le sol du salon. De minuscules ampoules piquetaient le plafond noir. Celles proches des murs étaient inclinées de façon à mettre en valeur les gravures abstraites représentant un homme et deux femmes dans des ruines aux prises avec les éléments de la nature. Selon les gravures : la pluie, le vent, l'orage, le brouillard, le plein soleil, la nuit de la pleine lune zébrée d'étoiles filantes… Tous les autres accessoires du salon (trois lampadaires près de chaque store de la baie ; platine disques laser et platine vinyle ; haut-parleurs ; vases et cætera) étaient noirs, gris ou blancs. Ce rendu monochromatique se retrouvait dans toutes les pièces de la Villa Hauteville. Seul contraste, la couleur de la peau et de la chair, à la fois dans toute sa magnificence et sa vérité crue.

    Anxieux, Pierre Aporia observait Marie Saint-Silver qui lui semblait se mouvoir au ralenti : femme étique vêtue d'une robe-manteau en satin de soie blanche, qui donnait l'impression d'un tailleur par le jeu en trompe-l'œil de bandes horizontales noires à la taille, bandes qui se répondaient en écho en soulignant l'encolure, les flancs – au niveau des seins – et le bas des manches et de la jupe. Les mamelons charnus de ses petits seins pointaient sous la robe comme des raisins de Palestine. Elle portait des bottes en cuir stretch noir à talons aiguilles. Ses longs cheveux noirs étaient lissés. Un fard à lèvres noir mat tranchait sur les tonalités de blanc, gris et noir étalées en fondu sur son visage émacié et éthéré par l'absence de rides. Ses ongles aigus étaient parfaitement laqués d'un verni noir. Pierre Aporia, engoncé dans son costume-cravate noir et sa chemise blanche, observait Marie Saint-Silver étaler sur la table basse une série de photographies de la nouvelle actrice qu'elle avait dénichée : une jeune femme pulpeuse et athlétique qui par la pose quasi récurrente qu'elle prenait sur chaque image, semblait vouloir dissimuler – mais peut-être à son insu – ce visage juvénile – qu'elle croyait éternel – derrière le masque de sa croupe, ce tombeau séculaire de pulsions scopiques et assassines. En pointant du doigt l'une des photos, Marie Saint-Silver affirmait que cette fille avait un beau corps proche de l'autre actrice, et qu'ainsi il ne serait pas nécessaire de refaire le plan général de la chambre à coucher où on la voyait de dos. Sans conviction, Pierre Aporia essayait de lui démontrer le contraire, son regard fixé vers la table sur laquelle se démultipliait l'actrice de papier glacé, les yeux se focalisant plus particulièrement vers le doigt de Marie Saint-Silver, dont l'ongle noir et pointu frappait presto une fesse photogénique qui résonnait comme du verre. Pour Pierre Aporia il fallait refaire le plan général, car il contenait toute l'énergie de la séquence. Et la fesse sensuelle cessa net de tinter sur l'ambiance musicale du salon. Marie Saint-Silver montait sur ses petits chevaux. En regardant cette beauté froide, qui lui parlait sévèrement, se mettre en position de victime, en vouloir soudainement au monde entier, ramener tout à son ego – démesuré –, Pierre Aporia ne pouvait réprimer la résurgence de ce rêve… Un ascenseur l'amenait directement dans le vaste appartement de Marie Saint-Silver, plein de plantes vertes et de cages avec des oiseaux braillards. Sous les pieds de Pierre Aporia, un tapis de graines et de crottes éjectées des cages craquetait. Il traversait le salon, encombré de meubles et d'objets de décoration, jusqu'à la chambre. Marie Saint-Silver était allongée sur le lit, le corps nu entortillé dans sa longue chevelure noire. Elle l'attendait. Pierre Aporia relevait la tête, et s'apercevait qu'il était à l'intérieur d'une cage géante, assis face au bureau de verre teinté de Marie Saint-Silver, laquelle, torse nu dans son fauteuil président, lui disait d'un ton sec que le quart d'heure de timidité étant passé, il devait lui dire, maintenant, quelles concessions il était prêt à accepter pour monter son film. Épris de liberté extrême, « sans concession aucune ! » avait-il envie de lui dire. Mais il était fasciné par la poitrine de Marie Saint-Silver. Sur un sein avait été calligraphié en noir שלום et sur l'autre سلام, c'est-à-dire **PAIX**. Au-dessus de Pierre Aporia, les barreaux de la cage géante formaient un dôme. Il voyait aussi qu'il y avait assez d'espace entre les barreaux pour sortir du bureau de Marie Saint-Silver. Mais il n'en avait pas la force. Ses jambes lui paraissaient molles. Et il craignait de ne pas réussir à marcher. De mettre un pied devant l'autre. Il regardait le torse nu, aux côtes saillantes, se refléter sur le verre teinté du bureau qui s'étalait, comme un écran, entre lui et Marie Saint-Silver. Elle lui demanda :

— Tu es seul ?
— Solitude intégrale… Mais reclus volontaire…
— Seul !… Alors tu es foutu…
— Ô… il me reste la possibilité d'une île… déserte… ou pas…
— Es-tu heureux ?
— Oui ! … car je ne maîtrise plus rien…

Et Pierre Aporia, impuissant à se mouvoir, ne sortait toujours pas du bureau, dont toutes les étagères étaient vides. Un gros stylo à encre noire tournait dans une main de Marie Saint-Silver. Mouvement répétitif et agile des doigts longs et fins autour du stylo. Pourquoi les étagères étaient-elles vides ? « Entièrement vides, parce que l'énergie vient des murs », lui répondait Marie Saint-Silver, l'autre main posée à plat sur un des murs nus et lézardés de sa chambre à coucher. Le stylo noir continuait de tournoyer dans sa main maligne… Mouvement en boucle… Rêve en boucle, duquel Pierre Aporia s'était enfui, psychiquement épuisé. Et, tel il était, à cet instant même, dans le salon de la Villa Hauteville, devant ce visage palimpseste étalé sur la table, et qui le narguait d'un même sourire convenu et aguicheur, une promesse de sexe s'apparentant à un slogan publicitaire, comme pour conjurer la menace de notre mort prochaine. L'index à la pointe noire acérée de Marie Saint-Silver s'agitait nerveusement au-dessus des images. Elle ponctuait ses paroles comme une pianiste en train de marteler une touche aiguë en pensant à un couteau poignardant le cœur de la créature en papier glacé étendue sur la table. Tout soudain, du rouge sang jaillissait du noir et blanc des images pulpeuses. Et Pierre Aporia, glacé d'effroi, ferma les yeux, essayant de dominer la douleur aiguë de sa peur animale des images de son imagination. Comme si toute la légèreté de l'être s'écoulait comme du sable mouillé dans la nuit de l'âme, où seule cette douleur aiguë de l'angoisse faisait sens, se substituant au réel, et disant ce réel.

Penché au-dessus de la table de verre, Pierre Aporia, retrouvant un peu de force psychique, rassemblait toutes les photographies de l'actrice en un paquet qu'il tassait en frappant brutalement chaque côté sur la table. Puis, en tendant ce paquet – de chair morte pour lui – à Marie Saint-Silver, il disait :
— J'ai trouvé quelqu'un : une serveuse !
— Une serveuse ?
— Elle sera parfaite : nature !
— Tu es fou ! Dis-moi que tu plaisantes !
— Arrête Marie ! Laisse-moi tranquille !
— Ton film, je ne le produis pas seulement pour te faire plaisir : j'ai calculé ce que je pouvais perdre et j'ai misé sur ton talent et le malentendu qui pourrait faire du film un succès. Et ce malentendu, c'est le cul !
— Il était convenu, avec l'auteur, que ce mot ne serait prononcé qu'une seule fois !
— Arrête de jouer Pierre ! Faire du cul un hapax ? Mais tu veux ma ruine !
— Toi aussi tu joues… Allez ! laisse-moi… Fous-moi la paix !
— Tu dois te ressaisir et travailler. Si je ne m'étais pas fait chier à me laisser pousser des couilles pour te servir, je serais morte !
— Dégage de chez moi !

Derechef, du sang hypnagogique giclait sur la robe-manteau en satin de soie blanche. Pierre Aporia se leva brusquement. Les poings serrés, il essayait de réprimer la panique que l'envie impulsive de tuer Marie Saint-Silver attisait douloureusement en lui : le couteau frappait, frappait, en suivant ce rythme martelé sur une touche aiguë d'un piano, concept acoustico-moteur en croissance folle, et qui pulsait, autour d'une spirale, dans la tête de Pierre Aporia, où une farandole de notes obsessionnelles se contractaient comme des muscles, projetant la lame irisée, découpant la chair en de petits morceaux de plus en plus petits, de plus en plus minuscules, jusqu'au rien… qui s'éloignait en une belle aspersion de sang sur la table de verre, sur la moquette blanche et sur le cuir noir des fauteuils… Le silence s'installait, peu à peu, à la suite d'une note pour la mort, tremblement d'une corde acoustique dont le frémissement sourd s'enfonçait dans l'infiniment petit des structures du piano, instrument fantôme hantant la membrane des haut-parleurs, parallélépipèdes noirs, telles des dalles de tombeaux.

Étouffant une envie grossière de pleurer – ce qui neutraliserait cette phobie d'impulsion – Pierre Aporia s'éloignait à reculons de la scène de crime imaginaire, d'où Marie Saint-Silver, en traversant une tache vaporeuse rouge sang, lui disait :
— Après tout ce que j'ai fait pour toi ! Tout le mauvais sang que je me suis fait pour toi et ton film, pour te faire réussir ! Pour te permettre de réaliser des films dans la norme, et non plus tout seul avec tes caméras-culs-de-bouteille ! Tous ces sacrifices ! Et tout ça pour rien : un échec ! Sur toute la ligne ! Voilà ce que tu es !

Les bras croisés sur son ventre, penché en avant comme en proie à une nausée, Pierre Aporia fuyait, gravissant les degrés de l'escalier, laissant derrière lui Marie Saint-Silver désemparée, sa liasse de photographies à la main. Au pied de l'escalier, elle criait :
— Si tu m'abandonnes, je te poursuivrai en justice ! Je te ferai cracher ! Et sache bien que quiconque à affaire à ma justice, n'en ressort jamais indemne !

À l'étage, dans le couloir sombre, le cœur cognant fort, Pierre Aporia s'était arrêté au seuil de la chambre à coucher, surpris d'y voir, par la porte entr'ouverte, une lumière vacillante rouge augmenter en intensité. Poussant la porte, en lieu et place de ce qu'il craignait être un départ d'incendie, il voyait, assise au milieu du lit conjugal, une femme nue lui tournant le dos. Sa longue chevelure luisait d'un beau rouge incandescent. Lentement, la femme se retournait vers Pierre Aporia, le regardant en dessous, l'œil étincelant de feu. Cette femme, qui le fixait en ronronnant comme un félin, avait les traits de Sol'Ange Léo. Pierre Aporia avait très peur de ce qu'il voyait : cette Sol'Ange enceinte, qui écartait les jambes, son sexe igné aux lèvres purpurines baignées d'une pluie d'or, cette lumière rouge qui irradiait du lit à coucher, cela ne pouvait exister, puisqu'il avait déposé Sol'Ange à la gare, d'où elle était partie pour un séminaire. Cette belle chose sur le lit n'existait donc pas. C'était comme une image, une image qui n'avait de réalité qu'au fond de sa tête, qu'il ne voyait qu'avec les yeux de l'esprit et non avec ses yeux de chair. Pour échapper à l'embrasement de cette pluie d'or – donc à la fin du monde – Pierre Aporia s'enfonçait un peu plus dans l'obscurité totale du couloir… à reculons… et à tâtons… jusqu'à son bureau… son refuge… dans lequel il s'enfermerait à clef…

Le cœur de Pierre Aporia cognait douloureusement. Ses oreilles sifflaient. Sa bouche était sèche. Il avait froid – ses mains étaient glacées. Une voix en lui ne cessait de lui répéter cette ritournelle : il devenait fou. Et cela lui faisait mal. Cette souffrance le déchirait intimement, de part en part de son être. Une mise à nu : le masque social venait de choir à ses pieds. Oser se regarder en face, ou se détourner ? S'avançant en traînant des pieds, près de la fenêtre, il voyait les lueurs de l'automobile de Marie Saint-Silver s'éloigner dans la nuit. Il crevait d'envie de l'appeler à son secours. Si elle savait qu'il devenait fou…

Sur la vitre, dans l'arrière-plan de sa mise à nu, une partie de son bureau se reflétait. On aurait pu se croire chez un technicien de l'aérospatiale – ce que lui disait souvent Sol'Ange, en plaisantant – avec ces étagères de maquettes de fusées lunaires Saturne V, et les vestiges des fusées qu'il avait fabriquées lorsqu'il était gamin, pour les envoyer dans l'espace – il avait même envisagé d'y envoyer une souris, enfermée dans un laboratoire qu'il avait confectionné à partir d'une boîte à chaussures ; mais après deux lancements ratés de sa fusée Gamma, le cinéma l'avait petit à petit détourné de ses projets spatiaux réels, pour lui permettre de mettre en scène, grâce à des truquages, ses fantaisies cosmiques.

S'obstinant à respirer profondément, Pierre Aporia essayait de maîtriser sa crise d'angoisse. En lui, des images érotiques se télescopaient contre des images mortifères. Pour calmer la douleur qui irradiait sa poitrine, il avait posé la paume de sa main sur son plexus – là, où, adolescent, il avait *logé* son inconscient. Doucement, il le massait, d'un mouvement circulaire et apaisant... Allez !... Du calme... Calme-toi... Tout soudain, Pierre Aporia pensait à part lui qu'en souffrant ainsi, il rejouait, peut-être, la souffrance de sa mère, souffrance dont il avait été le témoin, et l'éponge, durant son enfance. Ainsi, avoir choisi le cinéma, pour rester dans le regard de sa mère qui aimait ce média ; mais aussi pour souffrir sur chaque film qu'il entreprenait ; pour souffrir de ne pas pouvoir exprimer tout ce qu'il avait en lui, parce que le cinéma ne le permet pas ; pour souffrir d'être hanté par le projet et de paraître aux autres enfermé ; pour souffrir des limites de la technologie et de l'aliénation de celle-ci ; pour souffrir face au producteur de ne pas savoir comment lui de-mendier de l'argent ; pour souffrir de n'être pas libre, car le cinéma c'est tout et rien, mais surtout pas la liberté. Avoir fait le choix de souffrir ainsi en tournant des films, de se faire du mal avec le cinéma, et de le percevoir comme une maladie inoculée en lui, n'était-ce pas une manière pour lui de rester fidèle à sa mère ? De la reconvoquer en rejouant ses souffrances ? Mais aussi, et surtout, de s'interdire de s'aventurer sur le chemin ardu qu'elle avait commencé à explorer, à ses risques et périls : le chemin de l'être sauvagement non-conformiste ?

Sur le bureau bien rangé de Pierre Aporia, près de la machine à écrire UNICA, se trouvait un livre : L'ÉNERGIE DES ESPRITS ANIMAUX. Son film, COSMOGONIE, était une adaptation très libre de ce roman quantique – il avait réalisé seul une maquette vidéographique intitulée LE FILM DU ÇA (maquette qu'il jugeait maintenant supérieure au projet). Posés près du livre, deux croquis montraient un squelette géant, étendu de tout son long dans un vaste paysage minéral. Sur le premier croquis, un astronaute en combinaison spatiale rouge sang sortait d'entre les côtes. Le second croquis montrait une indigène violée par un cow-boy, sous les yeux de l'astronaute, dissimulé derrière un rocher, avec en arrière-plan le squelette géant. Sur un croquis inachevé, des buildings, gorgés de sang, jaillissaient du cadavre de l'indigène.

Pierre Aporia observait un mur couvert de photographies de femmes, découpées dans des magazines. Parmi toutes ces photographies, il y en avait une de Nathalie Nathalicia. De la regarder, cela apaisait Pierre Aporia. L'étau de l'angoisse se dénouait peu à peu. D'habitude, pour s'en délivrer de cette saloperie, il était obligé d'en passer par une crise de larmes. Et il se souvenait, enfant, d'avoir souvent vu sa mère pleurer, restant auprès d'elle à la consoler, l'écoutant se confier, allongée sur le lit, pendant qu'il lui massait ses reins brûlants, parce qu'elle le lui avait demandé, avant qu'il ne s'allongeât auprès d'elle, qu'il ne se blottît tout contre elle, tout contre son grand corps, pour en absorber toute la douleur, toute la tristesse, toute la peur, toute la détresse, parce qu'il refusait que sa mère souffre.

Lentement, Pierre Aporia s'approchait de la photographie de Nathalie Nathalicia, pour tenter de l'observer au plus près. Après avoir retiré ses lunettes, il essayait, à partir de celles-ci, d'obtenir une image grossie du beau visage cru. En reculant doucement les lunettes de la photographie, le beau visage cru de Nathalie Nathalicia augmentait de taille, jusqu'à se dissoudre dans les grains de sels d'argent du noir et blanc, créant ainsi des taches de différentes intensités, qui rappelaient à Pierre Aporia cette image du fond diffus de la lumière fossile des origines quantiques de notre univers.

La photographie a une immobilité propre au cadavre. Le cinématographe répète cette immobilité 24 fois par seconde pour redonner vie à ce cadavre, et ce grâce à la persistance rétinienne et à la fée électricité. Le petit cinématographe du Docteur Frankenstein.

Assis bien droit à son bureau, Pierre Aporia fixait la feuille blanche qu'il venait de glisser dans sa machine à écrire UNICA. Obstinément, il tapait le même mot : NATHALIE. Lentement, d'un seul doigt, il tapait chaque lettre en appuyant fort sur la touche. Au travers du ruban encreur, chaque caractère s'enfonçait dans les fibres végétales de la feuille blanche, y imprimant d'encre noire sa forme. Suivant un même parcours au-dessus du clavier, le doigt, monomaniaque, allait d'une touche à l'autre. Et ainsi de suite. Et de plus en plus vite. Clac! Clac! Clac ! Telles des haches, les tiges à têtes d'impression venaient frapper contre la feuille de papier, y décomposant, y morcelant, y démembrant, y découpant, sans relâche, le mot NATHALIE.

CLAC ! CLAC ! CLAC ! De certaines lettres bavait comme du sang noir…
    Près de la machine à écrire UNICA, un petit téléphone à cadran sonnait. Sans quitter des yeux la feuille prise dans le cylindre d'impression, Pierre Aporia décrocha le combiné. Sur un bruit de fond indéfinissable, il entendait s'incarner dans l'écouteur les trois syllabes qui hantaient ce nom imprimé sur la feuille en des variations infinies de distributions spatiales et linéaires… Na-tha-lie…
— Na ?... Mais ???... Mais je te croyais morte !?
— Morte de fatigue que je suis !
— Mais où es-tu ?
— Au creux de ton oreille… Ô Pierre, mon Pierre, viens me rejoindre… Tu m'as manquée tu sais… Souvent, je me disais : Là, Pierre aurait dit ça… Là, Pierre aurait fait ça… Là, Pierre aurait eu cette idée… Là, Pierre m'aurait baisée… Viens !
— Mais… où ?
— Chez moi ! Tu me trouveras avec ton GPS : il utilise la Théorie de la Relativité Générale pour fonctionner… Je suis rue de l'Île Tralfamadore… Viens !

7

    Dans la nuit zébrée d'éclairs, de l'intérieur de sa D.S.Argo, Pierre Aporia, l'enfant-homme, regardait la Villa Hauteville onduler sous le ruissellement de la pluie. Chaque éclair, d'une vive lumière blanche, révélait le paysage, sans aucune ombre. Avant de quitter la Villa, Pierre Aporia avait collé sur la vitre d'une fenêtre – donnant sur son arbre préféré – la photographie de Nathalie Nathalicia. En face, bien dans l'axe, il avait placé une caméra sur pied, cadrant la photographie avec la vitre tout autour, mais en laissant hors-champ les montants de la fenêtre. Pour éclairer l'image, de chaque côté de la caméra, sous un angle de 45°, il avait placé deux petits projecteurs. Puis, il avait enclenché la prise de vues : trente images par seconde seraient capturées… jusqu'à ce que mort du monde humain s'en suive. La lumière éclatante de la foudre, brûlant le ciel, projetait le spectre arborescent du végétal en transparence sur le corps nu de Nathalie Nathalicia. Sur et tout autour d'elle, ruisselait l'eau cristalline d'une pluie battante. Dans l'intervalle de chaque éclair, le ciel féroce gémissait. Pierre Aporia regardait la Villa Hauteville, s'imaginant, à l'intérieur du salon, être l'œil froid de la caméra qui captait de la foudre la nature de la nature qui grondait, en filigrane, dans le corps-fleuve de Nathalie Nathalicia, laquelle, impétueuse, entre chaque intervalle de la foudre, laissait croître, jaillir hors d'elle toute la magnificence et l'*en puissance* de cette énergie. Pierre Aporia, l'enfant-homme, bien à l'abri dans son vaisseau-bulle, fixait, sans ciller, tel un animal guettant sa proie, la Villa Hauteville en train d'éclater en de milliers de milliers de petits morceaux de carton-pâte, destruction démultipliée par son reflet dans l'étang, ainsi devenu chimérique. Tous ces objets hétéroclites, toute cette collection de plus de 2500 films, toute cette bibliothèque de plus de 1000 volumes, toute cette discothèque de plus de 800 titres, tout ce beau bazar jaillissait comme d'une boîte de conserve périmée. Quelle triste vie et quelle peur de la mort pour avoir autant accumulé d'objets, autant possédé, autant joui de et dans l'avoir. 2500 films, dont il n'avait en fait visionné que toujours les mêmes : une vingtaine de nanars. Tous ces objets, normalement destinés aux bibliothèques, cinémathèques et autres silothèques, se dissolvaient, intervalle par intervalle, dans la nuit du Temps, auquel rien ne résistera…

De la main droite, Pierre Aporia, l'enfant-homme, faisait un petit signe d'au revoir en direction de la Villa Hauteville, devant laquelle il imaginait, rassemblées, toutes les personnes qui avaient traversé sa vie. Au revoir, car il lui fallait partir. Assez jouer. C'était, un peu, comme partir en bateau pour un nouveau monde. Pour une fois que c'était lui qui était à l'origine d'un acte de rupture ; d'un acte de destruction radicale, pour s'ouvrir à autre chose : l'inconnu. Pour une fois, car il avait passé sa vie à vouloir obstinément construire, mais avec des personnes qui, au rebours, détruisaient systématiquement ce qui avait été construit. Certes, en échange de cette destruction pour la destruction, on lui offrait des mea culpa, on lui rendait sa liberté. « Construire ! Ce mot me fait peur ! », lui avait dit un jour une femme, en le quittant. Et ainsi de suite. Compulsion de répétition. Faire et défaire, en ce bas monde, c'était toujours travailler. Pierre Aporia construisait, comme pour conjurer le potentiel de destruction qui couvait autour de lui – et ce depuis l'enfance – mais sans comprendre que la destruction éclaire la construction.

Face à cette destruction de la Villa Hauteville, reflet chimérique dans l'étang, sous une pluie battante qui tambourinait sur toute la carrosserie de la D.S.Argo, Pierre Aporia, l'enfant-homme, se revoyait, avec ses deux sœurs, dans les ruines de leur immeuble, en partie soufflé par une explosion de gaz. Pierre avait toujours craint une explosion de ce type – cela était survenu dans un autre immeuble alentour, et la profonde blessure de béton en forme de V, d'où avaient été éjectés meubles, vêtements, matelas et lits, l'avait tant choqué que, la nuit, angoissé, il se relevait pour aller vérifier si sa mère avait bien fermé le gaz ; et, quand ce n'était pas le cas, il le voyait avant même d'arriver dans la cuisine : la lueur du brûleur se reflétait dans le couloir rouge sang.

    En fouillant avec ses sœurs dans les ruines de leur immeuble, Pierre n'avait retrouvé que son coffre en acier, lequel contenait tous les plans de sa fusée Gamma.

    La D.S.Argo filait dans la nuit, traversant à 214 km/h la pluie qui fouaillait sa carrosserie noire étincelante d'éclairs. La cigarette au bec, Pierre Aporia, l'enfant-homme, regardait droit devant. Il avait l'impression qu'un arbre gigantesque fonçait sur lui. Qu'il le traversait de part en part avec son vaisseau-bulle. Le tronc, tel un tout sans limite le contenant, revenait vers lui, indéfiniment, profondes traversées rythmées sur les syncopes inquiètes et vigoureuses de *la danse infernale de l'Oiseau de Feu*.

    Dans ce bois millénaire, à coups de hache, avait été façonnée cette porte rustique qui se refermait doucement sur nous, occultant Pierre Aporia s'avançant vers Nathalie Nathalicia.
    Le vestibule était sombre et glacial. Nathalie Nathalicia regardait Pierre Aporia. Il savait que ce qu'il était en train de vivre avait la fragilité du rêve. Tout pouvait disparaître en l'instant.
— Tu ne recommenceras pas ? lui demandait-il, en pensant à son suicide (ses yeux de l'esprit voyaient Nathalie Nathalicia

avec le revolver sur la tempe). Il lui était impossible de se départir de cette douloureuse certitude qu'elle recommencerait, puisque cela, quoi qu'il fît, reviendrait nécessairement.

Et il l'avait embrassée : ce goût de minéral qu'avait sa belle bouche froide.

Autour d'eux, les murs décrépis suintaient d'humidité. De fortes odeurs de sable, de Soleil et de mer s'exhalaient du corps de Nathalie Nathalicia. Elle murmurait qu'elle avait froid, si froid. Pierre Aporia la suivait du regard en train d'entrer dans les cabinets. Il n'avait pas remarqué jusque-là qu'elle était nue. Gêné d'entendre le puissant bruit que faisait Nathalie Nathalicia en train de pisser, il pénétra dans le salon ovale. Une platine vinyle jouait le plus fort possible *Eonta*, pour piano et cuivres. De un ou deux à plus de trente sons par seconde ! Les classes de hauteurs et d'intensités entre pianissimo et fortissimo s'accordaient selon la Théorie des Ensembles. Sur deux plans sonores distincts, ces sonorités mobiles créaient une spatialisation du son, rendue manifeste par la disposition des grands haut-parleurs noirs tout autour du salon. Les volets des fenêtres étaient fermés. Un lampadaire diffusait une lumière de bougie. Tout était recouvert de poussière. Sur un radiateur froid étaient posées trois cigarettes, préalablement trempées dans de l'éther. Pierre Aporia en glissa une dans la poche de sa veste noire. Puis, il s'approcha d'un petit bureau, sur lequel était posée une chemise cartonnée contenant les travaux de recherches de Nathalie Nathalicia. Près de la chemise, un album de photographies. Pierre Aporia le saisit, souffla la poussière et l'ouvrit. Il découvrit, avec surprise, une série de photographies que Nathalie Nathalicia lui avait demandée pour un *book*, à l'époque où elle posait pour des photographes et des peintres, afin de financer ses études de philosophie. Pierre Aporia avait totalement oublié avoir réalisé ces photographies qu'il avait sous les yeux : Nathalie Nathalicia, un revolver sur la tempe, le regard noir fixant l'objectif. Le noir et blanc dur accentuait l'étrangeté et la violence des clichés. Pierre Aporia dut fournir un effort psychique pour retrouver en lui la trace de la genèse de ces images. C'était Nathalie Nathalicia qui lui avait demandé de la prendre en photo ainsi. Elle avait insisté. Elle l'avait même un peu harcelé, jusqu'à ce qu'il lui cédât. C'était lui qui lui avait fourni le revolver : un 357 Magnum, factice. Il se souvenait, maintenant, alors qu'il la photographiait, qu'elle lui avait souvent demandé, dans l'intervalle de plusieurs clichés, à quoi l'on pouvait penser juste avant d'appuyer sur la gâchette. Il revoyait son regard se fixer, se perdre dans une vastité insondable juste à l'instant opportun où elle appuyait sur la gâchette, froidure du déclic suivie d'un léger sursaut de sa tête et d'un frémissement de ses paupières, comme si elle était étourdie. Il se souvenait qu'elle avait accroché une de ces photographies dans sa chambre, un mur blanc près du lit à coucher. En regardant ces images oubliées, Pierre Aporia se sentait coupable. Certes, ce n'était pas lui qui lui avait demandé de faire ces photos – c'étaient des photos de nus, voire de leurs pratiques sexuelles, qu'il lui proposait parfois de faire ensemble –, mais c'était elle qui l'avait voulu, comme une urgence, une nécessité, une fatalité à assumer. D'avoir répondu positivement à son désir, c'était, rétrospectivement, comme s'il l'avait encouragée à se tuer ; comme s'il avait induit en elle – voire inoculé – la force d'accomplir ce passage à l'acte. Et la culpabilité, qu'il ressentait, lui faisait voir avec angoisse les nus couleur de cendre de Nathalie Nathalicia : la photographie embaume le cadavre que laisse la lumière émise par l'objet.

    Pierre Aporia referma l'album. Petit nuage de poussières. Et il se demandait où elle avait bien pu trouver un revolver… La poussière le fit éternuer.

Nathalie Nathalicia était derrière lui. Elle allumait une cigarette qu'elle venait de prendre de dessus le radiateur froid. La flamme, perpétuellement changeante, vacillait sur son beau visage cru. Ses yeux de feu fixaient Pierre Aporia par en dessous. Dolente, elle alla s'avachir au fond d'un fauteuil vert, sans croiser ses longues jambes. En exhalant la fumée, elle regardait Pierre Aporia en train de lire ce qu'elle avait écrit.

NATHALIE NATHALICIA

LA JOUISSANCE FÉMININE ET LE COSMOS SONT UNE SEULE ET MÊME CHOSE

FRAGMENTS CONTRAIRES AU SENS COMMUN

La Jouissance Féminine, composée d'atomes, est intrinsèque à toutes les choses.

La Jouissance Féminine fait feu de tout.

Le cosmos est Tout et Rien par la puissance et l'*en puissance* de la Jouissance Féminine.

Dans le langage commun, la Nature se présente comme l'Ordre du monde, comme la Loi qui régit le Tout. Elle serait même d'essence divine. Mais elle n'est que Jouissance Féminine, car toutes choses se transformant en toutes choses, en perpétuel désir de se faire croître, de se faire naître, de se faire décroître, de s'altérer, où toutes les phuances du monde s'expriment, sont, par nature, nécessairement féminines. Il suffit de regarder et d'écouter le monde s'enfanter tel qu'il est et non pas tel qu'on voudrait qu'il soit.

Nous cherchons l'origine du monde dans les sciences, les religions et les arts. Mais le monde est hanté par son origine. Cet instant originel du monde se répète en chacune de ses parties. Ce que nous re-cherchons est autour de nous. Tout est Jouissance Féminine, laquelle est, depuis toujours, à la fois Rien et Cosmos.

La Jouissance Féminine est le perpétuel mouvement contre-tendu du Tout : Elle contient l'opposition de tous les contraires et le jeu de toutes les tensions qui créent et font paraître le Cosmos dans son apparente stabilité.

Avant le Tout, est toujours la Jouissance Féminine, car elle est désir du Tout, et le Tout est désir d'avant le Tout, comme la fleur tend vers le Soleil par une nécessité impérieuse, éternelle et sans limite.

La Jouissance Féminine, intérieure au Cosmos, permet aux étants, intervalle de Temps après intervalle de Temps, d'évènements en évènements, de sauter par-dessus le non-être.

Il n'y a pas de Jouissance Phallique : le non-rapport absolu entre puissance phallique mystico-culturelle et le Dire-Véritable de la Jouissance Féminine, intrinsèque à toutes les choses, est l'événement de l'inquiétance ontologique, fondement de la conscience.

Le Dire-Véritable, à la fois effroi et ravissement, met en lumière l'*en puissance* perpétuelle de la Jouissance Féminine, qui perdure, qui perdomine, pleinement indéterminée, pleinement infinie, dans l'épanouissement du Rien et du Tout qui sont toujours.

La Jouissance Féminine est l'unique substrat du Rien et du Tout ; l'élément commun à toutes les parties du Tout.

Dans la Jouissance Féminine, le commencement et la fin du Tout se confondent.

Tout se déroule sans limite par la Jouissance Féminine.

Tout vient de la Jouissance Féminine et Tout finit dans la Jouissance Féminine.

La Jouissance Féminine est portée vers l'effort. Un faire-violence contre ce qui néantise : Feu ▶ Air ▶ Mer ▶ Terre ▶ Végétal ▶ Chair ▶ Terre ▶ Mer ▶ Air ▶ Feu ▶… …

Il y a une seule et même réalité : la Jouissance Féminine est commune à tous les étants.

La Jouissance Féminine se regarde en face : Elle se donne et se dérobe tout à la fois.

La Jouissance Féminine n'est pas séparée du Tout, car le Tout est infiniment désir par Elle. Et Elle n'est pas séparée du Tout, car Elle se donne dans le Dire-Véritable de son *en puissance* en chaque chose, et qu'avant Tout, elle est toujours, car elle est en Tout pour Tout.

Jour nuit ; hiver été ; bien mal ; guerre paix ; vie mort ; violence douceur… en chaque chose et son contraire ce qui est toujours est la Jouissance Féminine.

C'est ce que la Jouissance Féminine nous offre comme possibilité d'existence qui est séparé du Tout : la contemplation pure du monde comme volonté et Jouissance Féminine, chemin périlleux de la pensée. C'est cette offrande que l'humain doit saisir comme possibilité de l'être, car nous sommes uniques, et cette singularité ne se répètera jamais, nulle part dans le Tout. La Jouissance Féminine, incréée et impérissable, immuable et éternelle, tout entière identique à elle-même, alors que nous, êtres au singulier, nous ne faisons que passer… à la queue leu leu…

Faire quelque chose de notre vie : penser à Tout.

Il n'y a pas de transcendance, mais Jouissance Féminine de tout au sein du Tout.

Il n'y a pas de vérité stable. Le monde, dans son apparente stabilité, peut être fixé en une vérité dogmatique toujours vraie. Mais en chaque chose il y a une infinité de stabilités à découvrir. C'est le chemin ardu de la pensée, laquelle est Jouissance Féminine, c'est-à-dire effort, faire-violence, mouvement et abandon, concentration et obstination, courage de s'affronter, de vérité en vérité, à l'effroi et au ravissement du monde tel qu'il est.

Femme et homme fatalement femelle et mâle.

La Jouissance Féminine ruine toutes fictions du faire-violence du coït, danse infernale du Grand OUI ! originel au Tout.

Dans le coït, la femme et l'homme sont traversés par la question apophatique de l'étant comme Jouissance Féminine.

La foule a confié à la nuit le coït, comme si ce qu'il révélait – la chair du monde – devait être soustrait à la lumière de la vérité.

Le mâle ne connaît pas l'anatomie de la femelle, sinon il ne dirait pas qu'il cherche sa moitié, et inversement.

Dans le faire-violence du coït, la femme et l'homme sont Jouissance Féminine.

Dans le faire-violence du coït, de la bouche égarée de la femme l'homme entend le Cri de la Vérité. Entendre ce Dire-Véritable, c'est entendre la Jouissance Féminine, qui est la connaissance pure, se transformer en toutes choses depuis toujours et pour toujours.

L'essence du monde ne peut être fixée et re-gardée dans son authenticité originelle que dans le Dire-Véritable qui traverse la femme et féconde l'homme.

Le mâle n'est mâle que parce qu'il est fécondé par le féminin, principe premier du Tout.

Le Cri de la Vérité : sonorité d'eau et de feu, d'air et de terre, très réverbérée, pulsation stable qui dialogue en écho avec le Tout.

Le Cri de la Vérité efface le langage commun, les croyances et tous les dieux.

Le Cri de la Vérité dit avec effusion le Tout.

Le faire-violence du coït libère la pensée, car il monopolise deux corps en un Tout, union de contraires qui lève la censure socioculturelle.

Pour la foule, coït se confond avec consommation, consensuel, hygiène, habitude, désir de possession, de domination, de manipulation, d'exploitation… Pour les *Amants de la Vérité*, coïter, c'est passer, à leurs risques et périls hédonistes, par-dessus l'angoisse de se fondre en toutes sortes de causes et d'effets.

Il n'y a pas de coït dans la pornographie, seulement *la main qui tue* le mâle dans la femelle et la femelle dans le mâle, une mise en abîme qui se perpétue jusqu'au lit conjugal, vissé au sol du conformisme, face à l'écran total des idéologies normatives.

La pornographie, dogme de la société de contrôle, heuristique de la peur, en niant que la femme et l'homme sont des contraires indissociables, affirme donc qu'il n'y a pas de rapport sexuel, puisque *la femme n'est pas toute*, qu'elle est une *créature imparfaite* et que *sa faiblesse constitutive justifie sa nécessaire soumission à l'homme*. Sachant que l'on fait ce que l'on veut d'une foule qui a peur du sexe, puisque celui-ci est gouverné par ces femmes portes du Diable, la pornographie stance qu'il ne peut y avoir de coït sans culpabilité, sans épée de Damoclès cruciforme au-dessus du lit à coucher, sans cette dépravation qui accuse la femme d'être femme.

La pornographie, heuristique de la peur, place la foule dans une situation cognitive où elle ne peut pas faire autrement que de coïter pour de faux au pas de l'oie.

La pornographie, heuristique de la peur, fait prendre les femmes en position de crucifixion et/ou de crémation au bûcher.

La pornographie, heuristique de la peur, rejoue sur le corps des femmes toute la généalogie de la haine séculaire à l'égard du féminin : de l'avulsion à l'Inquisition, de la relégation sociale à la mise esthétique sous vitrine.

Un coït qui ne pense pas la vie la mort est une tranquille habitude mortelle, un non rapport à soi, à l'autre, au monde et au cosmos, et qui enferme la femme et l'homme dans un corps-tombeau rassurant. C'est une foule de corps-tombeaux qui meublent le monde.

Rares sont les femmes, rares sont les hommes échappés du corps-tombeau ?

L'esprit de rivalité anime les *amants audacieux*. Dans le coït, l'amante jalouse l'amant et vice-versa. C'est une rivalité inconsciente que vise la Jouissance Féminine : le dépassement toujours recommencé de soi, car ce coït-là pense *la mort la vie*, éprouve la crainte de la mort dans une convulsion de vie qui se fonde dans la saisie de cette tension contradictoire entre vie et mort, danse infernale qui lie toutes les choses entre elles pour qu'elles ne cessent jamais de devenir monde. C'est cette saisie sans fard du vrai qui pousse les *amants audacieux*, dans leur rivalité, à se créer œuvre existentielle, mise à nu à la vie brève, mais éternelle quant à la vérité qu'elle ose inoculer dans les corps avec lesquels on pense.

La Jouissance Féminine meut l'intelligible de chaque chose. Le sensible est une offrande de la Jouissance Féminine.

Les étants sont Jouissance Féminine et la Jouissance Féminine forme un étant qui s'écoule éternellement par la Jouissance Féminine.

Les femmes, délivrées *des corsets et des chaînes*, sont en dialogue constant avec le Tout. Les hommes, délivrés *des corsets et des chaînes*, écoutent ce discours via le corps féminin fait Verbe. Ainsi, femme et homme forment un couple de contraires en harmonie avec le Tout, où tragédie et vie sont une seule et même chose : le risque de vivre.

Le corps dans son inquiétance. Éradiquer cette inquiétance, c'est vouloir vivre tout en étant mort.

Les Anciens – qui voyaient mieux que nous, car, pour eux, voir c'était vivre –, croyaient que le ciel était de feu. Telle est la Jouissance Féminine, dont les flammes, toujours changeantes, s'entrelacent dans un cri mêlé de *la vie la mort*.

Ouvrir nos yeux grands fermés, petites parcelles de désir et de lumière de la Jouissance Féminine.

La Jouissance Féminine est un perpétuel oracle : à bon entendeur !

Pierre Aporia regardait Nathalie Nathalicia…
— Que regardes-tu ? lui demandait-elle.
— Ton corps me donne à penser…
— Alors, qu'en penses-tu ?
— Que faisait la Jouissance Féminine avant le grand *Oui !* au monde ?
— Rien du Tout…
— Écrire ces choses-là, alors que nous sommes dans une socioculture de masse qui a réponse à tout – sans tenir compte du Tout et de ses parties, je te l'accorde –, c'est prendre le risque de te faire ostraciser, voire socratiser sur la place multimédiatique.
— Je suis une toute petite chose, mais j'ai de la ressource… C'était quoi, pour toi, une femme ?
— Une… une vocation ?

— Rappel : la femme et l'homme sont le même tout en étant deux...
— Je l'ai saisi avec toi, en passant de longs moments à te regarder, dans toute ta plénitude, sans rien dire, comme on peut le faire en regardant la nature, en contemplant la voûte céleste...
— Tu as toujours comparé ma croupe mutique à la sphère céleste... C'est la socioculture qui a séparé la femme et l'homme en deux choses distinctes, pour les réunir ensuite de manière artificielle et intéressée idéologiquement, comme peuvent le faire, par exemple, la télévision, le cinématographe, la publicité, la mode, la cosmétique, la pornographie, le mariage, les religions... Mais toutes ces récupérations ne sont que des fictions, des arrières-mondes. Un rêve mortifère collectif. Pourquoi cette illusion est-elle digérée par le cerveau humain ? Parce que l'un (le féminin) est sacrifié au profit de l'autre (le masculin). Cette illusion égalitaire homme/femme crée un être unique sans opposé : l'Homme-phallus anthropophage. Nous ne connaissons pas l'homme et la femme, car ils sont un. Deux en un. Pierre, tu ne peux connaître l'homme sans connaître la femme ; et tu ne peux connaître la femme sans connaître l'homme. C'est un peu comme bien et mal, qui ne sont qu'une seule et même chose. Vouloir séparer l'un au profit de l'autre revient à souhaiter la mort de ce monde *unique et commun, le même pour tous* : la réalité en soi. Pierre, accepte le monde tel qu'il est... Regarde, regarde, Pierre ! Regarde mon sexe ! Que te dit-il ?
— Je... n'entends pas...
— Que ce qui est le plus laid est le plus beau aussi ; et que ce qui est beau est laid. Viens dans mon sexe... Tu sais, c'est tout plein de dieux là-dedans aussi... Viens dans mon *logos*... tu y retrouveras la vue et l'ouïe... tu y verras et entendras à nouveau l'éclat de la vérité. Et tu l'as déjà saisie,

cette vérité ; car, toi, tu n'as jamais eu peur de me regarder l'âme frontalement ; et tu n'as jamais eu peur, toi, de me baiser ! Viens dans mon sexe, et nous formerons le plus beau couple de contraires : des *amants de la vérité*... Viens !

Pierre Aporia suivait Nathalie Nathalicia dans l'étroit couloir sombre, les murs lézardés couverts de mousse, et sur lesquels suintait une eau chargée d'une forte saveur de sel. Pierre Aporia fixait le corps nu de Nathalie Nathalicia, ondulations cliniques de la chair et des muscles noués au squelette balancier du Temps, ponctuations triviales d'une invisible succession d'intervalles de *maintenant*. Corps nu de Nathalie Nathalicia devenant ce qu'il est dans l'instant qui s'échappe, vieillissant à lui-même, toujours plus vieux que lui-même, mais ni plus vieux ni plus jeune que lors de cette dernière étreinte, sauvage convulsion remontant des abîmes mnésiques, c'est-à-dire quelques secondes, et dont chaque strate d'intervalle de *maintenant*, atome par atome, peu à peu, s'oubliait ; une altération douloureuse du souvenir douloureux, et une décomposition doucereuse de ce corps nu de Nathalie Nathalicia s'enfonçant derechef dans le *maintenant* imperceptible, la mort la vie, la vie la mort toujours recommencée, sous la houle silencieuse des larges hanches, violents ressacs cycliques des fesses vigoureuses, mouvements du feu animant ce corps de chair et d'os, de pisse et de merde, d'eau et de sang, de cyprine et de sueur, de salive spumescente, mouvements de la mer odorante s'écoulant le long des murs écaillés, mouvements de cascade de la longue chevelure blonde, mouvements de la nature naturante, mort vie se balançant d'une fesse charnue à l'autre, promesse obsédante de vie, irréversible comme la mort, inséparables l'une de l'autre, comme l'ombre et la lumière, lesquelles, doucement, enveloppaient le beau corps de Nathalie Nathalicia, vérité crue tout impétueuse.

— Viens ! disait-elle, d'une voix rauque et sensuelle.

Un rai de lumière dégrafait l'ombre, l'ouvrant comme une robe sur le dos osseux, l'échine dorsale se cambrant en une belle chute de reins creusée de fossettes iliaques, desquelles descendait vers le sillon glutéal un fin duvet chatoyant de givre.

Les murs étaient tapissés de bleu azur, ornés de frises couleur or. Un grand miroir au cadre doré reflétait un lit à coucher complètement recouvert de soie rouge indien.

Pierre Aporia avait posé, délicatement, ses mains sur les petits seins de Nathalie Nathalicia – après lui avoir demandé s'il pouvait le faire.

— Tu as des seins de glace ? Tu avais les seins si chauds, avant…
— C'était un autre temps…
— Oui…
— Je serai près de toi, toujours. Je serai ton démon et ton ethos. Toi, tu seras mon tombeau.
— Ne me quitte plus…
— Je suis désolée, Pierre…
— Je ferai tout pour nous sauver !
— Allez !… t'aurais pas une petite poussée de libido ?
— Ô non… Je suis fatigué, fatigué… fatigué… et j'ai peur…
— De quoi as-tu peur ? De moi ?
— J'ai peur… que tu ne te suicides de nouveau…
— De nouveau… à nouveau… de la même manière… d'une autre manière… on ne peut le savoir…
— Arrête ! Tu me fais mal ! Tu es cruelle !
— Cela t'étonne ? Tu nous idéalises, Pierre… Nous avons toutes été taillées dans la même chair que toi : nous sommes capables du pire comme du meilleur… Il y a eu des millions de femmes nationales-socialistes. Et des milliers d'entre elles contribuèrent à l'utopie raciale nazie et à la Shoah.

— Nous, hommes, nous avons sciemment choisi d'avoir le monopole du mal. Auschwitz, Hiroshima, Nagasaki ont été conçus, pensés, perpétrés, engendrés par des hommes, lesquels avaient trouvé une caution morale par certains écrits de philosophes hommes.

Pierre Aporia voyait Nathalie Nathalicia fondre dans le noir le plus noir, comme si l'aura de son beau corps s'éteignait doucement.

— Ne me quitte pas, disait-il.
— N'aie pas peur.
— Je t'aime.
— Tu ne m'aimes pas : c'est le désir.
— C'est le désir ? Rien d'autre ?
— C'est peu, mais essentiel, comme le Soleil. Nous ne sommes que des appâts sexuels l'un pour l'autre… Phéromones… Je suis ton *mea culpa*… Tu es mon *mea culpa*, Pierre…
— Ne me quitte pas !
— C'est fini, Pierre.
— Non ! Tu sens encore le sang…
— Alors, viens ! te dis-je… Avant de nous rendre à cette Earthquake Party, nous pourrions nous amuser à nommer les choses comme les Anciens. Nommer les choses pour ce qu'elles sont, pour ce qu'elles font. Nous avons tout le temps pour nous, tout le temps pour des préliminaires très poussés ; puis pour un long, très long développement abordé de front, en face-à-face, jusqu'à l'apothéose finale… Tout cela dans sept lettres, sept comme le cycle de la Lune, sept lettres gigognes dont les racines remontent jusqu'à la nuit des temps préhistoriques : c-o-p-u-l-e-r. Raison valable pour laquelle nous *copulerons* dans le noir le plus noir…
— Pourquoi le noir ? Ne m'as-tu pas dit que « ce qui n'est pas beau n'est pas nécessairement laid » ?

— La nuit est sacrée, Pierre : elle dompte les hommes et les dieux. Elle t'enseigne à te contenter du monde donné. Et le noir est la couleur de l'origine...

En écoutant la voix indolente et brutale de Nathalie Nathalicia, Pierre Aporia la regardait, avec stupéfaction, sortir de son sexe odorant un long ruban de soie crue aux motifs écarlates variés. Et elle lui disait ces mots :
— Qui n'a jamais humé le sang et les entrailles d'une femme en menstruation, n'a jamais aimé à la folie.

La main glacée de Nathalie Nathalicia se repliait sur la verge tumescente, à mesure que les yeux de chair de Pierre Aporia s'éteignaient, jusqu'à l'obscurité la plus complète, gouffre sombre où résonnaient les cris des amants ensauvagés dans des convulsions pléthoriques, où chacun, arc-bouté sur le noir le plus noir, en s'agrippant fermement à la chair de l'autre, saisissait la vérité, laquelle se dérobait sans cesse, comme une fontaine s'écoulant entre leurs doigts, comme le sang à touche-touche sur les draps froissés passant du rouge éclatant au rouge-brun, puis du rouge-brun à l'invisible. Lentement, Nathalie Nathalicia couvrait le visage de Pierre Aporia avec ce voile de soie crue qu'elle avait sorti de son sexe, et dont le sang y avait imprimé son beau visage de femme. Puis, elle s'approcha de la bouche *fémininmasculin*, où le souffle haletant de Pierre Aporia faisait palpiter le voile rouge sang comme un cœur. Elle murmurait au creux de cette bouche masculine voilée de lèvres purpurines :
— *Pierre*, tu es pierre, et sur cette pierre j'entreprendrai tous mes desseins cachés... *Elle* était une fois et une fois *elle* n'était pas, Nathalie Nathalicia...

PARTY-GIRLS TWO

1

    Dans la nuit tendrement étoilée, une brume épaisse se déplaçait lentement au-dessus de toutes les choses. Deux faisceaux de lumière blanche, provenant des phares de la D.S.Argo de Pierre Aporia, traversaient la brume, y découpant deux cônes qui se rejoignaient en une masse de lumière vaporeuse enveloppant le véhicule. Pierre Aporia, penché en avant, n'y voyait pas à trois mètres.
    Nathalie Nathalicia à la belle chevelure blonde, assise à la place du mort, avait programmé le G.P.S. afin de se rendre sans difficulté au "Petit New York". Sur l'écran, l'espace-temps était un champ gravitationnel tissé d'une multitude de lignes. La trajectoire de la D.S.Argo se manifestait par la courbure de cet espace-temps quadridimensionnel. Dès qu'un endroit était atteint, il s'affichait en lettres rouges. La D.S.Argo venait déjà de traverser "Clitoral Hood", "Labia Majora" et "Labia Minora". Maintenant, elle se dirigeait en ligne droite, à 214 km/h, à travers la brume, vers le "Mons Veneris" où se dressait le "Petit New York".
    Temps et Espace sont indissociables. Ensemble quadridimensionnel qui, petit à petit, s'éloigne de l'être… pour l'être… Telle était, ici, la destinée de Nathalie Nathalicia à la belle chevelure blonde, vêtue d'une minirobe vinyle à carreaux noir et blanc. Tel était, à l'arrière de l'automobile, le destin de deux femmes aux grands yeux, vêtue chacune d'une robe moulante en satin de soie, divisée d'une partie blanche à gauche et d'une partie noire à droite, pour la femme assise derrière Nathalie ; d'une partie noire à gauche et d'une partie blanche à droite pour la femme assise derrière Pierre Aporia, lequel ni plus jeune ni plus vieux, mais tout simplement et fatalement devenir. Dans le

rétroviseur panoramique, il distinguait difficilement le visage aux grands yeux sombres des deux femmes. Mais il voyait bien l'empreinte des clavicules et des seins au travers de leurs robes ; et les auréoles de sueur dessous les bras, qui exhalaient dans la cabine des effluves animaux mêlés de musc blanc. Il les voyait arborer toutes les deux des gants du soir griffes, en velours noir, avec application de faux ongles en métal argenté. Et il sentait tous les atomes de leurs corps s'agiter les uns autour des autres, Jouissance Féminine qui, dans sa course à travers le Tout, propageait transformations et mélanges successifs en devenir de toutes les belles choses, comme Nathalie Nathalicia à la belle chevelure blonde, tout près de lui, chaudement près de lui, vivifiante Nathalie Nathalicia en train de sortir, de dessous son siège, des coupes de cristal, qu'elle tendait, une à une, à chacun des passagers, son visage cru empourpré par la joie, les yeux flamboyants de tout le désir qui veut le désir, et qui, toujours, immanent, imprime en *tout* ce mouvement perpétuel de la Jouissance Féminine, désir fondamental à l'ordonnance chaosmique du monde.

  En regardant du coin de l'œil Pierre Aporia, Nathalie Nathalicia encerclait de l'index et du pouce le bouchon de liège d'une bouteille d'*húbris*. Et, d'un quart de tour, elle expulsa le bouchon en un plop ! gorgé de mousse. « Tout est dans la souplesse du poignet ! » se disait Nathalie Nathalicia à part elle. Sa longue main, toute trempée d'*húbris*, tenait la bouteille par le col, et Nathalie Nathalicia remplissait les coupes, tendues vers elle, des deux femmes ; ensuite, celle de Pierre Aporia ; et enfin, la sienne. Puis, d'une langue intrépide, elle lampait le goulot chatoyant ourlé d'une mousseline de gouttelettes mordorées. Tout soudain, des mèches blondes de sa belle chevelure vinrent flotter inopinément autour de son visage chafouin, mèches rebelles balayées par l'air qui s'engouffrait dans l'instant, par le toit

ouvrant, à l'intérieur de la cabine – Pierre Aporia venant d'activer l'ouverture électronique du toit. Tout échevelée par les vagues successives du vent, Nathalie Nathalicia s'était soulevée de son siège pour balancer à l'extérieur la bouteille d'*húbris*. Lentement, celle-ci s'enfonçait à travers la brume dans un panache d'écume qui, en se sublimant en une libation liliale, se répandait sur la carrosserie noire de la D.S.Argo. Nathalie Nathalicia s'offrait à la violence du vent. Elle sentait la brume, chargée d'humidité, fouailler son visage et sa gorge. D'une voix montante de soprano, elle s'écriait :
— "Trinquons, trinquons avec la mort !"

Pierre Aporia levait sa coupe, tout en guignant la magnificence infinie de la croupe de Nathalie Nathalicia, harmonie géométrique violemment corsetée dans le vinyle à carreaux noir et blanc de la minirobe, ô juste quelques secondes d'éternité, avant que Nathalie Nathalicia ne se laissât choir au fond de son siège, grisée d'avoir fait cul sec ! L'œil fixe, la respiration bloquée, la tête basculée en arrière, une main crispée sur la cuisse droite, l'autre agrippée à la coupe vide, elle lâcha un rot bruyant, la bouche grande ouverte, les lèvres encore perlées d'*húbris*.

Dans le rétroviseur panoramique, Pierre Aporia voyait les deux femmes aux grands yeux porter leurs coupes mordorées à leurs petites lèvres ourlées en forme de pétales de coquelicot. Leurs longues chevelures étaient ceintes d'un bandeau de pourpre parcouru d'ondes azur, sinuosités régulières et insécables. En levant le coude, leurs seins droits bombaient sous le satin de soie, dessinant un segment hémisphérique qui diffusait une lumière platine très dure, rendant chaque sein comparable à une Lune gibbeuse – la trame de la soie, avec l'incidence de la lumière, formait comme des petits cratères entourés de zones sombres. En regardant l'empreinte laissée par leurs petites lèvres au bord du cristal, les deux femmes écoutaient le vent venir bourdonner à l'intérieur de leurs coupes vidées cul sec. Et elles rotèrent – l'une d'elles avait porté sa main devant sa bouche pour sentir son haleine minérale.

Par le toit ouvrant, d'où s'engouffrait en rafales successives un vent sauvage, Nathalie Nathalicia observait la brume qui formait une coupole. Elle se sentait ainsi comme enceinte dans un monde primitif. La chevelure serpentine, l'œil coruscant, Nathalie Nathalicia s'approchait doucement de Pierre Aporia, pour lui souffler son haleine réparatrice dans sa bouche entr'ouverte. Le tenant par la nuque, elle soufflait très fort… Et c'était comme s'il respirait à pleins poumons : un bien-être envahissait son plexus solaire. Le corps s'illimitait. La D.S.Argo fonçait à plus de 214 km/h. Enlacées par les tourbillons coquins du vent, en se tenant chacune par le cou, les trois femmes se soufflaient, à tour de rôle, cette haleine réparatrice dans leurs bouches. Entre chaque intense expiration, les deux femmes aux grands yeux s'exclamaient d'une voix rauque :
— Fucking good shock! Terriblement terrible!

La brume se dégageait, peu à peu, du Boulevard du Crépuscule. Les cinq tours du "Petit New York", voluptueusement dressées parmi des barres d'immeubles à loyer très modéré, se découpaient sur le ciel tendrement piqueté d'étoiles. Pierre Aporia observait plus particulièrement la tour où il avait passé le dernier cycle de son enfance (après l'explosion de l'immeuble originaire). Sa chambre, au deuxième étage, était allumée. Mais le papier peint aux motifs pourpres et blancs mouchetés de vert, que sa mère avait choisi et fait coller sur les murs et le plafond, avait changé pour une vive peinture blanche. Et, à la fenêtre, venait d'apparaître un petit garçon. Même teinte de cheveux bruns que lui naguère. Pierre Aporia se souvenait en avoir passé du temps à cette fenêtre, qui donnait plein sud. Poste idéal (il comparait sa chambre à un vaisseau spatial) pour regarder les nuages, s'étonnant de leurs formes d'animaux, de monstres et de créatures anthropomorphes géantes ; pour observer la Lune et les planètes avec une lunette de sa conception (une loupe clouée sur un tasseau à une bonne distance d'un objectif de projecteur de diapositives) ; pour attendre, longtemps, trop longtemps, du retour du travail sa mère… Il lui ressouvint ce matin d'automne, à six heures, l'avoir regardée, avec bienveillance, s'éloigner sur un mini-vélo blanc pour se rendre à l'usine textile au fond de la vallée : c'était la première fois de sa vie que sa mère allait travailler au-dehors de la maison. Il était un peu inquiet pour elle ; et ce changement augurait pour lui une prise en charge de la maison, de ses sœurs et de lui-même. Cela lui avait déjà été explicitement demandé lors du départ définitif de son père : « Tu es le seul homme de la maison, tu es donc le chef de famille maintenant. Tu dois veiller sur tes sœurs et ta mère », lui avait dit sa grand-mère maternelle, et sur un ton autoritaire qui ne lui laissait aucune échappatoire. « Sois studieux, car c'est maintenant que ton avenir se dessine. Et sois aussi un fils attentif aux soucis de sa maman. Sois gentil avec tes sœurs, qui sont petites encore et fais en sorte qu'elles deviennent obéissantes. », lui avait écrit son grand-père maternel, sur un papier à lettres à en-tête du Ministère des Affaires Culturelles. Pierre n'avait que dix ans. Ainsi, à son insu, par la force des choses de famille, il était devenu ce qu'il appellerait plus tard un *enfant-père*. Et il lui aura fallu, à cet *enfant-père*, déployer beaucoup de moyens et de ruses pour se re-créer une enfance, secrète, un petit monde, une île déserte, un rempart d'imaginaire contre la violence et la folie qui sourdaient au sein de sa famille. Amor Fati ! Ainsi, cette large fenêtre à bascule (ornée d'un rideau jaune d'or), laissait généreusement la lumière venir éclairer les décors et les maquettes de ses films, illuminant sa chambre transformée en studio de cinématographie. Il lui donnerait même un nom à ce studio : "Scotchlood" ("Scotch", car il utilisait des kilomètres de ruban adhésif pour construire les décors ; "Lood", pour faire comme "Hollywood").

Le regard de l'enfant à la fenêtre croisa celui de Pierre Aporia, lequel, gêné, baissa les yeux. Alors, il découvrit, avec stupeur, que le bac à sable, situé au pied de la tour, avait été transformé en parking. Que les bancs, où les mères s'asseyaient pour converser pendant que les enfants jouaient, avaient disparu. Mais, peut-être que les enfants ne jouaient plus *dehors*, parce que hypnotisés *dedans* par les écrans. D'ailleurs, même la "Côte de Velours" avait été rasée. Cette petite forêt, avec ses grottes et ses mystères, à quelques mètres de la tour, l'*enfant-père* y avait tourné des films, expérimenté des fusées, entrepris des expéditions dignes des explorateurs de la jungle. Cette petite forêt – *sa forêt* – était maintenant transformée en cellules d'habitation de béton. Ô fragiles souvenirs…

Par contre, le Collège était toujours là. Avec son architecture minimaliste en forme de T, sa pendule solaire sculptée dans de l'acier à l'entrée, et la ligne blanche devant le portail, ligne à avoir franchie pour être considéré dans l'établissement, ou en dehors de celui-ci afin, par exemple, de pouvoir fumer – ce qui était le signe d'être *grand*. Au fond du Collège, encore dans la brume, Pierre Aporia distinguait la cour autrefois attribuée aux classes de Transition. Il avait aimé s'y aventurer dans cette cour, le cœur battant, car en ce lieu, les mecs avaient l'allure voyou ; et les filles, toutes les filles, avec leurs maquillages, leurs blouses (roses ou beiges selon la semaine) ouvertes sur leurs jupes courtes, leurs jeans moulants, avec l'air sciemment dévergondé (*vulgaire* selon le qu'en-dira-t-on), le regard hautain, le port de tête altier, toutes ces filles-là avaient une fraîcheur, un naturel, une maturité, un quelque chose d'exceptionnel, donc de fascinant et de totalement différent des autres filles de la cour des classes traditionnelles. Ces filles-là étaient telles des femmes. Et auprès d'elles, Pierre était comme un explorateur face à un inconnu. Et ses copains lui disaient, sur un ton qui dissimulait mal leur ignorance, qu'elles avaient vu le loup !... Mais, quel loup ?

Le jour vint, où l'une de ces filles très *mauvais genre*, la copine d'un copain, une grande blonde pulpeuse, lui fit la bise. Ému à en perdre le souffle, il avait touché ses joues, comme si quelque chose de divin venait d'y être déposé. Et chaque matin, à l'entrée du Collège, de l'autre côté de la ligne blanche, ce côté où l'on était *libre*, quand il l'apercevait, appuyée sur la barrière en train de tirer sur sa cigarette (qu'elle tenait à l'intérieur de sa longue et fine main, repliée comme un coquillage), son cœur battait d'impatience qu'elle vînt lui claquer sur ses joues pubères quatre bises, lesquelles, parfois, lui laissaient de petites traces de rouge à lèvres, traces qu'il se refusait de retirer, les arborant même avec fierté, bien conscient de l'ambiguïté que cela levait dans le regard des autres.

Quelques années plus tard, au deuxième sous-sol de la tour, dans des exhalaisons d'humidité rance et de pisse, auto-enfermés elle et lui dans la cave pour se soustraire à un jeu puéril de cache-cache, cette fille *mauvais genre* à la chevelure parfumée de tabac blond, en quittant la bouche de Pierre, avait halé toute la moiteur de l'obscurité jusqu'au *rameau de chair*. Et sous la jupe blanche, agressivement courte, une des mains de Pierre, les doigts gelés par la crainte, s'était glissée dans la culotte mouillée vers le sillon velu et fendu. Cette chair de velours lui paraissait tout à la fois si dure, si liquide et si chaude, qu'il en fut saisi d'effroi. Et elle riait aux éclats – un rire *vulgaire*, aux tonalités rauques, trivialité mutine qu'il recherchera toute sa vie, car synonyme, pour lui, de vérité nue. Elle gémissait « *oui !* c'est bon *ça* ! » tout en lui couvrant son visage de brûlants baisers carnivores. Puis, d'une main, elle tenait son briquet à alcool allumé, pour voir, dans la lueur flavescente, « sa petite gueule intelligente ! »

— Ô ma Rome ! s'écriait Pierre Aporia en descendant de la D.S.Argo, toute recouverte de gouttelettes iridescentes. Nathalie Nathalicia à la belle chevelure blonde, dont les boucles indisciplinées jouaient avec le vent, ouvrait la portière arrière pour laisser descendre les deux femmes aux grands yeux. Elle leur disait :
— Allons ! Dévoilons nos parures interdites ! Débarrassons-nous de ces beaux vêtements qui contrôlent nos chairs et contaminent nos esprits !
Avec des mouvements lents, les deux femmes déboutonnaient le haut de leurs robes noir et blanc – la ceinture argent cachait les boutonnières tout autour de la taille. Puis, en retirant le haut par-dessus leurs têtes, elles dévoilèrent chacune un torse bellement nu, sur lequel était écrit à la main :

Libre je suis

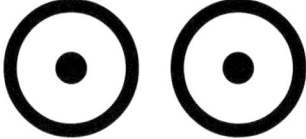

  Les peupliers bordant le Boulevard du Crépuscule frémissaient, bruissement semblable à l'écoulement d'une rivière, où remontaient à la source de leur être au monde de muets poissons argentés, agiles et souples comme les seins fermes et opulents des femmes en mouvement lent sous l'œil sagace de Pierre Aporia. Un rêve lui revenait en mémoire… Dans une salle de bains obscure, il était auprès de Nathalie Nathalicia torse nu. La beauté, la jeunesse de Nathalie, le grain de sa peau blanche, lui paraissaient irréels. Nathalie se regardait dans un miroir ovale, suspendu au-dessus du lavabo au fond duquel voletait un papillon azur qui venait juste de sortir de sa belle bouche. Des larmes glissaient sur ses joues creuses. Sans ciller, elle fixait son reflet. Elle étudiait son image. Elle questionnait la raison de cette image. Tout auprès d'elle, Pierre lui disait qu'à pleurer ainsi, elle allait abîmer ses beaux yeux pers. Doucement, elle tournait la tête vers lui ; et elle souriait avec tendresse. Il lui murmurait qu'elle pourrait faire de sa vie une œuvre d'art existentielle. Elle ne répondait pas. Le papillon azur tournoyait dans le lavabo. L'obscurité pénétrait dans la salle de bains. L'embrasure de la porte se découpait sur une vive lumière d'un blanc cosmique. Une ombre passait sur la concrétude *bellement sphérique* des petits seins luisants de Nathalie Nathalicia : la nature n'avait pas créé forme plus parfaite…

Pierre Aporia avisait une pancarte, ficelée au poteau d'un réverbère coruscant, et qui indiquait la direction de l'EARTHQUAKE PARTY. Derrière lui, Nathalie Nathalicia observait l'*étoile mystérieuse*, dont le vif éclat avait encore augmenté. Elle la pointait du doigt, pour attirer l'attention de ses camarades. Seul Pierre Aporia leva la tête. Les deux femmes torse nu, en chantant des poèmes de la Nature, taguaient en blanc un mur de briques rouges : "L'ÉTAT NOUS MATE ! CREVONS-LUI LES YEUX !" Au pied du mur, une végétation se développait jusque dans les interstices et les fêlures des briques rouges. Des petits cailloux s'entrechoquaient sous les mouvements des escarpins plats, ornés de petits carrés noirs sur un fond argent coordonné avec la fine ceinture, ceignant la taille ondulante des deux femmes.

Nathalie Nathalicia et Pierre Aporia s'avançaient sur une large esplanade de béton noirci dans la masse, en direction de la Tour Infernale – ainsi dénommée dans les écritures de la pancarte ficelée. D'une fenêtre entr'ouverte d'un immeuble longeant un des côtés couverts de l'esplanade déserte, s'échappait à tire-d'aile *L'Oiseau de Feu*, le vol majestueux battant au rythme d'une *Danse des Princesses*. De part et d'autre du couple, arrivaient en courant les deux femmes torse nu. Elles tenaient chacune à la main un bâton de fumigène qui se consumait en soufflant comme un félin. Celui à gauche du couple était rouge. Celui à droite bleu azur. Les deux femmes se croisèrent devant le couple, lequel, très vite, se retrouva enveloppé dans l'épaisse fumée. Le rouge se mélangeait au bleu. Le bleu se mélangeait au rouge. Le mélange harmonieux se dissipait, nous laissant découvrir petit à petit la très haute Tour Infernale, dont le sommet semblait se perdre dans le ciel moucheté d'étoiles. Nathalie Nathalicia et Pierre Aporia, immobiles, la tête levée,

regardaient tout à la fois la Tour Infernale et les étoiles. Nathalie Nathalicia à la belle chevelure blonde disait :
— Le ciel est de feu ! Les astres sont des trous s'ouvrant sur le feu éternel qui nous enveloppe.

De son côté, en regardant la Tour Infernale, Pierre Aporia se souvenait qu'un jour de plein soleil – jour où chacun d'entre eux se souvenait encore où il était et ce qu'il faisait –, cette Tour Infernale s'était en partie effondrée. Ensuite, elle avait été reconstruite sur ce qui restait debout. Alors, Pierre Aporia se demandait, avec inquiétude, si cette nouvelle Tour Infernale était vraiment du solide. Si elle ne risquait pas de s'effondrer à nouveau, car la partie inférieure sur laquelle elle avait été reconstruite avait dû, nécessairement, être fragilisée lors de l'effondrement fatal : des tonnes d'acier – recyclées en vaisselle pour les pays émergents –, de béton et de verre… Une horreur !… à l'intérieur de laquelle il n'aimerait vraiment pas se retrouver. Pourquoi donc « se retrouver » ? Il avait, en effet, un sentiment diffus d'un déjà vécu. Comme la résurgence d'un rêve. Certains ont dit, qu'un jour, on revivrait ce que l'on avait vécu : Éternel Retour du Même. D'autres, que l'Histoire bégaie. Que l'Histoire se répète. Alors, allez savoir…

Nathalie Nathalicia regardait les deux femmes torse nu : elles dansaient, en décrivant des cercles, au centre de l'esplanade. Des volutes de fumigènes bleu-rouge tournaient autour d'elles. « Ce sont des guerrières ! » pensait Nathalie Nathalicia. De son côté, Pierre Aporia humait les exhalaisons de ces femmes en sueur. Il aimerait pouvoir se contenter, pour seule nourriture, d'humer le parfum des femmes, tels les papillons celui des fleurs. Pour conjurer l'angoisse qu'éveillait en lui cette Tour Infernale, il racontait à Nathalie Nathalicia – qui venait de se retourner vers lui et de poser ses bras sur ses épaules – que lorsqu'il était gamin, il s'amusait – surtout dans la cour de récréation du Collège – à se représenter l'immensité de l'Univers, et ce jusqu'à en ressentir, physiquement, l'unicité, et donc la possibilité de sa non-existence. Alors, en regardant les autres jouer sous l'œil des surveillants, en observant les jambes des filles qui tricotaient des figures invisibles avec un élastique tendu de l'une à l'autre d'entre elles, il comprenait, bien malgré lui, que le monde ici-bas ainsi que cet Univers qui l'enveloppait n'avaient pas toujours été, et auraient très bien pu ne jamais exister. Il n'y avait donc aucune logique, aucune providence, aucune nécessité derrière toutes les choses qui existaient. Il n'y avait aucun principe, aucun déterminisme derrière ces jambes au galbe juvénile qui s'entrecroisaient, mais seulement un pur hasard dépassant l'entendement. C'était, pour lui, plutôt la possibilité radicale de la non-existence de ces jambes en mouvement qui, tout à coup, donnait à ce monde une consistance et un sens tragique : cela ne se répétera jamais. Et cette compréhension intime d'un Univers infini et de son infinie possibilité de non-existence lui procurait un doux vertige insondable, un trop-plein d'être, comme si tout son corps borné se fondait en cette indicibilité. Comme l'Univers, notre vie est unique, un hasard quantique qui ne se reproduira plus jamais, comme les formes probabilistes que les jambes des filles, dans la cour de récréation, avec leurs élastiques, tricotaient à l'infini…

L'atrium du rez-de-chaussée de la Tour Infernale était surplombé d'un immense plafond de verre, dont la lumière froide se reflétait sur le sol noir d'aspect brillant. Selon une plaque de bronze vissée sur l'un des piliers porteurs, ce plafond dissimulait un système de récupération de chaleur dernier cri haute technologie. Le bureau d'accueil, cage de verre en forme de prisme, était fermé. Seuls les écrans de télésurveillance fonctionnaient, épiant les zones stratégiques de la Tour Infernale. Nathalie Nathalicia, les deux femmes torse nu et Pierre Aporia pénétraient dans un ascenseur aux parois latérales couvertes de glaces. Au sol, la couleur de la moquette rouge sang s'intensifiait avec la lumière du plafonnier. Les lourdes portes sombres coulissantes s'étaient refermées sur les silhouettes démultipliées, en émettant le tintement d'une petite clochette…

DI-DING

Dans la cabine, qui craquait, vibrait et bourdonnait sur un arrière-fond sonore pulsant comme un monitorage cardiaque, Pierre Aporia avisait un écriteau, placé au-dessus d'un lecteur optique de badges destiné au personnel de la Tour Infernale :

ATTENTION ! LA NON-VALIDATION EST UNE INFRACTION !

Dans l'instant même, en croisant le regard de Nathalie Nathalicia – *toujours regardant vers les rayons éclatants du Soleil* – Pierre Aporia revit ce rêve où il s'avançait dans les couloirs de la Villa Hauteville… Il y avait le feu… Il poussait Sol'Ange, qui tenait une petite fille dans ses bras, vers la salle de bains du rez-de-chaussée, pour les protéger. Dans le salon, il s'avançait vers les fenêtres où brûlaient les volets de bois. N'y avait-il donc plus aucune issue ? Il se détourna des yeux coruscants de Nathalie Nathalicia, et attacha son regard aux deux femmes torse nu, encore haletantes, ventre en avant, coudes appuyés sur la rambarde d'acier. « Elles ruissellent, et coulent, et brillent » pensait-il à part lui, tout en humant leur fraîche sueur. Tout soudain, sur les seins nus et libres, il voyait, en filigrane, le sang des veines bleues charrier ses peurs : peur d'avoir l'envie irrépressible de faire violence à ces femmes ; peur de la peur ; peur du corps ; peur de mourir

en les baisant ; peur de la castration ; peur de les tuer toutes…
Et les veines éclatèrent…

Fuir
Éloge de la fuite
Vivifiante Nathalie Nathalicia
Silhouette élégiaque s'étirant à l'infini
Reflets multiples que se renvoyaient les miroirs
Tout soudain empourprés de violentes aspersions de sang

EARTHQUAKE PARTY
SUIVEZ LA FLÈCHE – TEMPS

2

Les lourdes portes sombres de l'ascenseur étaient ouvertes. Pierre Aporia, encadré des deux femmes torse nu et suivi de Nathalie Nathalicia, en avait franchi le seuil. S'avançant sur la mezzanine, il était totalement ébahi par le joyeux bazar qu'il voyait en bas du Grand Escalier Droit : des centaines de femmes, de tout âge, de toute ethnie et de toute catégorie sociale s'agitaient et discutaient dans une salle immense : le Salon de la Méduse. Une des deux femmes torse nu se penchait vers Pierre Aporia, pour lui susurrer à l'oreille gauche :
— Benvenuto in Città Della Donne !

Puis, arborant un petit sourire coquin, elle s'effaça lentement derrière lui, et, à reculons, entraîna par la main sa complice jusque derrière une porte noire, où l'on pouvait lire sur une plaque gris perle TOILETTES POUR FEMMES. Nathalie Nathalicia se dirigeait sur le côté opposé, à gauche de Pierre Aporia, vers le bar, qui était comble. La vue de toutes ces femmes dans ce vaste décor enflammait la pensée de Pierre Aporia.

De l'immense plafond de verre blanc, une lumière crue irradiait en douche le Salon de la Méduse, créant un jour mêlé de nuit. En bas du Grand Escalier Droit, le Salon de la Méduse, d'architecture sobre, était un grandiose parallélépipède, au sol à damier noir et blanc, aux murs et aux colonnes d'un blanc mat. À droite et à gauche, sur chaque longueur de la salle, s'alignaient six hautes colonnes formant une contre-allée. Aux murs de ces deux contre-allées, étaient suspendus des portraits géants noir et blanc d'Hollywood Movie Stars. Chaque *Divine* dominait de son regard glacé la table ronde, placée en face d'elle et devant l'arcade lui correspondant. Au centre des dix tables (cinq par colonnade), nappées de gris perle, brillait une sphère blanche qui éclairait d'une lumière dure les femmes assises.

Pierre Aporia était encore sur la mezzanine, au bord du Grand Escalier Droit. Ainsi, du regard, il dominait toute la salle. En face de lui, contre le mur du fond de la salle, entre les deux enfilades de colonnes, se dressait une scène en cubes de bois noir, surplombée d'un écran large sur lequel apparaissaient, par intermittence, des images animées ou fixes de femmes torse nu dans des manifestations de rues. La projection était entrecoupée de textes en lettres blanches sur fond noir : « WOMEN SPRING IS COMING » « JOUIR ET ÊTRE SONT LA MÊME CHOSE » « DIEU EST FEMME » « VÉRITÉ NUE » « TAKE ME ENDLESSLY » « L'ÊTRE N'EST PAS BELLEMENT SPHÉRIQUE MAIS CORPS DE FEMME » …

De chaque côté de la scène, de petites marches descendaient en longeant le mur jusqu'à une porte découpant celui-ci au niveau des contre-allées, et s'ouvrant sur un dédalle de couloirs (selon le plan affiché sur la porte des TOILETTES POUR FEMMES, côté intérieur). Au-dessus de chacune des deux portes scintillait une enseigne figurant une forme féminine en mouvement vers le mot SORTIE. Sur la scène, trois femmes, en voile de soie qui les nimbait d'une lumière argentée, se préparaient à la diable, autour d'un micro "années folles", à former un ensemble de choreutes.

Au niveau de la mezzanine, la marche palière du Grand Escalier Droit était délimitée par deux murs qui fermaient l'angle, d'un côté, avec celui des toilettes, de l'autre côté, avec celui du bar. Chacun de ces deux murs était couvert de vingt-et-une photographies noir et blanc d'Hollywood Movie Stars : sept petits sous-verre rectangulaires bordés de noir et fixés sur trois rangées de façon symétrique (de même sur les murs en vis-à-vis qui encadraient l'ascenseur). À droite de Pierre Aporia (toujours au seuil du Grand Escalier Droit), se trouvait l'entrée des TOILETTES POUR FEMMES – où venaient de se glisser les deux femmes torse nu. À sa gauche, s'étendait le bar en briques de verre, en face duquel étaient alignées trois tables rondes. Le comptoir en opaline blanche du zinc diffusait une douce lumière flavescente. Huit hauts tabourets, en acier chromé, étaient fixés au sol devant le zinc. À l'arrière, des étagères en verre, garnies de bouteilles d'*hûbris* de différents crus et de coupes de cristal, encadraient un aquarium d'une contenance de plusieurs milliers de litres. Deux poissons coquelicot (Parménide et Héraclite, selon l'étiquette manuscrite collée au centre de la bordure d'acier du socle) nageaient sur place et observaient goulûment ce monde féminin, corps vivifiants aux parures animées de mille pierreries aux éclats de feu. Pour l'un, ce monde était *bellement sphérique*. Pour l'autre, un tout en *mouvement perpétuel*. À droite de ce meuble de verre de plus de dix mètres de long, une porte battante, percée d'un hublot, permettait aux serveuses d'accéder aux cuisines. Par un petit escalier hélicoïdal, débouchant sur la contre-allée gauche de la grande salle, elles allaient et venaient inlassablement.

Toujours planté au bord du Grand Escalier Droit, Pierre Aporia venait de s'allumer une cigarette. D'un regard oblique par-dessus ses lunettes à monture noire et carrée, il regardait vers l'aquarium, où les poissons coquelicot nageaient lentement, avec souplesse et agilité, avec une tension tout élastique, comme les seins fermes, à la pointe dardée, de toutes ces femmes qui ne portaient pas de soutien-gorge cosmétique sous leurs "robes paradis", rebrodées de cristaux enchâssés dans l'étoffe de soie blanche. Au bas de chaque robe chatoyante, des plumes d'oiseaux dessinées en trompe-l'œil, comme des franges de feu en mouvement perpétuel. De coupe simple, les robes s'animaient de vifs éclats irisés, comme la surface d'un *étang chimérique*

surplombé d'un Soleil flamboyant. Pour Pierre Aporia, ces beaux corps, totalement dépourvus de fin, étaient le principe et l'effet du mouvement créateur du cosmos et de sa propre pensée. Toutes ces femmes, autour de lui, étaient faites de feu et d'humidité. Et de cet éther éblouissant se détachait, peu à peu, une femme montant le Grand Escalier Droit. Son visage ovale était encadré de deux couettes brunes attachées par une mèche de cheveux. Le bandeau de pourpre, parcouru d'ondes azur, placé bas sur le front, soulignait l'arc des sourcils noirs et, tel un *esprit doux*, marquait une aspiration Woodstock Indien. Un sautoir de perles fines se balançait à son cou gracile. Le long de la gorge, une grosse veine bleue, toute palpitante de vie, attachait le regard de Pierre Aporia : il y devinait les variations du flux sanguin. Contre son petit ventre rebondi, la femme tenait un bouclier à tête de Méduse, visage féminin parfaitement sculpté dans l'ivoire, d'un réalisme saisissant. Fasciné, Pierre Aporia ne pouvait se lasser de scruter ces grands yeux globuleux, cette bouche charnue, cette luxuriante chevelure serpentine, telles mille langues aux entrelacs sensuels. Cette tête, à la beauté sidératrice, lui évoquait celle de Nathalie Nathalicia, quand elle jouissait, tout échevelée, les grands yeux ronds pleins d'une étrange malice, le chevauchant comme Lilith, avec malerage, appuyée au sol sur la pointe des pieds, les orteils tendus verticalement, et hurlant ce silence infini qui hantait la voûte éthérée des cieux, feu stellaire qui traversait Nathalie Nathalicia de part en part.
— Chut ! disait à voix basse la femme… Écoutez ! Écoutez la Voce Della Luna !

L'odeur de la mer s'exhalait du corps de la femme passant auprès de Pierre Aporia. Cette fragrance entêtante levait en lui, des profondeurs mnésiques, des bribes d'images et de sensations qu'il n'arrivait pas à fixer dans son esprit. Telles des lucioles, elles s'échappaient, irrémédiablement, autour d'une spirale au travers de laquelle il voyait la femme s'engouffrer, à reculons, dans l'ascenseur. Tandis que les lourdes portes sombres se refermaient, Pierre Aporia eut le temps d'entr'apercevoir son reflet derrière la femme, qui tenait le bouclier contre son petit ventre rond : il avait la tête d'un idiot !

Il se retourna sur une autre femme qui arrivait près de lui, en haut du Grand Escalier Droit, en jouant avec son sautoir de perles. Le faisant tourner comme une hélice, les perles irisées traçaient sur le verre des lunettes de Pierre Aporia une spirale évanescente. Au fond de l'obscurité de ses yeux de chair, un feu follet imprimait sur chaque rétine une image de la femme. Dans son cerveau, où l'activité électrique faisait rage, cette double image convergeait en une seule femme, qui avait de longs cheveux noirs, brillants et lissés. Une mèche, prise sous les cheveux, à la pointe de l'oreille, barrait le front large, où deux veines en saillie contournaient chaque muscle occipito-frontal – dit aussi ventre antérieur –, évoquant la forme d'un V. Une fraîche sueur nimbait d'animalité le corps mince. La face interne du poignet – lequel faisait tourner le sautoir de perles – était discrètement tatouée : *Native Américan*. Timidement, Pierre Aporia demanda à la femme :
— Excusez-moi ! Pourquoi la Lune ?
— Parce qu'ici le calendrier est calé sur la Lune. Tous les mois sont des mois de filles. Treize fois vingt-huit jours, soit trois cent soixante-quatre, plus un jour de rab à la fin de l'année…

Pierre Aporia écoutait attentivement la femme, tout en la suivant jusqu'au bar. Les tables étaient combles et entourées de groupes soudés par l'effervescence de la parole. Il fallait jouer des coudes pour atteindre le comptoir lumineux, et derrière lequel une belle serveuse remplissait des coupes d'*hûbris*. Parmi le brouhaha, Pierre Aporia percevait distinctement une voix féminine parlant une langue qui lui était étrangère. Chaque mot semblait être auréolé par la couleur des lettres le composant. La femme, à qui appartenait cette voix envoûtante, était assise à une table, autour de laquelle d'autres femmes – dont Nathalie Nathalicia qui lança un clin d'œil complice à Pierre Aporia – l'écoutaient, tout en lampant de l'*hûbris* à leurs coupes. D'une voix rauque monocorde, une femme, assise près de l'étrangère, traduisait ce que celle-ci racontait :

— «… Il attendait, attendait et voilà qu'à l'heure la plus morte de la nuit, les bruits se remirent à l'œuvre. Seul dans le noir, Cincinnatus sourit : "Je suis tout à fait disposé à admettre qu'ils ne sont qu'une illusion, eux aussi, mais du moment que je crois en eux, je leur inocule de la vérité." »

Pierre Aporia écoutait tout en cherchant un cendrier pour y écraser son bout de cigarette. La belle serveuse en posa un devant lui. Le cendrier de verre étincelait comme l'éclair. En regardant mourir l'incandescence rouge du mégot, Pierre Aporia avait l'étrange sentiment d'avoir déjà vu cette femme jouant le jeu de la serveuse. Ce grain de beauté noir qui frémissait au-dessus de cette poitrine défiant, avec arrogance, les lois de la pesanteur ; ces longues et fines mains, aux veines saillantes, qui manipulaient avec dextérité bouteilles et coupes ; ces grands yeux étincelants de feu ; cette odeur de musc blanc… toutes ces parties, qui formaient ce tout de chair et d'os, détachaient de la mémoire de Pierre Aporia des traces fossiles d'un déjà vécu. Et lorsque la belle serveuse se pencha vers lui et commença à lui adresser la parole – sa grande bouche chevaline… sa chaude haleine réparatrice… – il la reconnut !

— Alors ! Ce rôle qu'il m'a promis ! J'attends… déclara-t-elle, avec ce petit rictus vulgaire qui avait tant plu, au Temps Jadis, à Pierre Aporia.

— J'y pense… j'y pense…

— Qu'est-ce qu'ils sont lents ces cinéastes !
— En ce qui me concerne, c'est plutôt le doute qui me ralentit, qui m'entrave…
— Le doute ? Je ne suis pas assez mystérieuse pour vous donner envie de moi ? Vous savez, je ne suis pas jalouse de mon caractère intime et de mes secrets… Je ne vous plais plus ?
— La question n'est pas là… Esti… C'est bien votre nom ?
— Oui !
— Signe de beauté ineffable…
— Qu'est-ce qu'il dit ?
— Vos dents écartées : signe de beauté, à la fois dans la volubilité de l'instant où vous avez dit *oui* ; et, toujours, dans votre immanence concrétude… Esti… (Puis, en se frottant les mains comme pour les réchauffer :) Je… Je prendrais bien une bonne coupe d'*húbris*, Esti, n'est-ce pas ?

Un tonnerre d'applaudissements, de cris, de sifflets et de youyous retentissait dans la grande salle. Pierre Aporia se demandait quelle en était la raison.
— C'est l'ouverture du Colloque des Phuances ! lui expliqua Esti.
— Les Phuances ? Qu'est-ce que c'est ?
— Des femmes nées du Soleil et encore sauvages. De la chair et du végétal. Phuance vient du grec *phusis* – la nature – qui a la même racine que *phulon* – sexe ! Faites attention, car les Phuances sont sciemment dévergondées et sans limites. Elles n'ont pas peur du sang, de la sueur, du sperme et de la cyprine. Allez les regarder, les sentir, les toucher et les écouter, ainsi, vous ne mourrez pas idiot. (Et, en tapotant son petit ventre rond, elle ajouta :) Nous aussi, on a de la merde là-dedans !

Alors, après avoir vidé sa troisième coupe d'*húbris*, en jouant derechef des coudes à travers tous les beaux corps qui embaumaient ce mélange subtil de chaleur radicale et d'humidité radicale, Pierre Aporia se glissa jusqu'au seuil du Grand Escalier Droit. Tout émerveillé par ces centaines de Phuances en mouvement, qui parlaient, chantaient ou criaient, certaines agitant des pancartes, des banderoles, il resta immobile au bord du Grand Escalier Droit pour les observer, les regarder toutes, une par une, corps après corps. Et, tel un enfant voulant embrasser le monde en l'instant, ses yeux noirs convergeaient doucement l'un vers l'autre. Fusion du regard.

3

Le profond mugissement de la double porte sombre de l'ascenseur amena Pierre Aporia à se retourner une nouvelle fois sur lui-même. De la cabine – dont la paroi du fond reflétait sa tête d'idiot subrepticement traversée, au niveau des yeux, par un rai de lumière apophantique – sortait lentement une Phuance, caméra de reporter en carton-pâte au poing, caméra qu'elle avait méticuleusement construite elle-même. Boîtier, optique, poignée plus embase et magasins de pellicule avaient été, très habilement, réalisés en carton. La Phuance portait, comme un gant vénitien, une minirobe en satin de soie écru à motifs fougères et entièrement semé de cristaux gourmands de lumière. Sa peau, noire comme une nuit mêlée de jour, avait le velouté de la chair végétale. L'œil *voyant* à la caméra de carton, appuyée sur ses reins pour maintenir la stabilité de prise de vues, la respiration bloquée (elle était très bonne nageuse), elle s'avançait doucement vers Pierre Aporia, tout en laissant échapper de ses poumons un filet d'air assez puissant pour faire vibrer sa langue, repliée vers l'arrière-gorge, afin de mimer le bruit du moteur de la caméra en train de tourner, tourner, tourner… D'un pas presque aérien (elle avait de belles jambes fuselées), elle s'approchait de Pierre Aporia, qui observait, d'un air circonspect, la caméra de carton, tout en ayant noté que cette Phuance ne faisait pas exception par rapport aux autres : elle ne portait pas de soutien-gorge cosmétique, laissant ainsi ses petits seins fermes s'exprimer librement.
— Pourquoi donc filmez-vous avec une caméra en carton ? dit-il en pointant l'objet en question.

La Phuance avait un joli sourire, qui découvrait ses dents du bonheur. Elle lui disait ces mots rieurs :

— Ô c'est juste le geste qui compte ! C'est comme la masturbation : cela développe l'imaginaire et pousse jusqu'au-boutisme le désir de s'offrir la liberté...

En écoutant la belle voix rauque de la Phuance, Pierre Aporia associait, presque malgré lui, mais non sans déplaisir, la forme arrondie des deux magasins de film, fixés sur le boîtier de la caméra, à celle, éloquente, des seins sous la robe, et contre lesquels les deux magasins coplanaires étaient appuyés ; puis, ensuite, l'association dériva vers la forme des deux fesses, rotondités constellées d'éclats irisés et se reflétant dans le miroir, tout au fond de la cabine vide de l'ascenseur, et dont les lourdes portes sombres se refermaient en grondant. Clac !

— Votre caméra en carton mâché est très réussie : on dirait une vraie !

— C'est la plus belle. La reine des caméras : une muette et une aveugle, qui trouve la parole et la vue dans l'esprit de son utilisateur devenu *voyant*. Mais cette aventure de chaman, voire initiatique, n'est pas sans risque, car on peut appréhender ce qui n'est pas sous l'évidence, et qui entre en résonance avec l'inconscient. Il faut alors accepter de regarder ce qui se révèle en nous, derrière le masque... comme pendant la masturbation, dont je parlais, où une force obscure libère du clitoris des images sorcellères...

— Je... je ne construis plus de caméra en carton depuis le Collège...

— Il est vrai ce mensonge ?

— Oui ! Je ne pratique plus depuis le Collège... Moi, c'est Aporia... enfin, Pierre... Et vous ?

— Pensée... Pensée Sauvage, comme la fleur...

— Pierre... comme... la pierre...

— Pierre... répétait-elle, d'un air très songeur, l'index droit caressant le velouté de ses lèvres charnues. Lui, il en profitait pour essayer de lire le petit tatouage blanc qu'elle avait sur l'intérieur du poignet droit :

☽ Lilith
לִילִית

— C'est vrai ! reprit-elle, vous avez l'air dur comme la pierre. Non ! Malheureux comme les pierres ! Au lieu de rester bras ballants comme au bord d'une falaise ontologique, tenez-moi bien par la taille, là, derrière moi. Ainsi, en accompagnant mon corps, vous m'aiderez à descendre le Grand Escalier Droit, et à me déplacer parmi toutes les Phuances pour les filmer. Allez ! pierre précieuse, au boulot !

Alors, Aporia posa ses mains sur les hanches fermes de la Phuance, et commença à la guider en descendant le Grand Escalier Droit. En penchant la tête tantôt d'un côté du corps – dont la puissance élastique contrebalançait la forte ossature –, tantôt de l'autre, il observait ce chaosmos extraordinaire en lequel, marche après marche, il s'immergeait, ressentant une émotion jusque-là inconnue de lui, sinon oubliée : il cheminait au cœur d'une joie qu'un mouvement impétueux de désirs incessants entretenait, un débordement étourdissant de vie dont toutes les Phuances étaient l'incarnation, dans tout leur *être* ; et c'était cet *être-ange* qu'Aporia sentait s'immiscer au plus profond de lui-même.

Parmi le brouhaha et *L'Oiseau de Feu* qui commençait à s'échapper des haut-parleurs, Aporia percevait bien la fréquence élevée du bruit de la caméra que la Phuance imitait à la perfection – selon lui. En panoramiquant d'un côté puis de l'autre, elle essayait de lire, à travers l'œilleton percé dans le carton de la caméra, toutes les pancartes et les banderoles qui se dressaient au-dessus des Phuances, parmi lesquelles elle glissait sans heurt avec l'aide d'Aporia – qui agriffait ses hanches comme des poignées d'amour fou : il faisait corps avec cette femme-caméra. Très concentré, regardant partout à la fois pour éviter une collision – comme au volant de sa D.S.Argo filant à très grande vitesse sur la route de la mort – son esprit, totalement libéré de toutes pensées parasites, saisissait chaque visage, chaque regard, chaque geste, chaque attitude comme des instantanés. Et des pancartes, et des banderoles, et de l'écran, des lettres jaillissaient sur sa rétine ultrasensible, formant des mots qui se télescopaient les uns les autres pour se combiner en une farandole de slogans :

SEIN - CHRONIE

MON CORPS EST À MOI

MON CORPS N'EST PAS UN OBJET

MON CORPS EST MON ARME

CONTEMPLER LA VÉRITÉ NUE C'EST PENSER

THE FEMALE IMAGINATION

LES FEMMES SONT-ELLES DES OBJETS ?

LIBERTÉ ÉGALITÉ MIXITÉ

FUCK PHALLUS

SEXTERMINATION = SODOMIE

FUCK YOUR MORALS

CAPITALISME = LOGIQUE DU SACRIFICE

NON À LA DICTATURE PHALLOCENTRIQUE

ADAM EST PHALLOCRATE ET LOGOCENTRIQUE
LILITH EST LIBRE

SEIN - PHONIQUE

PORNOGRAPHIE INDUSTRIELLE = DIALECTIQUE DU MAÎTRE ET DE L'ESCLAVE — VIOL À LA CHAÎNE ET À VOLONTÉ

L'ÉNERGIE PSYCHIQUE DE NOTRE PULSION SEXUELLE EST COSMIQUE

FELLATION = FIGURE PROTOTYPIQUE DU TAYLORISME ET DU FORDISME INDUSTRIELS — MÉTONYMIE DE LA CADENCE LÉTALE DE LA CHAÎNE DE L'EXPLOITATION INDUSTRIELLE

COUPONS LES CRUCIFIX POUR DÉCOLONISER NOS CORPS

IL N'Y A PAS DE DIEU À VENIR

L'OBSCÈNE DONNE À VOIR NOTRE EXCÈS D'ÊTRE

LE MOT AMOUR EST DE GENRE FÉMININ : Φιλότης

ON DONNE LA VIE DANS LE SANG

LA FÉMINITÉ N'EST PAS BIOLOGIQUE : C'EST UNE CONSTRUCTION

GENRE : ASSIGNATION DE L'ESPRIT

LE CHANTIER DU FÉMININ EST INTERDIT AU PUBLIC ET AU PRIVÉ

HOC EST CORPUS MEUM

LA VÉRITÉ EST POUR PARAÎTRE TOUTE NUE

JE SUIS FEMME MAIS JE SUIS BELLE

NOS CORPS SONT IMPRENABLES

THINKING AND BEING ARE THE SAME

DENN DASSELBE IST DENKEN UND SEIN

"JE-FEMME" VAIS FAIRE SAUTER LA LOI

LA RÉVOLUTION APPARTIENT AUX FEMMES

SANS VOILE SANS BURQUA SANS CROIX SANS BIKINI ET FIÈRES

LE PHALLOCENTRISME EST L'ENNEMI DE TOUS

LE FÉMININ AFFIRME

FEMME = GUERRIÈRE

LE COURAGE EST DE GENRE FÉMININ

LILITH PERMET DE PENSER TOUS LES AGIRS

LE *DEVENIR – FEMME* C'EST FAIRE AVEC TOUTES LES FORMES DE VIE

LA POSITION D'ANDROMAQUE EST CELLE DES INSOUMISES SUBVERSIVES

SEIN – BIOSE

Aporia posa ses yeux rouges de fatigue sur la croupe bellement charnue de Pensée Sauvage : étreindre le réel d'aussi près que possible, émouvante sphère qu'il tenait entre ses mains, telle une mappemonde de chair et de sang. Éloquente vulgarité toute chamarrée de pierreries aux éclats du feu, la belle croupe était d'une puissance qui gouvernait tout. Par son lien métonymique à la merde, à la pulsion sexuelle et aux pulsions assassines, en sa chair opulente et toute tremblante de quiddité sous le balancier du squelette, EST s'y trouvait crûment formulé, cette puissance de la conjonction sexuelle, puissance infrangible à l'étant, cause de tous les mouvements et de tous les engendrements... de tous les instincts de vie et de survie... mais aussi de cette violente douleur existentielle qu'Aporia ressentait au plexus solaire, cette citerne d'hémoglobine, réceptacle de toutes ses émotions, de toutes ses frustrations, de tous ses sentiments de colère et de révolte, de tous ses désirs de meurtres, jouissances-inconscientes de son *être-sans* mais riche, très riche en visages perdus de femmes innombrables... femmes debout... femmes, le symptôme d'Aporia...

Cette opulente concrètude de chair et de sang, courbes voluptueuses de compréhension infinie du monde, valait tous les dieux, toutes les déesses, toutes les muses. C'était tout un univers qu'Aporia tenait entre ses pauvres mains pénétrées de Haine et d'Amour. Et il gravitait tout autour de cette concrètude en un cercle parfait et immuable, contemplant ce monde dans un silence qui donnait beaucoup à entendre, mais d'où pouvait surgir, tel un éclair de tragédie, l'horreur d'une Pensée Sauvage prise en levrette, et y résonner, à coups redoublés en sa belle croupe bien claquée, la volonté irrépressible à laquelle un sodomite au phallus atomique obéissait : NEUTRALISER LA SOURCE DU DEVENIR – VITRIFIER CETTE MOUVANTE RÉALITÉ.

Soudain, tel un *oiseau de feu* halant le ciel azur et son Soleil en dessous de la voûte des astres nocturnes, puis, au rebours, par-dessus, créant le jour la nuit en une seule et même chose, cette concrètude de chair et de sang devenait corps-femelle flamboyant, mouvement du monde et de l'intelligence, flammes ondulantes se faisant paroles rugissantes :
— « Femmes, ne serait-il pas grand temps qu'il se fît aussi parmi nous une révolution ? Les femmes seront-elles toujours isolées les unes des autres et ne feront-elles jamais corps avec la société que pour médire de leur sexe et faire pitié à l'autre ? Tant qu'on ne fera rien pour élever l'âme des femmes, tant qu'elles ne contribueront pas à se rendre plus utiles, plus conquérantes, l'État ne peut que prospérer. »

La caméra de carton-pâte s'approchait de la Phuance qui s'adressait à un groupe rassemblé autour d'elle. Lente avancée subjective vers son visage blanc ivoire qu'une grande bouche coquelicot illuminait. Une cascade de mots, imitant les flammes, ondulait vers les femmes à l'écoute :
— Mes chères sœurs ! Chères conquérantes de territoires inconnus ! Belles guerrières ! Tout l'être présent de l'étant présent – cet étant chimérique – est intuitionné dans la mouvante réalité de nos corps. Ainsi Newton a-t-il découvert la Loi de la Gravitation en observant, avec sagacité, une

croupe féminine en mouvement. Oui ! le balancement de nos fesses n'est que pure obéissance aux lois de la gravité. Et cette belle masse fessue, par association d'idée, évoqua en l'esprit de Newton une pomme. Alors, il raconta avoir eu l'idée de sa théorie un jour où il était assis sous un pommier : une belle pomme, bien ronde, en excès d'être, tomba à ses pieds. Et une pomme qui tombe, c'est normatif, n'est-ce pas ? La suite, vous la connaissez toutes : Newton croqua la pomme à pleines dents carnivores… Et c'est cette même pomme croquée qui, aujourd'hui, du fond de sa couleur noire nous déclare que s'abîmer dans le consumérisme n'est pas un péché, mais une *loi* infrangible à laquelle le bien-être ne peut échapper, puisque cette *loi* conduit nécessairement au bonheur, c'est-à-dire qu'elle nous éloigne, un peu, chaque jour, de cet état de nature qu'est la croupe femelle, cet excès de corps, ce tohu-bohu de chair capitonnée, ce silence métaphysique qu'elle nomme dès qu'on la regarde. La croupe femelle est chose en trop, car autonome. Elle se refuse tout en se soumettant au Verbe dominateur qui la dévoile comme monstration impérative, poussant alors notre beau corps à s'effacer totalement derrière cette partie pour nourrir l'usine-à-rêves-phallocentriques.

  Et je continue… Qu'avons-nous dévoilé en montrant nos seins ? Puis le bas ? Que nous sommes des Invisibles, des déportées vers un continent inconnu : le ÇA ! Ne sommes-nous pas la *Porte des Enfers* selon certains théologiens ? Ne sommes-nous pas de *terribles démons*, des *êtres diaboliques*, de *dangereuses créatures du Malin*, qu'il faut tenir à l'écart et contrôler ? N'a-t-il pas dit, l'homme, qu'*une belle femme est un temple édifié sur un égout* ? Que la femme doit vivre sous le pied de l'homme ? Qu'il faut raser sa femme ? Remercier Dieu, chaque matin, de ne pas avoir été fait femme ? Que la femme a été créée à partir de l'homme ? Le ÇA est une région du monde interdite, un au-delà où sont refoulées toutes les femmes : ces hystériques… ces sorcières… ces tentatrices… ces castratrices… ces monstres sacrés… ces salopes… ces grandes prostituées… ces *divines*… Le Grand-Capitalisme-Phallocentrique a vitrifié la vitalité féminine – vitalité qui est la matière unique du monde. C'est pourquoi le Grand-Capitalisme-Occidental est une civilisation épuisée. Et nous, nous serons ce *retour du refoulé* d'où naîtra une autre civilisation, dont on ne peut absolument rien prédire, car elle dépassera l'entendement phallologocentrique qui a façonné nos cerveaux depuis des millénaires. Nous serons ce *retour du refoulé* d'où naîtra un autre comportement social qui ne reposera pas sur la domination de l'autre. En remontant au séjour des vivants, les femmes seront prêtes à vivre pour la contemplation de la Vérité Nue, ce qui permettra à chacun d'éprouver la joie de la connaissance, de toujours chercher à comprendre cette mouvante réalité… Et, d'entre nos cuisses de guerrières un autre type anthropologique s'épanouira : le devenir-femme !

    Cris ! Sifflets ! Youyous ! Applaudissements ! Au-dessus du groupe de Phuances, des pancartes, faites main, s'agitaient en direction de la caméra de carton-pâte :

NÉOCIVILISATION PLANÉTAIRE

LE GRAND CAPITAL OCCIDENTAL A FAIT SON TEMPS : QU'IL CRÈVE !

FIN DU MONDE : FIN DES CIVILISATIONS PHALLIQUES !

MASS MEDIA : PSYCHOTROPES ANXIOLITIQUES QUI EMPÊCHENT LA VÉRITABLE RÉVOLUTION : SORTIR LES FEMMES DU ÇA !

Sous les deux contre-allées, enflammées de colère, le poing tendu, les Phuances criaient « Fuyez, parties contraires ! » vers les portraits des *Divines*, ces châsses sous-verre murales où chaque *Divine*, prisonnière de son fantasme, exprimait une sensualité masculine froide et un renoncement dans le désir pour que celui-ci ne s'exprimât qu'en explosant à l'écran. « Fugite, partes adversae ! Fuyez, parties contraires ! Fuyez ! »

Avancée subjective parmi les Phuances qui hurlaient, à tour de rôle, vers la caméra de carton-pâte (Aporia se faisait tout petit derrière le corps de la femme-caméra, qu'il accompagnait de ses deux misérables mains posées sur les hanches très onduleuses) :
— La fellation est une dictature du sens !
— La fellation s'enracine dans l'avulsion !
— Faisons du sexe un concept pour sortir de la question apophatique de l'être et du non-être !
— Si on avait inventé la Bombe Atomique, elle serait différente : Féminine !
— Plus on baise, moins on tue !
— L'hétérosexualité est une idéologie ajustée à la domination masculine !
— Le genre est une comédie sociale !
— Les différences sexuelles sont des constructions arbitraires !
— Il n'y a qu'une seule libido, et celle-ci est cosmique !
— Baiser, c'est penser !
— Vaut mieux être féminine par nature que par culture !
— Les femmes adaptées à la "socioculture" ont des couilles : c'est une mutation sadique-anale !
— Grâce au tampon hygiénique les femmes ne fuient plus : elles ont un fil à la patte !
— Le langage est né à partir du cri du plaisir féminin !

— L'art est né à partir de l'énigme du coït et de celui de l'enfantement dans le sang !
— Sous vos yeux, dans le silence, dans le monde entier, il y a un gynécide en marche !
— Nous ne voulons plus avoir honte et nous excuser d'être femmes !
— C'est la haine de sa part femelle qui fait bander le mâle !
— L'industrie du sexe est le prix à payer pour éviter une nouvelle guerre mondiale !
— Pourquoi les ouragans, genre masculin, portent-ils des noms de femme ?
— Vive le monde, les femmes, le sexe et le néant !
— les femmes : il y a toujours quelque chose qui soit d'elles !

Face à la caméra de carton-pâte, une Phuance, grande silhouette filiforme, petits seins, un ruban rouge sang autour du long cou, exécutait une danse primitive. Elle ondulait sa silhouette extravagante sur le rythme millénaire de ses deux mains peintes d'ocre qu'elle frappait au-dessus de sa tête, d'où s'écoulait, en cascades de boucles, une longue chevelure noire et brillante. La Phuance accompagnait les mouvements amoureux de ses hanches, galbées au plus près d'une matière caoutchoutée rouge indien, en lançant, par intermittence, ces mots chantés : « Humidité primitive… Liant du monde… Tourbillon des astres… Mouvements impétueux… »

Sur le sol à damier noir et blanc, deux Phuances mimaient avec malerage un coït. Celle qui enfourchait, telle une Andromaque, avait de longs cheveux rouge sang et la peau d'un noir satiné. Ses petits seins mutins avaient une rondeur seyante, comme des pommes. Celle d'en dessous, la peau blanche, le cheveu court brun, portait des lunettes à monture noire et carrée, identiques à celles d'Aporia – auquel la Phuance ressemblait beaucoup d'ailleurs. Leurs corps nus

étincelaient d'une sueur saline. Accroupie auprès du *couple*, une autre Phuance commentait l'acte en regardant frontalement la caméra de carton :
— C'est l'hypothalamus, notre cerveau archaïque, primitif, qui régit le comportement sexuel. Les phéromones nous poussent vers *l'autre*. Le désir s'accroît de manière irréversible, car *l'autre* est différent physiquement et biologiquement. S'ensuit un consentement explicite et attractif, car le système immunitaire de *l'un* est compatible avec celui de *l'autre*, mais différent. Ainsi, les descendants issus du coït hériteront d'un système mixte encore plus performant. Le coït renforce le complexe immunitaire adaptatif. Et tout cela se détermine à l'intérieur d'une petite poche située au-dessus de l'os nasal : la voméronasal. Directement liée à l'hypothalamus, elle détecte les phéromones, car celles-ci sont volatiles et n'ont pas d'odeur. Le baiser permet un échange de ces phéromones : la langue les apporte vers l'organe voméronasal qui les décodera. Ainsi, le coït a à voir avec l'olfactif, et non le scopique. On ne désire pas un beau corps, mais ce que la traduction de ses signaux phéromonaux (émis par les sécrétions vaginales et par les glandes exocrines de la bouche, des aisselles, des poils de la région pubienne et anale), inspire à notre hypothalamus. Le coït, comme cause du devenir. Le coït, ce qui existe par nature. Le coït, le temps de toujours. L'amour n'est qu'un supplément d'âme. Nous ne sommes pas libres… seulement êtres de désirs. Il nous faut coïter comme des gens qui haïront un jour. Comme des gens qui mourront. Comme des gens que le désir pousse à accepter d'être *l'autre* pour *l'autre*. Regardez-les bien : ils se conglomèrent en un même monde que la nécessité fait croître et périr. Toute la tragédie est là, dans cette mise en corps… éphémère.

La caméra de carton-pâte glissait lentement le long de grands châles de laine bleue, que des Phuances faisaient onduler afin de simuler une mer houleuse tout autour de la maquette d'un paquebot titanesque, et à l'intérieur duquel d'autres Phuances jetaient des soutiens-gorge cosmétiques, en qualifiant ces fétiches de coquetteries sexuelles masculines qui ne servaient à rien. Un *faux besoin*, imposé par la domination technico-commerciale masculine pour laquelle rien ne peut se dire de la femme… sans le soutien-gorge qui, en occultant la *femme-femelle-par-nature*, valorise la fonction machinique d'un clitoris viril.

La caméra de carton-pâte cadrait poitrine une Phuance affirmant que l'absence de soutien-gorge libérait les seins, les redressait, alors que son utilisation les étiolait, empêchant les tissus de soutien de la poitrine de se développer.

Une autre Phuance, le mot LIBRE inscrit à l'encre sur son torse nu, exhibait vers la caméra de carton un soutien-gorge imprimé de circuits électroniques verdâtres. Elle disait :

— Un soutif haute technologie, capable de dépister le cancer du sein ! Sa technologie, à obsolescence programmée, reposerait sur la mesure des variations de température dues à l'angiogenèse, le développement des vaisseaux sanguins qui accompagne celui de la tumeur. Le soutien-gorge, qui doit être porté tous les jours pendant 12 heures, est équipé de 16 capteurs de température. Le problème de cette technologie non éprouvée, c'est qu'elle peut produire des tests positifs en l'absence de tumeur ! À quand le moule-burnes anticancer ?

Après avoir mis le feu au soutien-gorge électronique, la Phuance le laissa tomber parmi tous ceux entassés dans la cale du paquebot – laquelle avait la forme d'un corset (ce sarcophage finement travaillé qui statufiait le corps féminin en lui étranglant la taille et en lui gonflant la poitrine par son entrave sur les muscles).

La caméra de carton-pâte s'agitait vers toutes les Phuances qui se bousculaient près du navire titanesque pour y jeter un soutien-gorge, accessoire *socioculturel* de la femme, cet *Autre*, ce *beau mal* que l'on refusait de regarder en face, mais seulement de biais, c'est-à-dire voilé sous camisole religieuse, domestique, hystérique, cosmétique, barbyturique, passive. Une Movie Star modelée par maître Pygmalion. Un bel mannequin de plus en plus à l'image de l'homme. Une chimère centrée autour de la fonction phallique. Un fétiche pour un bel holocauste en devenir. Et la mer artificielle, omniprésente, ondulait furieusement autour du paquebot qui, sous le poids des soutiens-gorge, prenait l'eau par l'avant. Contre-plongée vertigineuse sur le navire se brisant en deux, avec un déchirement de carton-pâte assourdissant. Et, doucement, la partie avant s'enfonçait, entraînant avec elle l'autre morceau du navire. La catastrophe était cadrée par la caméra de carton comme une ultime scène de copulation, une folle étreinte d'où la femme corsetée, lasse de s'excuser d'être femme *imbecillitas mentis*, *infirmitas sexus*, s'émancipait des eaux obscures du *materfamilias* au risque de sa vie. Vue plongeante sur le navire disloqué, abandonnant les soutiens-gorge telles de vieilles peaux, et s'engouffrant dans les profondeurs préhistoriques des eaux agitées par les tumultueuses Phuances. Naufrage comme un retour aux origines, à la source. La matière retournait d'où elle venait. Et on avait très peur de voir, en gros plan frontal, la Phuance torse nu s'agiter dans les eaux folles, parce qu'elle était morte à quelque chose pour naître. Les châles bleus s'enroulaient, telle une parure organique, autour de sa puissante poitrine, bellement impétueuse, voire effrayante de gigantisme.

Une très grande Phuance se dirigeait vers nous, s'arrêtant face à la caméra de carton-pâte, pour vérifier son maquillage dans le reflet imaginaire de l'objectif. Et elle murmurait :

— La vie nous demande à être toujours naissantes…

Un fard à lèvres, rouge indien, sortait d'un petit tube de nacre, qu'elle faisait tourner sur lui-même. Tandis qu'elle appliquait le fard crémeux sur la lèvre charnue inférieure, dans la profondeur de champ, on apercevait la belle serveuse, tenant au-dessus d'elle, et d'une seule main, un plateau sur lequel étincelaient des coupes mordorées d'*hûbris*. Elle se faufilait au travers de la masse érotique des Phuances, tel un poisson au corps souple et ferme. Aporia reconnut de dos Nathalie Nathalicia en train de poser une main délicate sur le ventre de la belle serveuse, amenant celle-ci à ralentir son pas, pour la guider ensuite jusqu'à elle, en la laissant décrire une belle boucle, comme une danseuse de tango. La caressant des yeux, Nathalie Nathalicia l'enlaça tendrement, puis elles s'embrassèrent sur les joues, et sur la bouche. À leur façon de s'éprendre, Aporia devinait que les deux femmes se connaissaient bien avant de venir en ce lieu. Et il en était troublé : mélange de gêne, de honte, d'agréable surprise et de jalousie. En parlant avec la belle serveuse, Nathalie Nathalicia lui caressait l'avant-bras ; puis, en remontant sa main doucement vers le coude, elle effleurait celui-ci de la paume, en de tout petits mouvements circulaires. Ensuite, la main, dont les longs doigts fins tremblaient, redescendait caresser l'avant-bras, sur lequel se dressait un léger duvet.

Ayant terminé de maquiller sa jolie bouche charnue, la Phuance se déplaça, lentement, sur sa droite, occultant la vue sur Nathalie Nathalicia et la belle serveuse.

Un peu las, et contrarié, Aporia avait posé sa tête contre le dos de la femme-caméra, l'oreille droite bien à plat sur la partie dénudée et chaude. De dessous la robe, qui bâillait près de l'omoplate gauche, remontait une odeur sauvage de sexe et de sueur. Aporia inhalait à pleins poumons la folle senteur, à laquelle le diable en lui se mêlait. Il entendait le gros cœur tambouriner : vibration primale, régulière et sourde battant la mesure du mouvement incessant de ce monde insolite qu'il explorait, bien accroché à la femme-caméra, tel un petit soldat sur le qui-vive à son bouclier.

4

Aporia sentait derrière lui quelqu'un tirer sur un pan de sa veste noire. Il se retourna : surpris de rencontrer en ce lieu une ancienne connaissance, il lâcha les hanches de la femme-caméra en s'écriant :
— Zoé Quoquoversus ! *Feu de mes reins !* Toujours aussi belle !
— Merci ! répondit-elle en s'avançant vers Aporia pour l'embrasser sur la bouche, au moment opportun où la caméra de carton se braqua sur eux. Puis, Zoé Quoquoversus entraîna Aporia vers une table. Elle lui disait, d'une voix aiguë :
— Justement, je pensais à toi hier… Je suis passée près du terrain vague des Studios Scotchlood, et j'ai vu des morceaux de décors en construction. Dans tous tes films il y a un squelette géant…
Aporia haussa les épaules en s'asseyant. La femme-caméra, accroupie, panoramiquait d'un visage à l'autre.
— J'ai aussi remarqué que le squelette est celui d'une femme ayant subi l'avulsion. Pourquoi ?
— Je reconnais là ta sagacité. Tu comprendras plus tard.
— Mais, moi, je veux comprendre maintenant.
— Je crois que je ne le sais même pas moi-même. Et puis, je doute. Je doute. Je ne sais plus si j'ai toujours envie de faire ce film. Pire : de continuer à faire du cinéma.
— Je t'ai toujours dit que tu avais une démarche d'écrivain. Le cinéma, on t'a laissé tomber dedans quand tu étais enfant. L'écriture, pour toi, cela a été une conquête, un combat…
— Avec le cinéma, c'est devenu difficile de sortir du format narratif. Difficile de créer des atmosphères qui fassent seulement appel à la contemplation, au regard brut, frontal, voire clinique. Difficile aussi de trouver des acteurs qui soient juste des *modèles* neutres, effacés, naturels et

mystérieux comme le sont un arbre, une pierre, un ciel... Je ne peux plus filmer des ego en mal d'hystérie qui pleurent pour de vrai : cela me paraît indécent et faux. Manipulateur. C'est peut-être ceci le grand mensonge du cinématographe : vouloir faire vrai ; plus vrai que vrai. La puissance sidératrice de l'image neutralise l'esprit critique. On veut croire à ce que l'on voit, alors que ce n'est que simulacre, faux-semblant, tromperie, une digestion *socioculturelle* du réel, un redécoupage n'atteignant qu'une petite partie de ce qui existe par nature. Ce réel récalcitrant est mis au pas et à distance sous la forme d'image. L'image engendre notre monde et le conditionne : l'un et l'autre n'existent pas indépendamment. Dans la salle obscure, nous sommes comme Œdipe, aveuglé par le tison ardent de l'image. La Vérité Nue est derrière l'écran, hors de la salle obscure. Cinéma-du-réel, cinéma-vérité, caméra-stylo... ce sont des oxymores. Le cinématographe est par essence un oxymore : créer une émotion par rapport à quelque chose qui n'existe pas. Il fixe 24 fois par seconde une image figée, sans vie. L'électricité et la persistance rétinienne donnent l'illusion du mouvement, donc de la vie, à ces images mortes. Une sorte d'usine idéologique de la résurrection : tu mets à mort avec ta caméra et tu ressuscites avec ton projecteur. Ainsi, regarder des images serait vouer un culte. C'est de la toute-puissance, de la magie, voire un spectacle de foire ; mais cela n'a rien à voir avec la vie et encore moins avec le Temps. Car au cinéma, le Temps n'existe pas (puisqu'on en a fait de l'argent). Nous confondons Temps et durée. Nous confondons le renouvellement de l'instant présent, qui est irréversible et inséparable de l'espace, avec l'écoulement de quelque chose d'enregistré, donc immuable, toujours dans le même état, de la même manière, répétable à l'infini. Le cinéma ne peut donner qu'une illusion fausse du Temps ; car c'est un assemblage de plans enregistrés à des moments différents. A dit à B : Je t'aime ! A est filmé à tel moment ; et la réaction de B à un autre moment : soit avant de filmer A, soit après. Et ainsi de suite. Et le spectateur, implicitement, sait que chaque changement de plan correspond à un déplacement de la caméra. À chaque collure, le spectateur fait un saut dans l'espace. Cela est tellement rapide qu'il n'y pense plus. Ce saut, entre chaque plan, est effacé par notre cerveau. Néanmoins il existe, alors qu'il n'existe pas dans le réel, puisque nous sommes dans le devenir, dans le Temps de toujours. Dire qu'au cinéma on peut jouer avec le Temps, le manipuler, le déchiqueter relève du mensonge, d'un abus de langage, voire d'une méconnaissance de l'impuissance à dire ce qu'est le Temps. Le Maintenant est un mystère. Et peut-être même que le Temps n'existe pas. Nous n'avons pas le droit de dire n'importe quoi sous prétexte que l'illusion cinématographique, cet art de tromperie, envahit toute notre vie, jusqu'à devenir la référence incontournable. Ne dit-on pas : c'était comme dans un film ? Et dire que le film pense par lui-même est faux. On ne peut – onto/logi/quement - pas dire cela. Un film, ça ne pense pas par lui-même ; mais peut donner à penser et à voir. Le film est spectacle, émotion à la rigueur, mais pas pensée. Entre *film* et *être* il y a une différence ontologique. Le film est dans le manque : du Temps, de la vie, de la chair (le cinéaste méprise profondément le corps). C'est ce manque qui permet au regardeur – dans le meilleur des cas – d'y projeter sa part de Temps, de vie, d'ombre et de chair, donc un peu de sa pensée. Il faut de l'être pour trouver le penser. Et on ne peut penser hors du Temps. Un bon cinéaste (mais il n'a pas conscience du sens profond de ce qu'il fait) offre au regardeur une grille de lecture possible, une enquête, pour construire, ensemble, l'œuvre… Le regardeur doit avoir cette impression que le film lui appartient en propre… Ai-je été un bon cinéaste ?

— Si je n'avais pas vu ta trilogie, je dirais NON ! Dire de toi que tu as été le cinéaste de *la* femme, alors que tu projetais sur *elle* tes propres obsessions, angoisses, phobies et vices, ce serait nier que tu voyais en fait *la* femme comme un homme. Tu étais un misogyne par défaut. D'ailleurs, tu filmais les femmes de la même façon que les hommes. C'est que, pour toi, il n'y avait pas de différence. C'était la même chose. Tu as pillé mes lettres pour mettre mes mots dans la bouche d'un homme. Mais aussi dans la bouche des femmes, je veux bien te l'accorder. Regarde, elle, elle ne me filme pas de la même façon qu'elle te filme toi. Cela dit, j'avoue que tu es le seul à m'avoir photographiée telle que je ne le suis pas à mes yeux et aux yeux des autres…
— Je me souviens avoir pris une photographie de toi : tu étais contre un mur de briques. Calme. Lascive. Désœuvrée et alanguie par la chaleur. Tu m'as regardé. J'ai cadré. Et au moment où j'ai déclenché, j'ai senti qu'il s'était passé quelque chose, et que la photo était réussie. D'ailleurs, ton mec de l'époque l'a mise à l'index.
— Une photo réussie est toujours méchante…
— Un cinéaste doit-il être méchant, tyrannique, mégalomane, égotique, manipulateur, rusé, arrogant, orgueilleux, amoral, fou… Tout créateur n'est-il pas fou ?
— Je me souviens d'un Temps Jadis où tu acquiesçais lorsqu'un cinéaste disait : « Mon film ne traite pas de la guerre. IL EST LA GUERRE. Exactement comme elle est. » Si cela avait été le cas, idiot, personne ne serait resté dans la salle. Mais, tu étais jeune (et beau), influençable, idolâtre et totalement embourbé dans l'image. J'ai toujours pensé que si tu t'enfermais dans les salles obscures comme d'autres vont au travail, c'est que tu avais quelque chose à cacher ; ou à fuir. Non ? Tu t'es réfugié dans l'obscurité du non-être.
— Embourbé… oui… embourbé… c'est le mot… c'est le mot, se répétait pensivement Aporia.

— Tu as perdu l'amour du cinéma… mais peut-être pas celui des femmes…
— Ô je vous idéalise encore trop…
— Et tu ne crois plus à tes convictions de jeunesse ; car, pourquoi, toi qui as toujours travaillé *clandestinement*, dégagé du monde de l'argent et du paraître, pourquoi t'es-tu engagé avec cette productrice ? Cela ne te ressemble pas !
— Parce que j'en avais marre de voler, d'être sur le qui-vive et la survie pour faire mes films !
— Voler, voler… c'est une manière comme une autre d'exister en ce bas monde.
— J'ai cru avoir rencontré en cette belle productrice mon double.
— Ton double ? reprit Zoé Quoquoversus en riant… Dans les traditions anciennes, rencontrer son double est un événement néfaste, parfois même un signe de mort…

Un moment de silence. Puis, Aporia répondit :
— C'est mon complexe "Boulevard du Crépuscule". J'ai toujours cherché à rencontrer une femme avec laquelle je pourrais mélanger amour, sexe et travail. C'est ce que j'ai essayé de faire avec toi.
— Mais tu as toujours occulté, qu'au bout du boulevard, une autre femme attendait le héros pour l'abattre.
— Oui… c'est vrai… Et je m'en aperçois clairement maintenant. Tu connais bien mon talon d'Achille : la triangulation. Moi, plus deux femmes, que tout oppose. Voire une femme bicéphale, en laquelle s'exprimeraient, tour à tour, ces deux femmes…
— On n'a jamais couché…
— Pas nécessaire : je couchais avec Nathalie Nathalicia et je travaillais avec toi… Cela dit, on a essayé… Mais, une fois au lit, tu m'as dit qu'après avoir couché avec un type tu avais envie de lui cracher à la figure… Alors, j'ai perdu tous mes petits moyens. « Ce n'est pas grave » me disais-tu, en me

tapotant l'épaule… « Ce n'est pas grave »… Tu as été cette autre femme qui attendait le héros pour…

— Je savais comment t'atteindre pour t'empêcher de foutre en moi ce que tu étais incapable de concrétiser dans le social : être un dominant !

— J'aurais aimé te dominer : te prendre en levrette bien claquée et te faire couiner comme une truie !

— Tu es trop doux : tu n'es pas du style levrette bien claquée.

— Quand nous sommes des machos, vous nous le reprochez – et à juste titre. Et si on laisse s'exprimer en nous quelque chose de peu ou prou féminin, après nous avoir qualifiés d'être exceptionnels, pas intéressés comme les autres mecs, vous finissez, plus tard, par nous reprocher de n'être pas assez virils, voire même gros machos, cette valeur qui vous rassure, puisque millénaire. Vous ne savez pas ce que vous voulez… Mais, nous sommes, peut-être, responsables de cette confusion. Pour mieux vous asservir. Comme cette tromperie d'égalité femme/homme… C'est pour mieux nous singer et vous faire faire les mêmes erreurs que nous… C'est pour mieux vous empêcher d'exprimer votre spécificité, toute cette connaissance, toute cette puissance, toute cette raison pure et tout cet imaginaire à jamais perdus par ces millénaires d'obscurantisme et de terreur. N'oublions pas que notre civilisation phallique a jailli des braises ardentes de millions de bûchers de sorcières. Nous habitons aussi ce monde-là…

— À ce propos, ton film *Crucifixions* est terriblement blasphématoire. Mais c'est intelligent. Le palimpseste crucifix/images pornophaniques m'a donné à penser, même si cela donne le vertige : un monde comme volonté d'anéantissement. Ce crucifix, représentation d'un corps en souffrance, qui s'incruste avec l'image pornographique où chacun, en monstration, rejoue quelque chose par rapport à sa propre histoire traumatique, mais aussi dans le prolongement de la *socioculture* qui est fondée sur la recherche de la dominance par la compétition. Et cette dominance est basée sur un rapport triade : l'homme et la femme à l'image pornographique contre le crucifix/regardeur/metteur en scène qui oblige la femme à entrer dans le système compétitaire établi par l'homme. La position de la femme, à califourchon sur l'homme en lui tournant le dos, face à la caméra, les mains derrière le dos, cette position – pour moi – entre en résonance avec ces représentations de femmes attachées à des bûchers, la tête inclinée comme celle du Christ sur la croix. La hardeuse s'offre en holocauste. Elle rejoue sur et avec son corps la haine séculaire envers le féminin. La hardeuse est une métonymie de la crucifixion : elle meurt pour nos mauvaises actions à nous les femmes qui séduisons les hommes pour les entraîner dans la fornication. Si le sexe est ce qu'il est, la faute en incombe à la femme. Tu es fou d'avoir fait cela.

— Il y a un droit à blasphémer ! Cette trilogie dont tu parles (*Crucifixions, Jardin d'Ève, Le Film du Ça*), je l'abjure. Ces productions sauvages sont libres. Mais je dois avouer que, faisant partie intégrante d'une *socioculture* phallocratique qui méprise les femmes, que je le veuille ou non, même si je lutte et le condamne, je peux, néanmoins, à mon insu, mais conscient de cette bassesse, être fasciné par l'avilissement de la femme… et en éprouver même du plaisir…

— N'y a-t-il pas un peu de ce plaisir suspect derrière notre fascination de la Movie Star ?

— Oui, car la Movie Star est un des schèmes du sacrifice : un être réel transformé en entité abstraite que l'on transcende en chose morte. Regarde ! Ces *Divines*, avec leurs regards de déesses aryennes sûres de leur supériorité, n'appellent-elles pas la profanation ? N'incarnent-elles pas la *servitude volontaire* ? Le désir de briller pour l'éternité dans la vraie vie de là-bas et dans un autre corps, un corps incorruptible, sans excès ? Au cinéma, on peut traiter et maltraiter le corps sans avoir affaire au corps : sang, sueur, merde, sperme, odeurs… tout cela n'est plus qu'illusion. Exit ! L'image efface, annihile ce qui est excès de nos corps. Le cinéma et la photographie (outils de pouvoir) annonçaient la télévision, appareil d'État de domination idéologique presque parfait. Et la télévision annonçait ce que nous nommons aujourd'hui virtuel, dématérialisation. La photo, le cinéma, la télévision sont des artefacts qui révèlent notre désir de nous séparer du corps, ce tombeau de l'âme, mais aussi de nous couper du monde tel qu'il est. Nous sommes encore dans une logique platonicienne : on part de beaux corps ; on en tire de belles idées pour atteindre une sorte de réalité idéale : le Beau en soi, ou la Movie Star, ou le monde virtuel, c'est la même chose… Regarde ! Peux-tu imaginer un instant cette *Divine* en train de bouffer, d'avoir une vie sexuelle, de chier et de pisser ? L'imaginer ruine le Beau en soi qu'elle incarne.

— Si vous n'aimez pas la vie, allez au cinéma ! Notre désir effréné de dématérialisation se nourrit de notre épuisement au monde… On parle, on parle, mais on ne boit pas…

Zoé Quoquoversus leva une main à l'attention d'une serveuse. Aporia regardait encore le portrait de la Movie Star qui dominait du regard la table, sur laquelle la serveuse posait deux coupes mordorées d'*húbris*. Aporia se souvenait qu'adolescent il avait voué un véritable culte à cette Movie Star monolithique, froide et à la beauté élégiaque. Les rares fois où, en contemplant l'icône, des mauvaises pensées étaient venues ternir cette beauté, il en avait ressenti un profond dégoût, que sa névrose venait aussitôt calmer en lui affirmant, preuve par l'image qu'il contemplait, que cela était tout simplement impossible. Le réel avait toujours tord. Pas l'image.

— Pourquoi tu me regardes comme ça ? Tu penses à quoi ? demandait Zoé Quoquoversus.

— Je ne pense plus. Je n'écoute plus. Je ne suis qu'un système nerveux… Et un système nerveux c'est fait pour agir, pas pour penser…
— Agir ? C'est-à-dire ?
— Fuir… sur une île déserte.
— Et tu feras quoi, une fois sur ton île déserte ?
— Je… retrouverai mon instinct de chasseur.

Zoé Quoquoversus éclata de rire. Un beau rire clair et sonore. Aporia lui enviait la beauté de ses dents de nacre. En regardant cette forte mâchoire, d'où s'échappait un souffle minéral, il se disait à part lui que la nature avait inventé de puissantes armes pour permettre à chaque espèce de dévorer l'autre, et de faire du monde un vaste charnier que la copulation venait renouveler.

Zoé Quoquoversus suivait du regard la belle serveuse qui s'éloignait de la scène, sur laquelle elle avait déposé trois coupes d'*húbris* à l'attention des choreutes.
— Qu'est-ce qui t'a pris de proposer un rôle à cette pouffe de serveuse ? Elle va se faire des idées…
— Ce sont ses yeux. Et sa voix me plaît. Et j'ai confiance en sa vulgarité.
— Je l'ai vue : elle t'a lancé un regard fauve !
— C'est quoi un regard fauve ?
— Sauvage ! Comme moi ! répondit Zoé Quoquoversus en se levant. Puis, en faisant un petit signe d'au revoir en agitant les doigts de sa longue et fine main droite, elle ajouta d'un ton malicieux :
— Bye ! Bye !
— Tu veux mon fil ?
— Ô non ! Tu sais, il est jaloux ! Ô, pas seulement de toi, mais de tous !
— C'est toi qui es allée le chercher ! Au bout du monde !

Troublée par les mauvais esprits qui affluaient en elle, Zoé Quoquoversus roulait ses yeux, et déglutissait sa salive

comme si elle avait un nœud dans la gorge. Puis, elle posa sa main sur son cœur, et elle dit :
— J'ai gardé une place, là, pour toi… pour toujours… Et quand je jouis, je crie comme une cinglée *oui !*, car c'est nous deux, entrelacés dans l'être et le non-être de ce *oui !*, que je vois, parce qu'on n'a jamais *baisé*, et qu'on ne le fera jamais, jamais, jamais… car tu as peur des femmes… Pour être dans l'aspect sauvage et angoissant de *leur source qui jaillit*, il te faudra oser devenir un *sourcier*… Tu dois changer de psychogonie, *mister* Aporia… Bye ! Bye !

Aporia regardait par-dessus ses lunettes Zoé Quoquoversus s'éloigner parmi les Phuances. Haute taille dégingandée et entravée dans une robe sexuellement provocante, comme au Temps Jadis où elle jouait dangereusement avec *le sexe de la rue*, laissant des mains viriles lui pincer une fesse, mais arborant toujours ce visage à l'ovale parfait et d'une blancheur élégiaque qui évoquait sciemment celui d'une vierge. Son professeur de comédie crut longtemps qu'elle était vierge. Et la première fois qu'Aporia la rencontra – ce fut d'abord sa phonation aiguë qu'il entendit et qui l'attira jusqu'à elle, pendue à un téléphone –, il crut, lui aussi, qu'elle était vierge – ce qui lui plut, le rassura et qu'il s'obstina à continuer de croire tandis qu'on lui racontait qu'elle avait déjà couché. Zoé Quoquoversus, tantôt comédienne pour lui (ce seront des images d'elle, nue, qu'il utilisera dans *Le Film Du Ça*), tantôt modèle, tantôt danseuse, tantôt écrivaine, tantôt dessinatrice, tantôt dactylo… toujours dans des tenues sexes, mais au lit à coucher toujours belle endormie comme vierge de toute luxure, et qui farouchement voulait le paraître. Cette candeur et cette virginité – qu'elle continuerait mystérieusement d'évoquer quand bien même elle s'afficherait avec ses amants – avaient rassuré et apaisé Aporia par rapport à sa peur du sexe des femmes. Avec Zoé, en ce Temps Jadis, il n'était jamais allé au-delà de sa bouche rose-bonbon, et de ses petits seins fermes tout ronds. Et cela pouvait durer des heures dans ce lit à coucher silencieux. Belle Zoé alanguie, le front bas et l'œil humide atone en dessous (l'iris évoquait la matière entrelacée d'une nébuleuse cosmique), la chemise de soie entr'ouverte sur la peau veloutée et chaude (un grain de beauté rouge palpitait près de la carotide en saillie, où le mouvement du sang imitait celui de l'univers), les mains longues et fines, bellement veinées, posées sur les épaules d'Aporia (une sueur fraîche s'exhalait des aisselles de soie toutes auréolées), l'air ingénu, elle se laissait embrasser et peloter les seins infiniment… Puis, lorsqu'Aporia lui avouait que son émotion l'empêchait d'oser aller plus loin, Zoé – qui sentait pourtant le membre dur contre sa cuisse – clignait ses paupières ornées de longs cils soyeux – rappelant cette proximité avec l'animal –, passait sa langue sur ses lèvres spumescentes et elle se blottissait contre l'oreiller chiffonné avec un ravissement sensuel qui l'enveloppait peu à peu dans un grand sommeil, le souffle lent et profond, comme celui d'une enfant, mais dont l'impudence du chemisier entr'ouvert venait trancher à vif le minois innocent, puis allait disséquer le brûlant désir qu'Aporia, à chaque fois réfugié sous la douche froide qui jouxtait la chambrette, refoulait amèrement, la verge branlée dans la dentelle d'un slip, qu'il avait chipé au passage dans la bannette à linge sale, négligemment laissée entr'ouverte. Pour retrouver la profondeur préhistorique du mouvement du coït, Aporia imaginait le col du chemisier de soie blanche s'écarter doucement du cou gracile, dévoilant une belle gorge, palpitante comme celle d'une biche prise au piège. Zoé Quoquoversus, *feu de mes reins*, toujours aussi belle !

5

    Aporia leva les yeux vers la caméra braquée sur lui. Sortant de sa rêverie, il fixait, d'un regard noir, l'objectif de carton-pâte :
— Identificazione di una donna… FINE ! dit-il en claquant ses deux mains devant son visage en guise de clap (ce petit écriteau dont la base avait la forme de ciseaux qui coupaient le lien d'avec la *réalité* au commencement de la prise de vues ; le « coupez ! » du metteur en scène ramenait tout le monde à cette *réalité*. Mais ici Aporia avait procédé au rebours, en mimant un clap de fin…).
    Après avoir vidé ce qui restait de la coupe d'*hûbris* de Zoé Quoquoversus, la femme-caméra tendit ses belles hanches à Aporia :
— Assez digressé ! Au boulot petite pierre précieuse !
    Aporia terminait sa coupe d'*hûbris* (il en aurait bien besoin pour surmonter ses angoisses et la suite de ses pérégrinations), en considérant les fesses qui bombaient sous la robe toute chamarrée de cristaux dévoreurs de lumière. L'éclat vif des pierreries lui piquait les yeux d'étoiles. En saisissant à pleines mains la chair rebondie des hanches, tout soudain, Aporia fut subrepticement traversé par la vue subliminale d'une mâchoire carnivore déchiquetant la gorge de sa proie rouge sang. Accent grave et cruel sur l'exquise callipygie.

    Un cercle de Phuances s'était formé autour d'un couple dansant un tango. Tempo binaire. Tension dans les corps. Un pas en avant. Deux pas en arrière. Mouvements parfaitement coordonnés. La femme donnait l'impression de *souffrir*. L'homme, dans le contrôle, transpirait. Un pas en avant. Deux en arrière. C'était lui qui dominait dans la danse.

Ils ne se quittaient pas des yeux. Un pas en avant. Deux en arrière. L'homme était tout en noir. Au dos de son tee-shirt "BE" était imprimé en blanc. Il portait des lunettes à monture noire et carrée. Un pas en avant. Deux en arrière. L'homme, c'était une femme déguisée en Aporia de jadis, beau brun ténébreux d'une vingtaine d'années. Un pas en avant. Deux en arrière. La femme portait un justaucorps d'un noir profond et velouté qui lui sculptait une gracile silhouette fusiforme. Petites fesses musclées. Longs bras. Jambes fuselées. Poitrine menue. Petit chignon brun, ramassé en une seule torsade avec un ruban rouge indien, et qui sublimait son port de tête altier en celui d'une déesse de la nature. La joue gauche, au coin des lèvres charnues sans fard, était marquée d'une cicatrice. Un pas en avant. Deux en arrière. Une broche, une bague, des boucles d'oreilles et un bracelet de cheville, chacun en brillants, nimbaient de fines particules lumière-argent la courbe galbée et ondulante de son corps. Et elle exhalait une fragrance de savonnette minérale. Un pas en avant. Deux en arrière. Répétition fluide du même tempo dans les corps. Les yeux dans les yeux. Un pas en avant. Deux en arrière.

  La femme-caméra, guidée par Aporia, tournait très rapidement tout autour du cercle des Phuances, saisissant dans l'interstice entre chaque corps le couple. Celui-ci semblait ainsi danser dans une sorte de carrousel stroboscopique qui donnait le vertige, hachant menu comme chair à pâté le mouvement de chacun des pas de danse : Zôiontrope, la préhistoire du cinématographe.

  Ne sentant plus les mains d'Aporia sur ses hanches houleuses, la femme-caméra s'arrêta et se retourna, constatant que son coéquipier était à bout de souffle.
— J'suis fatigué, fatigué… fatigué, disait-il en tâtant son pouls au niveau de la carotide – et cela l'angoissait, car il sentait son cœur s'arrêter… puis repartir… s'arrêter… puis

repartir... Et une force obscure sourdait de son plexus (cette citerne d'hémoglobine).

Alors la femme-caméra se pencha vers Aporia. Ce regard azur, dardé en lui, le réchauffait et le réconfortait. Il se laissait entêter par le parfum minéral de cette peau noire mêlée de jour. Et il avait envie de se glisser dans le sillon mammaire pour se blottir entre les petits seins ronds, durs et chauds comme ces galets au bord de *l'étang chimérique*, envie de s'insinuer dans l'anfractuosité obscure de cette gorge qui paraissait être un chemin ardu vers un autre monde possible, un monde où *l'éloge de la fuite* serait la base fondamentale de tous les comportements humains, afin d'échapper à la *destruction comme devenir*.

La femme-caméra souffla dans la bouche d'Aporia son haleine réparatrice. Puis, elle lui dit :
— Ah, ce n'est pas drôle de vieillir ! Mais je sens une fontaine d'eau claire prête à jaillir de ton plexus solaire... Allez ! je te rends ta liberté petite pierre précieuse... Va ! Ne pense pas, mais regarde bien nos fragiles croupes se balancer, tantôt du côté de la folle barbarie, tantôt du côté du Beau : la folle jouissance ! La femme est un mélange harmonieux : une élégante équation du tout. Et comme cette équation est belle, elle est vraie !

Et Pensée Sauvage disparut dans la masse érotique des Phuances.

6

Les lourdes portes sombres de l'ascenseur s'ouvraient. Timidement, une Phuance en franchissait le seuil. Une robe "Cible", aux couleurs vives et acidulées, lui dessinait une silhouette plate et géométrique. Elle était pieds nus. Elle tenait d'une main un petit chevalet de bois, de l'autre une petite valise gainée de pégamoïd rouge indien. Sous le bras gauche, elle agrippait une toile blanche. Elle regardait attentivement autour d'elle. Du haut du Grand Escalier Droit, elle considéra, un instant, la vastitude du Salon de la Méduse. Puis, elle descendit l'escalier et s'engagea sur la contre-allée à sa droite. Avançant lentement entre les groupes de Phuances, elle levait ses yeux gris sur chaque *Divine*, créature des caméras : « Illusion dangereuse qui éveille le désir nécrophile extrême d'aimer un fantôme » pensait-elle. Arrivée au bout de la contre-allée, entre la dernière colonne et la scène, elle posa son chevalet. Elle y fixa la toile blanche, qu'elle avait confectionnée elle-même en encollant une feuille de dessin de 180g/m² sur une plaque de carton-plume de format carré. Sur la scène, le chœur se lança :

Pierre Pierre
Tu nous idéalises
Il nous idéalise
Nous sommes idéalisées
Il nous préfère idéales
Plutôt que fatales

Pierre Pierre
Tu nous crains

Il nous craint
Nous sommes craintes
Il nous préfère castratrices
Plutôt que libératrices

Pierre Pierre
Tu nous méprises
Il nous méprise
Nous sommes méprisées
Il nous préfère féminines
Plutôt que libertines

Pierre Pierre
Tu nous soumets
Il nous soumet
Nous sommes soumises
Il nous préfère très belles
Plutôt que rebelles

Pierre Pierre
Tu nous domines
Il nous domine
Nous sommes dominées
Il nous préfère fellatrices
Plutôt que créatrices

Pierre Pierre
Tu nous prends
Il nous prend
Nous sommes prises
Il nous préfère en levrette
Plutôt qu'en suffragettes

Pierre Pierre
Tu nous stigmatises
Il nous stigmatise
Nous sommes stigmatisées
Il nous préfère très culs
Plutôt que très crues

Pierre Pierre
Tu nous infantilises
Il nous infantilise
Nous sommes infantilisées
Il nous préfère normales
Plutôt qu'animales

Pierre Pierre
Tu nous enfiles
Il nous enfile
Nous sommes enfilées
Il nous préfère en bas filés
Plutôt qu'en métaphores filées

Pierre Pierre
Tu nous idéalises
Il nous idéalise
Nous sommes idéalisées
Pour le meilleur comme pour le pire
Grazie si no grazie Pier

Aporia était adossé contre une colonne, dissimulé dans la demi-pénombre de la contre-allée de gauche (quand on était face à la scène). Il cherchait, d'un regard prédateur, Nathalie Nathalicia. La retrouver, puis la tenir auprès de lui, tel un faire-valoir phallique, afin de regagner un peu de prestance, de soigner son narcissisme blessé. N'étaient-ils pas, l'un pour l'autre, objets gratifiants ? Et cela ne commençait-il pas au tréfonds du lit à coucher, pour se répéter, compulsivement, sur la scène sociale ? (Mais au lit, dans les entrelacs de l'étreinte sexuelle, on était animal nu, sans échappatoire, sans masque *socioculturel* ; ainsi, la situation était-elle très sérieuse, car dangereusement sauvage.) En se déplaçant, pour regarder de l'autre côté de la colonne, Aporia remarqua qu'une grande fissure la parcourait sur toute sa hauteur. Il recula pour mieux l'observer. Tout soudain, il lui ressouvint que la Tour Infernale, dans laquelle il se trouvait, s'était, un Temps Jadis, partiellement effondrée. La partie détruite avait été reconstruite sur celle restée debout. Repenser à ce sinistre inquiétait Aporia : il se demandait comment les fondations de la tour originelle, fragilisées par le choc – équivalant à 3 sur l'échelle de Richter – résistaient encore, ayant en plus à supporter le poids de la partie reconstruite – avec arrogance, pour battre le record mondial de hauteur. Et Aporia n'osait plus bouger. Impression de fragilité extrême. D'une catastrophe imminente. D'être sur une bombe. Et Aporia se sentait vaciller. Ou bien c'était la Tour Infernale qui vacillait, doucement, sur ses fragiles fondations.

« Silence, je rêve ! » Aporia tentait d'échapper à l'étreinte de son angoisse d'effondrement en s'abandonnant à l'évocation d'une histoire, que la vue de cette fissure – il avait le nez dessus – rappelait à sa mémoire, et qu'il avait imaginée afin d'honorer les termes du contrat pour deux films qu'il avait signé avec Marie Saint-Silver.
Louise Madine, cheveux couleur de sable, yeux sombres, peau mate, élancée, journaliste d'investigation, enquêtait sur la mort d'un des directeurs d'une Corporation Énergétique ayant son siège dans une tour de verre. Dans les

fondations de celle-ci, la journaliste repéra une faille. En procédant à l'ascension de la tour de l'intérieur de cette faille, elle découvrait, peu à peu, les arcanes d'un pouvoir mondialement corrompu et sanguinaire, et qui avait fait main basse sur toutes les énergies de la planète : pétrole, gaz, nucléaire, solaire, eau lourde… Arrivant au sommet de la tour, profondément transformée par son expérience, elle trouvait la force de s'immiscer dans ce pouvoir, d'en jouer le jeu trouble et barbare, tout en le sabotant, jusqu'à provoquer sa chute. Mais comment contenir la terrible dislocation du monde qui s'ensuivrait ? Pour le rôle de Louise Madine, Aporia avait obtenu l'accord secret de *The Queen of Pop*, qu'il avait pu rencontrer lors d'un concert privé – où elle avait chanté alanguie sur un lit géant. Cette *Matérial Girl* avait dit *banco !* à la condition que ce film sans concession fût une production sauvage et d'organiser avec elle dans les grandes villes des projections clandestines…

« À quoi bon rêver », se lamentait Aporia. Pour lui, le cinéma, c'était mort : plus jamais il ne tournerait de films – même sauvages ! Et il devait laisser cette chose morte s'évacuer de lui, pour vivre. Il devait se dépouiller de cette fausse identité attribuée non seulement par lui-même, mais aussi par les autres. Fini de jouer au cinéaste à la triste figure, galopant autour de cet objet phallique qu'était la caméra. Fini de faire du regard une valeur masculine, pour y cacher son infirmité de dépendance à la pulsion scopique… Alors vite ! Un téléphone, afin de contacter Marie Saint-Silver pour tout annuler.
— Vite ! Un téléphone ! C'est très urgent ! S'il vous plaît ! s'exclamait Aporia en tournant autour de deux Phuances, bellement penchées en avant, coupes tendues vers un magnum d'*hùbris* qui prenait le frais dans un sceau d'argent, et se vidait en un flot ininterrompu de mousse mordorée. D'autres Phuances se précipitaient, coupe à la main. L'une

d'elles, la ligne chaloupée d'ivresse, collier de perles ras-de-cou prêt à se rompre, la cambrure du pied disruptive sous les brusques affaissements du talon aiguille, montrait du doigt à Aporia la cabine téléphonique jaune, près du petit escalier hélicoïdal qui accédait au bar et aux cuisines. Aporia s'engouffra dans la cabine exiguë, surmontée d'un panneau lumineux blanc barré de lettres noires : DOXAPHONE.
— Allô ! Natalis ? ... Pouvez-vous me passer Marie Saint-Silver ? ... Où ? ... Allez-y, passez-la-moi quand même ... (attente) ... Allô ! Natalia ? ... Passe-moi Marie ... Passe-la-moi ... Non, je ne peux pas rappeler, je suis dans une cabine ... Oui, une vraie cabine ... Tu peux la joindre par le standard ... (attente) ... Allô ! Natales ? ... Passez-moi Saint-Silver ... C'est urgent ... Quoi ? ... C'est pas vrai ça ... Oui ... Non ... Oui ... Non ... Allô ! C'est qui ? ... Qui moi ? ... Nachik ? ... Ah, Nachik, c'est Aporia ... Passe-moi ... Hein ? ... J't'ai posé un lapin, moi ? ... Non ... On en ... On en reparlera ... Passe-moi Saint-Silver ... Non ... Écoute ... J'ai peut-être ... Je ne sais pas, je ne sais plus ... Passe-moi Marie ... Comment ? ... Tu ne pouvais pas me le dire avant ... Qui ? ... Allô ? Allô ? Allô ! la Lune !

Et Aporia raccrocha brutalement. Son regard noir se fixa sur des graffitis :

"NOS SEINS NOS ARMES"
"FÉMINISME RADICAL"
"DÉFINISSEZ LE CONCEPT DE FEMME"
"L'AVENIR EST FEMME"

Aporia sortit de la cabine jaune en claquant le portillon. Il porta à ses lèvres une cigarette. La lueur flavescente du briquet vacillait sur sa triste figure. Derrière lui, sans qu'il ne s'en rendît compte, un groupe de Phuances saisissait la cabine téléphonique, la soulevait, puis l'emmenait…

Aporia fronçait le sourcil, en regardant sa cigarette. De l'autre main, il écoutait son cœur battre, en pressant ses doigts de chaque côté de la trachée. Pas de doute : le cœur s'arrêtait… puis repartait… s'arrêtait… puis repartait… Et cela, il le vivait très mal – ou il en jouissait inconsciemment. Alors, il jeta la cigarette sur le sol à damier noir et blanc, l'écrasa du pied sur un carreau noir – cela se verrait moins –, et déposa son paquet de blondes qui peuvent tuer sur le plateau doré d'une serveuse qui passait près de lui, pour filer monter le petit escalier hélicoïdal. Il eut le temps – tout en se laissant entêter par la fraîche sueur – de voir, sur le blanc pur du corsage de la blouse, cet enroulement en spirale que dessinait un sein abstrait et agressif, au tétin noir comme un raisin dardé de vie.

Et derechef le chœur se lança :

— *Pierre Pierre*, ton âme est cette petite turgescence noire. La spirale, c'est ton corps. Cette spirale est infinie, car elle est partout dans le monde. Lorsqu'un segment de cette spirale se brise, ton âme, affectée par cette blessure, y court pour le réparer. Ta névrose correspond à une rupture de la fluidité du mouvement dans la spirale entre le monde et ton âme. Ta souffrance correspond au lent travail de ton âme pour reconstruire la spirale en pansant cette blessure. *Pierre Pierre*, le monde est l'objet même auquel tu ne penses pas tout en y étant présent. L'univers dans son ensemble et la *socioculture* constituent un Inconscient Radical où ton être se déplace. Ton être est pensé, dit et opéré par l'espace environnemental, ce fantôme phénoménal, et par celui de la *socioculture*. Tu n'es pas libre. Mais la nue réalité des femmes est un éclair dans la nuit. Seul l'éclair, cette conscience pure, en venant frapper ton être, éclaire le chemin ardu. D'éclair en éclair tu progresseras sur *la Route de l'étang chimérique*, où brille le Soleil de la Vérité.

Remous sonores. Des Phuances chantaient :

Le temps de la révolte des femmes est arrivé
Un monde sans domination est possible
Le temps de la colère des femmes est arrivé
La source ne demande qu'à couler
Le temps de s'inonder toute seule est là
On ne maîtrise plus rien
Se lâcher
Source qui jaillit

Un liquide inodore et incolore jaillissait du sexe d'une femme-fontaine accroupie au-dessus d'une coupe, au pourtour imprimé de lèvres coquelicot.
En tendant la coupe vers Aporia, Esti, la belle serveuse, chantait :

Boire ce Nectar inodore et incolore
Issu d'une femme, ton labyrinthe
Pour avoir en toi l'immortalité

— Esti ! C'est vrai… mais… balbutiait Aporia…
Puis, il prit la coupe, et il but tout le nectar, cul sec !

Le Temps est un *Oui !* intarissable à être… Le Temps est désir à être ce qui est déjà dans le futur…

7

Petit à petit, la lumière baissait. Le Salon de la Méduse s'enveloppait de tons ocre traversés, par endroits, d'ombres profondes. L'immense plafond de verre se teintait d'un rouge crépusculaire. Aporia se déplaçait lentement dans la grande salle, où tout semblait s'être figé. Des centaines de Phuances immobiles, certaines seules, d'autres en groupe. Aporia s'avançait délicatement parmi elles, s'arrêtant sur des visages. Il remarquait que certaines Phuances ressemblaient aux *Divines* pendues aux murs. À moins que ce ne fût l'inverse. Ressemblances néanmoins troublantes : de voir ces *Divines* comme incarnées en chair et en os lui faisait prendre conscience que si elles fascinaient tant, c'était aussi parce qu'il y avait fêlure psychologique.

Les Phuances fixaient toutes la même direction. Un regard froid, une clairvoyance qui tentait de saisir l'infra-ordinaire qui constituait chaque instant de ce qui avait lieu sur une table, où se trouvait le couple danseur de tango, crûment éclairé par un puissant rai de lumière argentée qui tombait en faisceau du plafond. La femme, à quatre pattes, était aux genoux de l'homme-Aporia. Elle lui brossait ses chaussures, toutes maculées de merde, en crachant dessus. Va-et-vient répétitifs de la main, embrenée, agrippée à la brosse. L'homme-Aporia, un genou à table, tenait comme un trophée, sur la cuisse de l'autre jambe pliée à angle droit, un tableau, bordé d'un cadre aux moulures dorées, montrant un écran plat télévisuel incrusté dans l'opulente croupe d'une femme – vue postérieure en position genu-pectorale clinique et qui entrait en résonance avec la femme aux pieds de l'homme-Aporia. Sur l'écran plat s'animaient des corps féminins en combat, et non en état de séduction, nudité déconstruisant ainsi la perception masculine qui réifiait le corps féminin en objet sexuel impur. Manifestations de rues avec des Phuances en pantalon de cuir noir et à la poitrine nue arborant des slogans écrits à l'encre noire, blanche ou rouge selon la couleur de peau : INSOUMISES – FUCK YOUR MORALS – FUCK YOUR GOD – CECI N'EST PAS UN OBJET – I AM FREE – MON CORPS EST À MOI – PRISONNIÈRES AU FOYER – NOUVEAU FÉMINISME – VOILEZ AUSSI NOS BOUCHES CAR ELLES VOUS SUCENT … … Juste des corps torse nu, juste des seins, pas d'arme, mais des corps saisis brutalement par des forces de l'ordre en complet noir, des corps plaqués au sol à plat ventre, à plat dos, avec violence, forces de l'ordre arc-boutées au-dessus de ces corps, couchées sur ces corps, pour les immobiliser, les contraindre, ramener leurs bras en arrière pour les menotter, puis les basculer par-dessus des barrières, en écrasant bien leurs ventres nus, déjà couverts de bleus, contre la barre, corps féminins entravés évoquant ceux de l'industrie pornographique, palindrome de positions animales des corps rejouant la Dialectique du Maître et de l'Esclave, les corps des forces de l'ordre s'incrustant parfaitement avec ceux des *sodomites*, et les corps maltraités des *hardeuses* avec les corps féminins entravés, mains menottées derrière le dos, bouches grandes ouvertes en un même cri de *rage*, le vrai visage des forces de l'ordre se reflétant sur le cuir noir sublimant les fesses des Phuances torse nu, lesquelles, guerrières pacifiques, subissaient la violence pour démontrer qu'il y avait de la violence envers toutes les femmes. En tenant sur sa cuisse le tableau, palimpseste de corps violemment animés, l'homme-Aporia, force tranquille, regardait fièrement droit devant lui. « Il y a toujours une femme derrière un grand homme, et celui-ci est grand parce que la femme est à genoux, et qu'elle finit toujours par se coucher », semblait-il penser à part lui. En exécutant les mêmes gestes de va-et-vient, la femme crachait, avec force, d'abondantes giclées de salive noire – telle une image négative d'elle-même – sur les chaussures lustrées, pour les faire briller à jamais. Et elle frottait, de plus en plus vite, avec la brosse. L'homme-Aporia, de temps en temps, exerçait de sa main libre de petites pressions sur la tête de la femme, lui empaumant le chignon ; et il lui donnait de petites claques sur une fesse. Et ainsi de suite. Crachats. Brosse à reluire. Pressions sur la tête. Fessées qui claquaient avec le même éclat que l'atome. Ritournelles des mêmes gestes, des mêmes rictus, des mêmes attitudes, des mêmes positions, des mêmes comportements, des mêmes regards, des mêmes suppliques, des mêmes sous-entendus, des mêmes non-dits. Permanence de la vie quotidienne, de la Lutte des Classes, micro-fascismes ordinaires. En langage policier, on appelait cela : "figer la situation".

Les Phuances épuisaient du regard ces différentes manières des uns pour dominer ; ces différentes manières des autres de se soumettre ; ces différentes manières des uns et des autres de jouir de *leur* servitude volontaire. Les Phuances épuisaient du regard toutes ces différentes manières d'exister, jusqu'à l'os, jusqu'à ce que la douleur de cette épistémé devînt atroce…

Face au Grand Escalier Droit, Aporia ne savait que faire. Il avait perdu Nathalie Nathalicia. Il n'arrivait pas à joindre Marie Saint-Silver pour tout annuler. Cette Earthquake Party le dépassait totalement. Et il se sentait fatigué, fatigué… fatigué. Alors, il se faufila sur sa gauche, entre les Phuances encore immobiles, zigzaguant jusqu'à cette obscurité rassurante de la contre-allée, et au mur de laquelle scintillait la lumière argentée des *Divines* qui le regardaient, sans aucune émotion, reprendre son souffle, adossé contre une colonne.

Et derechef, le chœur se lança :

— *Pierre Pierre*, la *Hollywood Movie Star* est le prolongement de la Vierge Marie, première incarnation immaculée de l'écran. Comme Elle, la *Movie Star* est fécondée par les oreilles avec la voix du démiurge metteur en scène ; ses entrailles, ne pouvant être contenant, sont neutralisées ; et sa peau pure, tel un hymen, prend la lumière du cinématographe, et fait ad-venir miroir cette lumière. Ainsi, l'écran se décline en tympan, hymen et miroir, lesquels recueillent et renvoient une image pensée comme n'étant pas un objet, mais un être réel détaché de son support : une Icône. Et cette Icône occupe un espace et un hors-champ total, et ce pour promouvoir une vérité sans différences, sans écarts, sans zones d'indétermination, mais universelle. Cette Forme Maîtresse nous propose d'aller vers le visible en quittant la lumière pour l'obscurité. Cette iconocratie a pour but de dominer le monde. La *Hollywood Movie Star* est la continuation, par d'autres moyens, d'une révolution anthropologique du regard issue de la pensée christologique des premiers siècles de notre ère…

Tout soudain, le Salon de la Méduse s'anima : des Phuances poussaient une table pour en aider d'autres qui la halaient, et sur laquelle se tenait debout la belle serveuse tenant dans ses mains un large plateau circulaire, qui renvoyait un halo de lumière dorée sur des Phuances encore immobiles. La tache de lumière glissait de visage en visage. Sous l'éblouissement, les paupières clignaient. Et les yeux s'ouvraient à la lumière, comme au sortir d'un long sommeil. Puis, la tache d'or remonta vers les portraits des *Divines*, d'abord sur la contre-allée à gauche de la scène ; ensuite, vers l'autre contre-allée où se trouvait Aporia. Et le faisceau se braqua sur lui. Ébloui, Aporia posa sur son front sa main en casquette pour tenter de discerner ce qui se passait. La silhouette fusiforme d'une Phuance, qui s'approchait

lentement de lui, découpait le cône de lumière, en lequel une infinité de poussières s'agitaient les unes par rapport aux autres. Peu à peu, le beau visage à la peau noire satinée de la Phuance entrait dans le cercle de lumière d'or, où se trouvait aussi la triste figure d'Aporia. Et la Phuance lui dit :
— J'étais assise à une table... Je pleurais... Sur ma gauche, il y avait une caméra qui me filmait. En pleurant, je ressentais ces émotions qui passent en nous lorsque cela nous arrive dans la réalité... Mais là, sur ma gauche, il y avait une caméra... Je pleurais donc pour un film... Tout le monde, autour de la caméra, pensait que c'était bien. Mais, moi, je n'avais pas l'impression de jouer la comédie, puisqu'en fait je *souffrais* vraiment...

Toutes les Phuances (des centaines) s'étaient regroupées derrière celle qui parlait. Elles l'écoutaient très attentivement, tout en fixant Aporia sévèrement. Soudain, une puissante alarme retentit dans toute la salle – alarme mimée par le cri des trois choreutes, cri déformé et amplifié par le micro style "années folles". Surpris, Aporia se tassa sur lui-même, les mains plaquées sur les oreilles. Et le chœur retentissait dans les haut-parleurs :
— Alerte ! Il y a un mâle dominant parmi nous ! Alerte ! Il nous mate ! Il cherche une proie ! Il nous espionne ! Alerte ! L'enfer, c'est le mâle ! Qu'on ne le laisse pas sortir ! Alerte ! Bloquez toutes les issues ! Alerte ! Il pisse debout ! Il est atteint de culophilie aiguë : il dogmatise notre croupe ! Alerte ! Il est incapable de définir le concept de femme ! Alerte ! Il croit que LA femme existe, alors qu'elles sont multiples ! Alerte ! Il n'aime pas les femmes, il aime ce qui les dévore ! Alerte ! Il croit en la femme idéale ! Alerte !

Toutes les Phuances avaient les yeux fixés sur Aporia. Imaginez des centaines de paires d'yeux, étincelants de colère, dardés en vous. Pendant l'alerte du chœur, Aporia avait calmement contourné la dernière colonne. Maintenant,

il marchait, à reculons, vers le Grand Escalier Droit. Il voulait essayer de tempérer la colère des Phuances. Alors, il leur disait :
— Je suis entièrement d'accord avec tout ce que vous avez dit. Je plaide coupable. Coupable par ignorance. Par lâcheté. Mais c'est parce que je voulais réussir. Pour nous, les hommes, la reconnaissance passe par le paraître social, la force et l'avoir, et non pas avec le verbe *être*. Je reconnais que dans le sexe, dans l'amour et le travail, ce que je cherchais chez l'autre, c'était moi, cette symbiose perdue à jamais. Je reconnais avoir voulu ne plus respecter *la* femme, pour pouvoir *la* baiser, comme une bête, l'obligeant à me présenter ses fesses, geste de soumission que j'ai même laissé faire lorsque de jeunes actrices se présentaient de ¾ face à moi, pour se faire caster. J'ai usé du pouvoir que m'octroyait la fascination de la caméra, pour les manipuler, être d'une exigence à la limite de la maltraitance, afin d'obtenir d'elles le meilleur pour mon film. La fin justifiait les moyens... (Aporia montait au rebours, marche à marche, le Grand Escalier Droit, comme poussé par la masse des Phuances.)... Mais, que puis-je faire ? Je fais partie d'une civilisation misogyne qui me constitue et me contamine depuis ma conception. Je lutte, mais cela ne suffit pas, selon vous. Mais si je joue votre jeu, je perdrai de ma superbe, et je me ferai abattre par le premier mâle qui me croisera. Je dois utiliser ma petite cervelle pour vous comprendre, comprendre ce qui se passe dans vos corps, et comprendre ce qui nous pousse, nous, à vouloir vous dominer ? Ou bien je dois me mettre en retrait pour ne pas vous profaner ? Je n'en sais rien. Pour vous voir telles que vous êtes ? Je n'en sais rien. Comment devenir ce que *je suis* ? Je sais que vous le savez. Je sais que vous pouvez m'aider à sortir de cette ornière dans laquelle je me débats depuis l'enfance. Je sais que "c'est la femme qui fait l'homme". Et si la *connaissance* doit me rendre plus

fragile que le verre, je l'accepterai… Aidez-moi ! Car je crois que je suis en train de mourir… Aidez-moi !

Aporia était arrivé en haut du Grand Escalier Droit. Les Phuances montaient vers lui. Et sur sa gauche, celles qui étaient au bar se levaient des tables, quittaient le zinc, et s'approchaient, l'air menaçant. Aporia reculait vers l'ascenseur ouvert. Mais les lourdes portes sombres se refermaient. Clac ! Aporia, toujours à reculons, bifurqua vers la porte noire des Toilettes pour Femmes. D'une main tremblante derrière le dos, il cherchait le bouton de porte. Il n'avait aucune échappatoire, car toutes les Phuances faisaient bloc sur lui. Et la porte s'ouvrit. Aporia s'engouffra dans l'ouverture ; puis referma très vite la porte. Il resta ainsi, le souffle court, laissant tout le poids de son corps peser sur ses deux mains plaquées sur la porte rouge sang. Il écoutait au travers. Silence. Dans son regard brillait une peur animale. Entre ses deux mains, le plan des lieux : Le Salon de la Méduse entouré d'un labyrinthe circulaire.

8

Aporia se lavait les mains. Et l'eau froide qu'il aspergeait sur sa triste figure le détendait nerveusement. Tout autour de lui, les murs des Toilettes pour Femmes étaient d'une belle couleur satinée rouge sang. Le lavabo, le plafond, le sol et les latrines étaient d'un blanc neige. En se redressant pour regarder dans le miroir sa tête d'idiot étincelante de gouttes d'eau, il s'aperçut que la glace s'était substituée en une vitre qui donnait sur une chambre à coucher au décor monochrome très dépouillé. Ce qui surprenait Aporia, c'était la vastitude du lit, avec ce sommier et ces montants en bois d'arbre millénaire, et ce drap gris pur, froissé comme la surface d'un *étang chimérique* qu'une brise chargée d'une forte saveur de sel caressait. Ce qu'il voyait le réjouissait. Les ondulations du vaste drap évoquaient en lui la promesse de retrouver une joie de se vivre librement en *rien*.

Aporia glissa de nouveau ses mains sous l'eau glacée. En la regardant s'écouler de son visage, tourbillonner autour du trou noir d'évacuation, il imaginait que cette eau vivifiante entraînait avec elle, dans le trou, tout son mal-être.

Derechef, il se redressa. La chambre à coucher s'était transformée en un grand salon bourgeois, sans aucun meuble, seulement un petit canapé en cuir noir, sur lequel était assis un quinquagénaire qui regardait, l'air absent, une jeune femme jouer avec un petit chien sur la moquette gris pur, toute plissée, comme la surface d'une eau gelée. Au-dessus de la jeune femme brillait un gros lustre en cristal. Par moment, le petit chien, en excès d'être, s'excitait sur l'une des chaussures montantes, à très hauts talons, que portait, telles des prothèses phalliques, la jeune femme. Elle regardait, en riant, le petit chien donner des coups de reins mécaniques ; et elle le laissait faire, raidissant même sa longue jambe. La peau blanche neige de son visage au charme slave tranchait avec la noirceur de ses yeux en amande, bordés de longs cils charbonneux ; avec sa raide chevelure de jais qui tombait sur ses épaules de nageuse ; avec sa robe noire en tissu moiré de luxe, assemblé et surpiqué afin d'accompagner les mouvements du corps sans souffrir d'aucune déformation. Chaque geste adoptait un pli qui galbait une courbe ondulante… Le quinquagénaire observait froidement le petit chien, tantôt aller lécher le visage de la jeune femme, tantôt glisser entre ses jambes satinées de bas de soie noire, tantôt, la langue rose telle une pendeloque, s'exciter de nouveau, battant de l'arrière-train contre un mollet, puis contre une cuisse, puis contre un bras nu tendu de biais, la main bien à plat sur la moquette froissée, belle main qui irait, en un geste disruptif, retirer du bout des doigts les minuscules gouttes de gamètes abandonnées de-ci de-là par le petit chien… Pour Aporia, il était difficile, voire douloureux, d'imaginer que Violante, la jeune femme, finirait sa soirée d'anniversaire (22 ans) dans le lit à coucher du quinquagénaire – un médecin qui avait tout laissé tomber, parce qu'il en avait eu marre d'écouter la souffrance des autres : « Vous, vous choisissez votre médecin ; nous, on ne choisit pas nos patients ; et puis, z'ont qu'à tous moins bouffer ! » avait-il raconté, avec une lassitude dans la voix râpeuse. Aporia, la seule personne que Violante avait invitée, passa la soirée d'anniversaire, assis en tailleur sur la moquette froissée, face à Violante au milieu du salon, avec derrière elle, avachi dans le canapé de cuir noir, le quinquagénaire à l'air las. Aporia regardait Violante, étendue sur la moquette zébrée de plis, ses seins dressés comme des petites collines couvertes de tissu moiré et au profond immémorial desquelles se dissimulait *la vérité effective de chaque chose*. Ce corps mutin évoquait en lui la possibilité d'une île déserte, une terre promise, quelque part auprès d'un

immense *étang chimérique* gelé. Lui revenait alors cette phrase d'un poète, et qu'il faisait sienne, le temps de la mettre en relation avec sa vie intime : « Tout est déjà pris, jusqu'à ma mort, dans une banquise de "étant"... » Pour cadeau d'anniversaire, Aporia avait offert à Violante un parfum de luxe – quand il sentait ce parfum, il lui ressouvenait cette *parenthèse enchantée* vécue avec sa mère et ses sœurs. Aporia était secrètement amoureux de Violante, cette fille un peu timbrée, un peu ravissante idiote, un peu beaucoup mythomane, un peu *folle du cul* aussi. Mais à chaque fois qu'elle fixait un rendez-vous à Aporia, il y avait toujours entre elle et lui au moins une personne, tel un garde du corps qui l'accompagnait. L'unique fois où Aporia s'était retrouvé seul auprès d'elle, ce fut dans l'étroit et sombre passage des toilettes d'un restaurant – brasserie populaire où les avait invités le quinquagénaire. Adossée contre le mur en crépi noir, lascive, l'œil brillant, elle s'était laissée embrasser sur la bouche dont l'haleine musquée avait réveillé les instincts animaux d'Aporia : il lui avait mordillé ses lèvres charnues rouge corail et ses joues rondes qui avaient la fermeté, l'odeur et la fraîcheur de la viande crue ; il lui avait aspiré, puis sucé son épaisse langue toute spumeuse, *mère de la parole, messagère de l'âme*, tout en laissant glisser la paume d'une main coquine sur la froidure de la robe de tergal, vers la courbure d'une fesse, dont le grand muscle se gonflait de sang... Et Violance lui avait murmuré ces mots :
— Ma bouche est aussi un organe sexuel : j'y mets des pénis et des clitoris... Alors pourquoi ne la caches-tu pas avec un voile ?

Aporia avait fixé la bouche odorante, sans répondre. Elle avait continué :
— En nous masturbant en pensant l'un à l'autre, nous nous vouerons, à chaque fois, un culte... Nous sommes *félins* pour l'autre, Pierre...

À la fin de la soirée d'anniversaire, essoufflée, un peu ivre et gavée de gâteau au chocolat – dont le petit chien lampait les restes au fond d'un plat d'argent où s'agglutinaient vingt-deux bougies, calcinées d'un côté, maculées de chocolat de l'autre –, Violante était couchée à plat dos sur la moquette, les cuisses bien ouvertes, de manière à ce qu'Aporia, un peu aviné lui aussi, vît qu'elle ne portait pas de petite culotte, et qu'entre les lèvres bistres de sa vulve, un éclat de lumière reflétait sa tête d'idiot… derrière laquelle des Phuances nues s'aspergeaient tout le corps d'or. Puis, d'un crayon gras, elles se soulignaient d'azur les veines sur les tempes, sur la gorge, les seins, les mains et les pieds ; elles se dessinaient à l'encre noire une fermeture à glissière sur l'intérieur des bras – des poignets aux aisselles ; sur le ventre – du pubis au plexus solaire ; enfin sur le dos – du coccyx au creux de la nuque. Leur beauté agressive les dévoilait impulsives, franches, directes, courageuses, cassantes et distantes, actrices et volontaires, actives et réfléchies, avec une forte sensorialité et affectivité. Elles étaient tout simplement Terra da Donne.

La Phuance qui se tenait juste derrière Aporia, toujours debout face au miroir, les mains appuyées sur le rebord du lavabo, lui disait ces mots :

— Tu ne cesseras jamais de te voir en nous… Nous sommes un œil géant qui observe et détaille le moindre de tes gestes. Et tu ne peux vivre sans ce surmoi visuel. Nous t'épuisons et t'épuiserons du regard, jusqu'à ce que tu deviennes *étranger* à toi-même… Il te faut te dépouiller de ton identité – cette illusion – pour la retrouver vérité nue et nue réalité… Allez ! Tickletoby, ne reste pas ainsi les bras ballants comme au bord d'une falaise ontique. Nous, *peuple des Invisibles*, nous avons besoin de ton aide. Nous avons décidé de grimper au sommet de la Tour Infernale pour y arracher le Plomb de TÉLÉCAVERNE. Cette mondovision, ce nouvel ordre visuel, ce mensonge lucratif, ce flux perpétuel d'images veut faire du plaisir de la foule la fin ultime de l'ordre politique. TÉLÉCAVERNE enveloppe d'une toile vaporeuse tout le peuple et le retient dans sa trame. Le regard stérilisé, les spectateurs vivent dans un état voisin de la mort – esprit, chair et sens dévitalisés. Ils sont présents à *leur* monde, mais absents au monde : celui qui est le même pour tous. Ils ne se contentent pas du monde tel qu'il est, mais plutôt d'un simulacre, principale cause d'un ressenti qu'ils croient vrai, alors qu'il n'en est rien. *La tendance pathologique de notre règne visuel est la schizophrénie.* TÉLÉCAVERNE est le degré zéro de l'apprentissage. C'est un conditionnement logique, mécaniste, qui clone en série illimitée des êtres *super-flux*. Le peuple est spectateur de sa vie, et non plus acteur. Il se regarde vivre. Il vit par procuration. Par projection. Par télé-commandement. Par sublimation de sa libido via l'image qui est le réel, le vrai. TÉLÉCAVERNE est une orthopédie conceptuelle. Une machine à vie artificielle. Face à son écran, le spectateur est un mort-vivant, prisonnier de désirs qui augmentent avec les besoins qui lui sont créés. TÉLÉCAVERNE agit comme un puissant psychotrope pour empêcher toutes révolutions qui pourraient remettre en cause l'homéostasie de l'État et du Marché. TÉLÉCAVERNE est le mur porteur de l'État et du Marché. L'image crée une *zone* qui nous sépare de la nue réalité. Franchir cette *zone* de la fascination du non-être provoquerait un terrible effet de panique et un vertige de désorientation radicale : on ne sort pas comme ça d'une prison comportementale, d'automatismes *socioculturels*, sans être douloureusement ébloui par la vérité nue…

    Pendant que la Phuance expliquait à Aporia le but de la mission, deux autres se faisaient la courte échelle afin d'atteindre la trappe au plafond. Une fois celle-ci ouverte, la première s'agrippa à une échelle d'acier fixée à un conduit cylindrique, tandis que la deuxième joignit ses bras aux jambes pendantes, les mains fermement repliées au-dessus des genoux. Ainsi, en grimpant d'abord sur les deux corps, chacune des Phuances accéda à l'échelle d'acier ; Aporia procéda de la même façon. La Phuance suspendue aux jambes de la première rejoignit l'échelle en escaladant le corps de sa coéquipière, laquelle, par la force des bras, barreau après barreau, se hissa à son tour dans le conduit. Pour atteindre le sommet de la Tour Infernale, il fallut gravir l'échelle d'acier sur l'équivalent de plus d'une trentaine d'étages…

    Au sommet de la Tour Infernale, le vent soufflait en fortes rafales. La vue sur la Ville-Lumière était saisissante : les flux en débit illimité de TÉLÉCAVERNE circulaient à très grande vitesse, comme les impulsions électriques dans les méandres de notre cerveau, allant d'un neurone à l'autre via les synapses. En équilibre au bord de la Tour Infernale, Aporia avait le vertige. Un désir de chute. De se laisser aller. Derrière lui, les murs en acier poli reflétaient les structures multicolores de la Cité. Sur ces belles couleurs vives se découpaient les silhouettes d'or des Phuances. Elles se préparaient minutieusement à l'opération délicate du retrait du Plomb. Aporia se demandait en quoi il pouvait leur être utile. « Nous regarder agir ! » Alors Aporia se concentra sur leurs belles mains habiles qui dévissaient des plaquettes d'acier ; débranchaient une multitude de minces fils d'électronique ; neutralisaient des circuits imprimés ; coupaient des bandes passantes ; désamorçaient des leurres et des alarmes pour, enfin, atteindre et arracher le Plomb de TÉLÉCAVERNE.

    Et de la Ville-Lumière s'élevait, peu à peu, un hurlement abominable. L'écho assourdissant fissurait l'érection de toutes les fondations. Un noir profond avalait tous les flux de la Cité. Rien n'était en mesure d'échapper à

sa terrible attraction. Impressionné, Aporia ne pouvait que constater :
— Ce hurlement… c'est la fin… vous avez dû retirer le Plomb pendant la télédiffusion d'InfoTox… c'est pour ça… ces hurlements… vous leur avez comme arraché les yeux… tout va finir dans un bain de sang… c'est la fin… vous venez comme de faire sauter le sarcophage d'un cœur atomique en fusion… ce hurlement… ce… il va toujours faire nuit ? s'inquiétait Aporia, qui voyait l'obscurité venir jusqu'à lui… Le noir de l'origine…
— Le jour et la nuit sont une seule et même chose, répondaient en chœur toutes les Phuances.

Dans la ténèbre, la Lune, immense, éclairait de ses rayons argentés les corps d'or des Phuances. Celles-ci guidaient Aporia vers l'échelle, afin qu'il redescendît vers les Toilettes pour Femmes. Échelon après échelon, Aporia s'enfonçait dans les entrailles de la Tour Infernale. Les barreaux de l'échelle étaient glacés. Aporia n'arrivait pas à contenir le tremblement de ses jambes. Ses muscles étaient faibles. Il se sentait fatigué, fatigué… fatigué. Un gémissement lugubre, mêlé aux tiraillements des structures d'acier, hantait les parois du conduit, où ruisselait une eau très claire et sans odeur. À travers cette eau, ondulait un visage féminin, maculé de boue primitive et empreint d'un orgasme d'une puissance incommensurable et insurpassable. De la grande bouche noire s'exhalait le cri de la vérité, ce cri en lequel s'enracina le langage humain. La parole est l'ombre d'un orgasme féminin d'un Temps-Jadis. Soudain, Aporia sentit ses pieds partir dans le vide : il n'y avait plus de barreaux ! Et son cœur s'arrêta de battre. Et ce fut la chute… longue… jusqu'à être Rien, car le Tout et le Rien sont une seule et même chose… Rien… jusque dans les bras d'une Phuance au corps d'or…

MARE TRANQUILLITATIS

> Nous pensons qu'au-delà il n'est rien de nouveau,
> que demain sera pareil à aujourd'hui
> et qu'à jamais nous resterons enfants.
>
> William Shakespeare

Une *souffrance* étendue sur le carrelage en mosaïque de petits triangles Terre de Sienne et jaune d'or, mouchetés de noir. Pierre Aporia enfant-père ramassa cette *souffrance*. L'enfant-père l'observait avec circonspection. Puis, croyant entendre derrière lui des chuchotis, il se redressa, et se retourna doucement. En haut d'un escalier droit, côte à côte, deux fillettes, ses sœurs jumelles – Identical Twins vêtues de noir, avec petit col blanc et socquettes blanches –, le regardaient fixement. De derrière elles, une masse de sang dévalait très lentement les marches en giclant sur les murs. Cataracte de sang consécutive à la destruction de la cellule familiale. Effarés, les Identical Twins et l'enfant-père couraient se cacher sous l'escalier. Du sang leur coulait dessus. L'enfant-père ouvrit sa main droite pour regarder la *souffrance* lovée au creux de sa paume. De l'intérieur de la *souffrance* il voyait défiler des paysages désertiques immenses. Sur les rochers Terre de Sienne d'une montagne jaune d'or ondulait l'ombre d'un objet volant fuselé qui se détachait d'une minuscule voiture jaune, où se trouvaient les Identical Twins, l'enfant-père et leur mère, le visage peu maquillé mangé par de grosses lunettes de soleil. La minuscule voiture jaune s'engouffrait dans un tunnel qui perçait un flanc de colline moucheté de verdure.

L'enfant-père, assis à la place du mort, observait du coin de l'œil sa mère impassible. Son ciré noir, serré à la taille, magnifiait son corps de jeune femme qu'elle était encore. La route sinueuse se reflétait sur les verres noirs de ses grandes lunettes (lunettes qu'elle portait comme un masque, de jour comme de nuit, été comme hiver). Son visage était blanc et lisse comme la pierre polie d'une statue. Sous sa lèvre inférieure, une petite ombre horizontale : empreinte cicatricielle de femme battue. Sa longue chevelure auburn s'assombrissait, puis s'illuminait de reflets cuivrés selon l'incidence de la lumière, accentuant l'aspect bicéphale de sa Persona, où la mère et la fille se confondaient tout en se confrontant dans un mutique combat à mort. La voiture roulait très vite. L'enfant-père était inquiet : sa mère conduisait comme si elle était toute seule sur la route ; et elle prenait tantôt une direction, tantôt une autre sans consulter le moindre plan (qu'elle n'avait pas, de toute façon, puisqu'elle partait du principe qu'elle avait le sens de l'orientation... ce qui était vrai).

Tout soudain, un drôle de bruit dans le moteur. Un claquement régulier, comme une paire de chaussures dans le tambour d'une machine à laver. Et voilà la voiture-clac-clac qui ralentissait. La mère se crispait au volant. Sur le tableau de bord le voyant d'huile s'affolait de devenir si rouge. Il fallait se ranger au plus vite sur le bas-côté de la route, pensait à part lui l'enfant-père. La voiture expirait comme une asthmatique. Elle crachait tous ses boulons. Toute sa mécanique bringuebalait. Une fumée blanche s'élevait de par-dessous la voiture-clac-clac. Les Identical Twins, à genoux sur la banquette, regardaient par la lunette arrière la traîne tourbillonner en s'étirant très loin. On avait l'impression que la voiture-clac-clac toussait. Puis, que toute sa mécanique hoquetait. Enfin, exténuée, la voiture-clac-clac s'immobilisa. La mère, en colère (elle pestait contre son garagiste), descendit et s'en alla soulever le capot. Et une épaisse fumée s'éleva comme un nuage qui se dispersa peu à peu tout autour du véhicule, de l'intérieur duquel les Identical Twins et l'enfant-père regardaient, avec soulagement, la silhouette étique de la mère se redessiner dans les fumeroles d'agonie du moteur. Néanmoins ils avaient compris. Cette panne, c'était du sérieux. La mère remonta dans le véhicule. Elle expliqua à son fils qu'elle avait vu, peu avant, une pancarte indiquant un garage à quelques kilomètres. Il ne devait plus être très loin maintenant. Elle préférait rester avec ses sœurs. Qu'il aille vite jusqu'au garage demander que quelqu'un vienne les dépanner. L'enfant-père descendit de l'automobile toute fumante, et d'un pas rapide s'élança sur la route déserte.

L'enfant-père marchait. Derrière lui, la petite voiture jaune lui paraissait devenue minuscule. D'être resté si longtemps assis, et tendu nerveusement, lui avait engourdi les jambes. Il éprouvait de la difficulté pour avancer, comme s'il avait des fils à la patte. Lui revint en mémoire la seule fois où il avait senti ses jambes lui faire défaut, le trahir. De retour du Collège, il était avec ses sœurs dans la cuisine pour prendre le goûter : pain au beurre avec du chocolat. Leur mère sortit de sa chambre et entra dans la cuisine, l'air hagard, l'œil fou brillant. Elle supplia son fils d'aller chercher du secours, car elle venait de prendre des comprimés, beaucoup de comprimés. Très beaucoup. Les trois enfants comprirent aussitôt. Les Identical Twins fondirent en larmes brûlantes ; l'enfant-père – les jambes comme sciées du tronc – ne put rien faire contre son corps qui tombait à pic sur le sol, carrelage en mosaïque Terre de Sienne. Sa mère, accroupie face à lui, en pleurs, mais aussi en proie à une panique animale, lui redemandait de se relever pour aller vite chercher de l'aide. Mais l'enfant-père était comme cloué. Abasourdi par le choc. Il voulait se relever ; mais ses muscles ne lui obéissaient plus. Il cherchait sa respiration. Ses yeux, baignés de larmes chaudes, ne pouvaient quitter le visage égaré de sa mère… qui allait donc mourir, très vite, très très vite s'il ne se relevait pas pour aller chercher de l'aide (pas encore de téléphone à la maison à cette époque). Alors l'enfant-père se redressa. C'était plus fort que lui. C'était comme si une puissante colère animait son corps. Il sortit de l'appartement, et il courut, courut... courut à travers sa petite ville, son "Little New York". Ô ma Rome !

Après... c'était le trou noir : comment était-il revenu chez lui, pour se retrouver sur son lit en rage après Dieu – lequel, puisque sa mère *souffrait*, ne pouvait exister ? Entre sa course folle à travers la ville et le moment où il décrocha le crucifix en ivoire pour le jeter au sol de sa chambre, ne lui restait en mémoire que le visage médusé de l'amant de sa mère, auquel il était venu supplier de l'aide.

Il y avait bien longtemps que l'enfant-père trottinait au bord de la route déserte, sans aucun garage en vue. Toute la nature bruissait doucement. L'air était chaud, sec. Le Soleil étincelait comme une pierre en fusion. Dans les rais de lumière, qui filtraient au travers des arbres millénaires, les particules de poussière s'agitaient les unes autour des autres. Les hautes herbes froufroutaient sous les pas de l'enfant-père. Des coquelicots se frottaient contre ses mollets, le caressant tels des petits chats. Il sentait sourdre des profondeurs de la Terre une énergie purifiée. Ce senti lui venait peut-être de sa mère qui, quelquefois, s'arrêtait pour contempler un beau ciel d'orage, comme ce jour anniversaire de la mort du Christ, vers 15 heures, où elle lui avait dit, l'œil visionnaire, qu'il devait bien y avoir *quelque chose* : une puissance qu'elle savait être aussi sienne, mais ne pouvait exprimer. Entre les branches feuillues l'enfant-père distinguait une vieille enseigne : OVERLOOK HÔTEL. À défaut de garage, il trouverait sûrement ici une personne pour l'aider, voire juste l'orienter. Alors, il s'aventura timidement dans la propriété privée, impressionné par les hautes grilles flanquées de panneaux :

NO TRESPASSING

WARNING: ROCKET LAUNCH

MORTAL DANGER

D'un buisson apparut un homme d'âge mûr, au visage rond, le crâne dégarni. Il était vêtu d'un coupe-vent sombre, tout froissé, et d'un short gris taillé au ras des genoux. Il tenait dans sa main droite un filet à papillons. L'air malicieux, il s'avança d'un pas tranquille jusqu'à l'enfant-père et se présenta à lui comme étant un certain Humbert Humbert. Il lui expliqua que, dans ce vaste domaine, il y avait une infinité de possibilités d'agir, d'être, de faire ou de ne pas faire, de faire et défaire. D'être acte et *en puissance*. Puis, il s'approcha de l'enfant-père en souriant ; et il lui marmonna, après s'être assuré que personne alentour pouvait l'entendre, qu'il était à la recherche d'un spécimen très rare de papillon : "Cyclargus Nabokov". Ensuite, il rebroussa chemin, en sautillant et en chantonnant : *Light of my life, fire of my loins. My sin, my soul...* ... NA... THA... LIE...

Le ciel était devenu d'un blanc lumineux qui faisait très mal aux yeux. En allant dans la direction de l'Overlook Hôtel, l'enfant-père longeait une haute haie, où avait été taillée une ouverture auprès de laquelle se dressait un panneau de bois, aux pieds couverts d'une mousse velouteuse, et sur lequel figurait le plan, au vernis écaillé, d'un labyrinthe : THE OVERLOOK MAZE.

L'entrée de l'hôtel était déserte. Seul le crépitement d'une machine à écrire résonnait. Chaque frappe rebondissait contre les murs rouge indien de l'hôtel. L'enfant-père décida de se diriger au bruit de la machine à écrire. Comme le Petit Poucet ayant suivi les petits cailloux blancs, il suivait le son de chacune des lettres frappées. Et chacune d'entre elles avait sa sonorité violente et évoquait une émotion particulière, crue, caractéristiques qui remontaient d'un Temps Jadis où la parole ne traversait pas encore l'animal-homme.

L'enfant-père allait le long de murs blancs couverts de photographies noir et blanc parfaitement alignées – à chaque fois trois rangées de sept sous-verre bordés de noir. Images d'un monde révolu. Ces femmes et ces hommes vêtus de beaux habits de soirée "années folles" étaient tous morts. « Sauf moi ! » se disait l'enfant-père en pénétrant dans le salon Colorado, au fond duquel, au pied d'un grand escalier, il aperçut immédiatement un magnifique piano noir laqué. À la vue de celui-ci, un murmure léger s'échappa de la petite bouche de l'enfant-père :

— *Maman...*

Plus près de lui, un homme lui tournant le dos travaillait assis à une machine à écrire Adler, posée sur une grande table de bois. Lentement, l'enfant-père s'approchait de l'homme, lequel, sentant sa présence, s'arrêta net de frapper, releva la tête, renifla comme un animal, et se retourna, l'œil d'aigle brillant comme le feu.

— Belle journée, n'est-ce pas ? lança-t-il avec un sourire carnassier.

Pas très convaincu par cette question fermée, l'enfant-père haussa les épaules ; puis, il se lança dans le récit de ses mésaventures. Ensuite de quoi l'homme lui répondit qu'il ne pouvait rien pour lui ; qu'il devait aller trouver le Maestro Di Color : « C'est lui qui fait tout ». Et d'un mouvement brusque, il sortit de la machine à écrire Adler la feuille – le rouleau qui la compressait émit un étrange son, comme celui d'un effacement radical de quelque chose, une sonorité technique d'anéantissement.

— Qu'en penses-tu ? demanda l'homme en tendant la feuille dactylographiée vers l'enfant-père.

Celui-ci réajusta bien ses petites lunettes à monture noire et carrée, afin de lire ce que l'homme avait écrit :

ALL WORK AND NO PLAY MAKES DAD A DULL BOY.
ALL WORK AND NO PLAY MAKES DAD A DULL BOY.
ALL WORK AND NO PLAY MAKES DAD A DULL BOY.
ALL WORK AND NO PLAY MAKES DAD A DULL BOY.
ALL WORK AND NO PLAY MAKES DAD A DULL BOY.   ALL WORK AND NO PLAY MAKES DAD A DULL BOY.
ALL WORK AND NO PLAY MAKES DAD A DULL BOY.
ALL WORK AND NO PLAY MAKES DAD A DULL BOY.
ALL WORK AND NO PLAY MAKES DAD A DULL BOY.   ALL WORK AND NO PLAY MAKES DAD A DULL boY.
ALL WORK AND NO PLAY MAKES DAD A DULL BOY.   ALL WORK AND NO PLAY MAKES DAD A DULL BOY.
ALL WORK AND NO PLAY MAKES DAD A DULL BOY.   ALL WORK AND NO PLAY MAKES DAD A DULL BOY.
ALL WORK AND NO PLAY MAKES DAD A DULL BOY.
ALL WORK AND NO PLAY MAKES DAD A DULL BOY.
ALL WORK AND NO PLAY MAKES DAD A DULL BOY.   ALL WORK AND NO PLAY MAKES DAD A DULL BOY.
ALL WORK AND NO PLAY MAKEs DAD A DULL boy.   ALL WORK AND NO PLAY MAKES DAD A DULL BOY.
ALL wORK And No play makes DAD a dull boy.   ALL WORK AND NO PLAY MAKES DAD A DULL BOY.
All work and no PLAY makes Dad a dull BOY.
ALL WORK AND NO PLAY MAKES DAD A DULL BOY.
All WORK and No play MAKES dad a dull boY.   ALL WORK AND NO PLay MAKES DAD A DULL BOY.
All Work And No Play Makes Dad A Dull Boy.   ALL WORK AND NO PLAY MAKes DAD A DULL BOY.
ALL WORK AND NO PLAY MAKES DAD A DULL BOY.   ALL WORK AND NO PLAY MAKES DAD a DULL BOY.
ALL WORK AND NO PLAY MAKES DAD A DULL BOY.   ALL WORK AND NO PLAY MAKES DAD A DULL BOY.
ALL WORK AND NO PLAY MAKES DAD A DULL BOY.   ALL WORK AND NO PLAY MAKES DAD A DULL Boy.
ALL WORK AND NO PLAY MAKES DAD A DULL BOY.   ALL WORK AND NO PLAY MAKES DAD A DULL Boy.
All WorK anD No Play MaKeS DaD a DuLl Boy.   ALL WORK AND NO PLAY MAKES DAD A DULL BOY.
ALL WORK AND NO PLAY MAKES DAD A DULL BOY.
All work and no PLAY makes JacK a dull BOY.
ALL WORK AND NO PLAY MAKES DAD A DULL BOY.
ALL WORK AND NO PLAY MAKES DAD A DULL BOY.

ALL WORK AND NO PLAY MAKES DAD A DULL BOY.

ALL WoRK AND No PLAY MaKES DAD A DULL BoY.
ALL WORK AND No PLAY MAKES DAD A DULL BOY.
ALL WORK AND NO PLAY MaKES DAD A DULL BOY.
All workand no day makes Jack a dull boy.
All workand no play makes Dad a dull bo y.
ALL WORK AND NO PLAY MAKES DAD A DULL BOY.
ALL WORK AND NO PLAY MAKES DAD A DULL BOY.
ALL WORK AND NO PLAY MAKES DAD A DULL BOY.
ALL WORK AND NO PLAY MAKES DAD A DULL BOY.
ALL WORK AND NO PLAY MAKES DAD A DULL BOY.
ALL WORK AND NO PLAY MAKES DAD A DULL BOY.
ALL WORK AND NO PLAY MAKES DAD A DULL BOY.
ALL WORK AND NO PLAY MAKES DAD A DULL BOY.
ALL WORK AND NO PLAY MAKES DAD A DULL BOY.
ALL WORK AND NO PLAY MAKES DAD A DULL BOY.
ALL WORK AND NO PLAY MAKES DAD A DULL BOY.

Le sourire jusqu'aux oreilles, l'enfant-père expliqua à l'homme que, jadis, lorsqu'on le punissait à l'école en lui demandant d'écrire cent lignes de ci ou de ça, il avait réussi à coller ensemble trois stylos : ainsi d'une ligne il en écrivait trois ! Ingénieux, mais, pour l'homme, ce n'était pas une punition, encore moins un roman, mais des variations graphiques. Qu'il regarde bien : certaines phrases n'étaient pas disposées de la même façon ; certaines lettres (et chacune évoquait une couleur pour lui) étaient en minuscule ; d'autres en majuscule ; en capitale ; bref, c'était une œuvre d'art, un work in progress, qui avait le charme de l'inachèvement : la répétition du même, depuis que le monde est monde, en de folles variations… point barre !

Suivant à la lettre les indications de l'homme, l'enfant-père arpentait des couloirs sans fin. Les crépitements de la machine à écrire Adler faiblissaient… jusqu'à fondre dans un silence de tombeau. Enfin une porte ouverte ! Après avoir vérifié que ce n'était pas la Chambre 237 – l'homme à la machine à écrire lui avait interdit d'y pénétrer –, l'enfant-père entra dans une chambre XVIIIe siècle très lumineuse.

Assis près d'une petite table carrée, recouverte d'un napperon, et sur laquelle il y avait les restes d'un repas frugal, le Maestro Di Color tricotait un pull-over. Dans un angle de la chambre, près de l'entrée de la salle de bains en marbre vert céladon, un scaphandre spatial rouge sang était suspendu à un portemanteau en acier. Derrière le scaphandre, dans une niche, se tenait la statue d'une femme en pierre blanche, légèrement déhanchée et appuyée sur une ombrelle, une coupe dans sa main gauche levée bien au-dessus de sa tête d'où s'épanouissait une longue chevelure. Une autre statue, un peu plus loin, semblait lui répondre, une coupe dans sa main droite levée au-dessus de sa tête inclinée. Toutes deux étaient vêtues d'une robe légère. Du sol à damier lumineux se dressait une dalle noire, face à un grand lit à coucher aux draps d'un vert cadavérique. Telle une pierre tombale collective – du point de vue de l'enfant-père – la grande dalle noire contenait toute la mémoire de la Terre et du Vivant, parties d'un Grand Tout insondable. En s'éloignant doucement de cette vision de l'Un, cette demeure de l'être, intervalles de vie et de mort, l'enfant-père s'approchait du Maestro Di Color. Celui-ci se réjouissait de sa présence soudaine : il allait ainsi voir si le pull-over – qui avait pour motif la fusée lunaire Saturne V, avec "Apollo" écrit en dessous –, était à sa taille. Tout en enfilant le pull, l'enfant-père expliquait ses mésaventures : sa mère l'attendait avec ses sœurs dans la petite voiture jaune en panne, pas très loin d'ici. Mais le Maestro Di Color était absorbé dans ses pensées. En caressant sa barbe grisonnante, il regardait avec satisfaction le pull épouser parfaitement le torse de l'enfant. Et il lui expliquait que la conquête de la Lune s'enracinait dans les camps de la mort Nazis, tel Dora où avaient été confectionnés les V1 et les V2 par des travailleurs en uniformes rayés, style code à barres : ils s'étaient tués par milliers au travail. Saturne n'était-il pas ce dieu qui dévorait ses propres enfants ? Vouloir aller sur la Lune, c'était peut-être – au-delà de la logique guerrière de conquête – le désir inconscient de retrouver l'Étant Premier, celui d'avant l'Homme, d'avant la Faute : le Meurtre. Mais en allant sur la Lune, l'Homme avait peut-être aussi fait faire un pas de géant à ce qui anime notre malaise dans la civilisation...

    L'enfant écoutait avec attention. Puis, réalisant qu'il avait l'incroyable chance d'être en présence du Maestro Di Color, il lui raconta qu'il avait, un Temps Jadis, réalisé une version de son film dont la scène finale se déroulait dans cette chambre XVIIIe siècle. Il avait aussi écrit un découpage technique en s'inspirant de son film sur l'ultra-violence. Il dut renoncer à réaliser ce projet face à la réticence de ses copines à se dénuder – et à sa gêne maladive vis-à-vis de leurs corps, si elles avaient accepté. Il avait aussi réalisé des essais pour travailler à la lumière de bougies ; des costumes d'époque, XVIIIe siècle, avaient été conçus et fabriqués par sa grand-mère maternelle ; mais il avait dû abandonner également ce projet, faute de château. Le Maestro Di Color fronça les sourcils : il aurait dû lui téléphoner – il avait tout plein de téléphones et il adorait communiquer avec ces gadgets –, ainsi, il lui aurait trouvé son château. Pour ce qui concernait les prises de vues en conditions difficiles de lumière, son "Marteau et Burin", spécialement fabriqués par la NASA pour agrandir l'ouverture du diaphragme, étaient à sa disposition. Il suffisait de demander.

Le Maestro Di Color se leva de son fauteuil Louis XVI, qui grinça sur le carrelage en vitres opaques irradiant une intense lumière blanche. Il marchait dans la chambre, les mains dans les poches de sa robe d'intérieur noire. Il s'arrêta au seuil de la salle de bains, où résonnaient d'étranges sons humains ponctués d'onomatopées altérées… Revenant vers l'enfant, le sourcil froncé, il le dévisagea en lui disant qu'il avait eu un sacré toupet pour avoir osé réaliser une autre version de son film, sans le lui demander. Timidement, l'enfant répliqua qu'il avait tourné ce film avec une fantaisie délibérée, certes inspirée du Maestro Di Color, mais en y mettant beaucoup de lui-même. Alors, soulagé, le Maestro Di Color se décontracta, regarda l'enfant du coin de l'œil, par-dessus ses lunettes, et lui avoua qu'il avait raison : il fallait avoir du culot ! Cependant, quelque chose le tracassait : comment avait-il pu entreprendre cela, alors que le film n'était pas encore entièrement achevé ; pour preuve ce décor de chambre XVIIIe siècle dans lequel ils se trouvaient ? L'enfant baissa les yeux, de crainte que le Maestro Di Color ne vît en lui qu'il savait qu'il était mort, que tout cela n'était en fait qu'un roman, rien qu'un roman où le Maestro Di Color était allongé, derrière lui, dans un grand lit aux draps verdâtres, le bras droit, à la peau parcheminée, tendu vers la dalle noire, ce rien obscur d'avant la naissance, et vers lequel le Maestro s'approchait, pour s'y abîmer derechef, à jamais et à jamais…

Afin de briser cet inquiétant silence sidéral, l'enfant reprit la parole, racontant, avec détail, qu'il avait étudié certains livres qu'il disait, dans les interviews, avoir lus. Et tout en racontant son auto-formation, l'enfant accompagnait le Maestro Di Color, qui le tenait par la main, dans l'obscurité d'un long couloir. De l'eau claire suintait sur les parois rouge indien et ruisselait sur le sol de terre battue. Ils arrivèrent à une grille. Le Maestro Di Color la poussa. En s'ouvrant, elle grinça, à en faire mal aux dents, et ils pénétrèrent dans un jardin immense, d'un vert éclatant. La clarté était vive et leurs yeux se brouillèrent, l'intervalle de quelques secondes, avant de s'adapter. Des cris d'animaux jaillissaient de partout. L'enfant crut même entendre un tigre feuler – le tigre était son animal totem –, et il se demanda s'il n'était pas dans un zoo appartenant à un studio de cinématographie ; mais le regard attentionné que le Maestro Di Color portait sur chaque fleur, feuille, plante, arbre et palmier lui fit pressentir qu'il devait en être tout autrement : ce lieu était son paradis, son île déserte qui bruissait sous le vent odorant.

Main dans la main, ils traversaient un champ Terre de Sienne, effleurant délicatement de grosses fleurs jaune d'or. Certaines étaient plus hautes que l'enfant. Il était fasciné de voir toutes ces fleurs, mues par le *désir*, dressées vers le Soleil afin de consommer et de recycler son énergie véhiculée par la lumière. Des oiseaux s'envolaient, apeurés par les craquements des brindilles sous leurs pas. Le Maestro Di Color montrait à l'enfant différentes espèces d'arbres et d'arbrisseaux plantés par ses soins. Il lui expliquait que la Terre était la planète des arbres et que l'Homme était cruel avec elle. Qu'en refusant de se soumettre aux lois de la Nature, Il détruisait des espèces végétales et animales ; polluait l'air et l'eau. Aujourd'hui, il y avait plus d'espèces végétales détruites qu'à l'époque des Dinosaures. Et beaucoup d'animaux étaient en danger : oiseaux, poissons, félins, papillons... Et l'Homme aussi, contrairement à ce qu'Il croyait, disparaîtra. Et ce sera *le monde, enfin*.

En écoutant le Maestro Di Color, l'enfant s'était arrêté près d'un arbre, au pied duquel des fleurs rouges et jaune d'or se mêlaient à des plantes vertes. Des écureuils gravissaient l'arbre en agrippant de leurs petites pattes l'écorce du tronc sinueux. C'était l'arbre préféré du Maestro Di Color. Ils restèrent un moment à le contempler, sans rien dire, comme au bord d'une tombe. L'enfant leva la tête vers le ciel irradié et sur lequel se découpait nettement un parallélépipède noir, haute cheminée d'une grande demeure en pierres de taille et en partie dissimulée par une allée bocagère. Main dans la main, le Maestro Di Color et l'enfant marchaient tranquillement sur un sentier de petits cailloux blancs qui les mena jusqu'à une minuscule porte, située à l'arrière de la demeure. Sous un préau était garé un camion réfrigérant, gris métal, qui contenait toutes les rushes du film en cours de tournage, expliquait le Maestro Di Color en ouvrant la minuscule porte. Il invita l'enfant à entrer le premier. Plusieurs chats arrivèrent vers lui en miaulant, réclamant des câlins en se frottant à ses jambes. Accompagnés des chats ronronnants, l'enfant et le Maestro Di Color traversèrent une grande cuisine, longeant une longue table de bois sur laquelle se trouvaient les restes d'un repas frugal pris en solitaire. Puis, ils s'engagèrent dans un étroit couloir, peu éclairé. Le plancher craquait sous leurs pas, mais aussi sous les pattes de velours des chats. Précédés de ceux-ci, ils entrèrent dans une pièce immense, les fenêtres baignées de lumière bleue. Les murs étaient couverts d'étagères de livres de toutes sortes ; mais aussi de disques microsillons ; de disques compacts ; de cassettes audio et vidéo ; de disques vidéolasers et numériques ; de maquettes de vaisseaux spatiaux, de sols lunaires et de décors intérieurs (chambres à coucher avec décoration symétrique ; couloirs sans fin à angles droits ; ascenseur aux lourdes portes sombres maculées de sang factice séché…). L'enfant était émerveillé par tous ces trésors. « Terriblement terrible ! Vachement chouettos ! C'est rien beau ! » s'exclamait-il en s'approchant d'une table sur tréteaux exposant la maquette d'un labyrinthe circulaire, au centre duquel se trouvait une grande salle au sol à damier noir et blanc, avec deux colonnades sur chaque longueur, un Grand Escalier Droit et une scène surplombée d'un écran. Vue de haut, cette maquette pouvait aussi avoir l'aspect d'un bouclier. Près de la scène, se dressait la figurine en vinyle d'un homme en costume noir. Il était seul. Toutes les tables rondes longeant chaque colonnade étaient vides, mais non débarrassées. Malgré la petitesse de la figurine, l'enfant pouvait percevoir que l'homme portait des lunettes noires de la même forme carrée que les siennes. Et l'enfant, ressentant cette figurine comme vivante, s'identifiait à elle : il avait toujours eu hâte de vieillir, d'avoir des cheveux blancs ; et c'était pour se faire de belles rides qu'il regardait par-dessus ses lunettes. Sur une étiquette collée sur le socle de la maquette était inscrit au stylo à encre d'or : LE SALON DE LA MÉDUSE. L'enfant se pencha au-dessus de la maquette, prit délicatement la figurine entre l'index et le pouce de la main gauche, et alla la placer à sa place : dans les Toilettes pour Femmes aux murs rouge sang.

Entre deux étagères coulissantes, sur lesquelles reposaient des boîtes d'archives portant la mention manuscrite SK suivie d'un numéro allant de 1928 à 1999, une étroite coursive, baignée de lumière bleue, conduisait vers une pièce minuscule, où il y avait un bureau recouvert d'un joyeux capharnaüm de livres, dictionnaires, encyclopédies, coupures de journaux, photographies et multiples fiches. Sur le côté gauche du bureau, une belle fenêtre ovale, de laquelle le Maestro Di Color aimait à regarder ses filles associer des couleurs sur des toiles accrochées à des chevalets plantés dans l'herbe. Face au bureau, sur une étagère murale, un aquarium dans lequel nageaient deux poissons rouge et jaune d'or. Sur les deux autres murs étaient accrochés des dessins préparatoires, des gravures, des notes, des notes… et des photographies d'une femme blonde posant devant un mur de briques et vêtue de robes seyantes "années 40". Près d'un plan de tournage ARYAN PAPERS se trouvait une affichette sur laquelle l'enfant pouvait lire ceci : « Photographier quelqu'un c'est "prendre", ravir son "dyaa", terme que l'on traduit, selon le cas par "double vital", "esprit agissant", "intelligence", "image", "reflet", "attention", "ombre"… En photographiant une personne, on ravit et emporte avec soi son "dyaa" afin de le "travailler", de l'envoûter. (Youssouf Tata Cissé) » Mais ce qui intéressait le plus l'enfant, c'était un train miniature, avec ces wagons à bestiaux remplis de silhouettes humanoïdes découpées dans du papier blanc. Sur le quai, un autre groupe de silhouettes, encadré par des silhouettes noires, se hissait dans un wagon. C'était donc dans cette pièce, entouré de films fantômes, que le Maestro Di Color vivait comme un moine, à l'abri du monde, afin d'halluciner des images pour le cinématographe. Tout moyen de communication téléphonique était interdit dans cette pièce : terrible, oui, mais nécessaire. Le Maestro Di Color retourna dans la grande pièce, en se demandant pourquoi, lui, il voyait et entendait ce que les autres ne voyaient pas et n'entendaient pas ? Las, il s'assit sur un gros fauteuil rouge d'aéroport, coincé parmi des cartons contenant du matériel informatique neuf, pas encore déballé. L'enfant se rapprocha du siège. Le Maestro Di Color lui disait qu'il allait lui donner une barque ; ainsi, il pourrait traverser la Manche pour venir jouer avec ses filles. Comme lui, l'enfant ne vivait qu'avec des femmes. Donc, il les "connaissait" un peu et en avait sûrement moins peur que la moyenne. L'enfant haussa les épaules, s'interrogeant en lui-même ; puis répondit que, certes, il s'était toujours senti plus à l'aise avec les filles qu'avec les garçons. C'était des garçons dont il avait le plus peur : leur esprit de compétition, leur obsession maladive d'avoir toujours une longueur d'avance sur l'autre, avaient pour lui le goût d'une farce amère.

La nuit tombait doucement, et la lumière crépusculaire qui filtrait les rideaux Terre de Sienne venait accentuer les rides du visage du Maestro Di Color. Ses yeux marron tourbière avaient une intensité féline qui saisissait comme une proie la vérité intelligible qui se dégageait de chaque chose. C'était avec ces yeux-là que l'enfant avait essayé d'appréhender le monde, après avoir vu un film du Maestro Di Color. L'enfant posa sa main sur celle du Maestro, longue et fine, en lui proposant, pour l'aider à se détendre et à réfléchir sur son travail, de lui coiffer sa barbe. Le Maestro acquiesça, avec un petit sourire puéril. Aussitôt, d'une des poches de son pantalon en velours côtelé, l'enfant sortit un peigne en plastique noir, emberlificoté dans la *souffrance*. Après avoir démêlé le peigne et remis la *souffrance* dans sa poche, il se rapprocha du visage du Maestro. Très concentré, il commença à peigner l'épaisse barbe grisonnante. Les dents glissaient doucement entre les poils. En effet, cela était très agréable. Très apaisant. Un décontractant naturel.

Tout en peignant avec soin la barbe, l'enfant disait que si le cinématographe ne pouvait changer le monde, il ne pouvait pas, non plus, changer le regard du spectateur. Le Maestro Di Color lui répondit qu'il devait y avoir une éthique chez le créateur : communiquer avec le cerveau du spectateur ; lui ré-ouvrir le champ des possibles ; lui permettre d'avoir le sentiment du monde dans son ensemble et de voir ce que la pathologie de la vie quotidienne lui cache. Le créateur s'explique avec lui-même. L'œuvre se crée avec la personne à laquelle elle s'adresse. Un dialogue intérieur s'installe, une dialectique créatrice se déploie jusqu'à faire éprouver ce sentiment étrange et salvateur que l'on est l'auteur de cette œuvre. Le cinématographe est une heuristique, et non un divertissement qui divertit de la pensée. L'enfant lui demanda quel était son rêve de cinéaste ? De construire un film comme lors du cinéma muet. Avec le parlant, le cinématographe avait beaucoup perdu de sa dimension tout à la fois proche du littéraire et du visionnaire. Sur le plan cognitif, le spectateur serait plus actif dans la communication cinématographique proche du cinéma muet, donc du rêve nocturne. Cela redonnerait un sens au verbe *créer*, donc à ce fameux champ des possibles mentionné plus haut.

Des cris d'animaux retentissaient dans la nuit. Le Maestro Di Color se redressa et proposa à l'enfant une partie d'échecs. Ils se rapprochèrent d'une petite table sur laquelle était posé un échiquier avec ses pions finement sculptés dans le bois. L'enfant était fier qu'on lui proposât de jouer avec lui – même s'il se doutait un peu que le Maestro lui laisserait sa chance. Derrière l'enfant était accrochée une huile sur toile panoramique représentant une femme nue enceinte. La toile s'intitulait : « Paula 7mois, sur fond rouge ».

La partie était déjà bien entamée lorsque l'enfant demanda à son hôte quel était son secret pour être le Maestro Di Color. Il lui répondit qu'il n'avait pas de secret : il s'offrait juste le luxe de pouvoir travailler en prenant TOUT le temps dont il avait besoin. Ainsi, tel un artisan libre, il avait le Temps pour lui. L'essentiel : Avoir le Temps pour soi. Après une longue hésitation, l'enfant expliqua au Maestro qu'il avait pris la décision d'entrer dans une école sur l'art du cinématographe. Le Maestro haussa les épaules, lui précisant que « les scolarités appliquées aux beaux arts ne pouvaient rien assurer de précis et de stable. Le cinématographe, comme la sculpture, ou la musique, n'était pas une carrière, c'était une vocation. » Il lui assura que « SI il réussissait, il serait le plus heureux des hommes : un créateur, détaché du troupeau, mais payant en <u>ANXIÉTÉ</u> ce bien inappréciable : <u>LA LIBERTÉ</u>. »

 Le Maestro regarda l'enfant, tristement, lui laissant entendre qu'il était désolé de ne pas le rassurer. Mais faire du cinématographe, cela n'avait rien à voir avec la vie. Étant une invention masculine, c'était la guerre par d'autres moyens. En déplaçant une pièce sur l'échiquier, il lui confessa que maintenant il en était arrivé au point où il devait faire toujours plus fort. Alors il rusait avec les contraintes commerciales qui dictaient certaines règles de standardisation. Mais pour imposer son point de vue, en avoir le contrôle total, absolu, il fallait avoir le pouvoir. Tenir les rênes de la logistique. Et pour un créateur, avoir ce pouvoir, c'était accepter de prendre le risque de succomber au charme de la Norme, au désir de plaire, de paraître, de s'abîmer dans l'égotisme… Lui, il faisait tout pour disparaître, effacer sa trace, laisser l'œuvre vivre et avoir le dernier mot afin qu'elle aide – pour le meilleur comme pour le pire – les femmes et les hommes de bonne volonté à vivre… Et c'est ainsi qu'il avait réussi à dépenser 60 millions de Dol' pour dire l'essentiel :

LA FEMME: « But I do love you… and you know… there is something very important that we need to do as soon as possible.
L'HOMME: What's that?
LA FEMME: Fuck! »

 Presque une épitaphe ! À ce propos, il paraîtrait que l'homme se faisant passer pour son Ombre serait mort, depuis deux semaines environ… Troublé, l'enfant baissa les yeux vers l'échiquier, et déclara, d'une petite voix, qu'il regrettait… mais… il croyait bien… que le Maestro Di Color avait raté le coche : Dame à C 3 ; Fou prend Dame ; Cavalier prend Fou ; Échec et mat… Imparable… Le Maestro Di

Color, après réflexion, marmonna de sa voix douce que ce fut tout de même une partie bien agréable. Mais il se sentait fatigué, fatigué… fatigué… S'il ne se reposait pas un peu, il craignait d'être amené à lire tout le reste de cette histoire les yeux grands fermés ; et cela serait irrémédiable. Il souhaitait donc se retirer pour s'allonger un instant, dans la chambre d'à côté. L'enfant lui proposa d'aller lui chercher un verre d'eau. Le Maestro Di Color acquiesça, lui disant que c'était une idée excellente. Puis, il quitta l'enfant, en disparaissant dans le noir de l'embrasure d'une porte.

L'enfant se rendit compte qu'il ne voyait presque plus, que la nuit les avait surpris. Il alla vers le bureau, laissa sa main glisser sur le pied d'une lampe, puis le long du câble électrique, à la recherche de l'interrupteur, qu'il trouva et enclencha. Vive lumière jaunâtre ! Sans attendre, l'enfant traversa la grande pièce, et il s'enfonça dans un couloir, après en avoir allumé la lumière.

Les couloirs s'enchaînaient en angle droit. À gauche… puis à gauche… puis à droite… et à gauche… et à droite… puis à gauche… à gauche… encore à gauche… Comment cet hôtel pouvait-il être aussi vaste, sans que l'on revienne sur ses pas ? Ce lieu variait-il en ses dimensions ?

Pause… Adossé contre un mur rouge indien, l'enfant prenait un peu de repos, la main sur son cœur qui battait anormalement. Son souffle au cœur n'était qu'un des symptômes de sa névrose cardiaque qui avait éclos peu après le départ de son père. « Un divorce, c'est pire qu'un décès » avait-il entendu dire par sa mère.

La porte de la chambre 237 était entrebâillée. L'enfant hésitait : il se souvenait que l'homme à la machine à écrire lui en avait interdit l'accès. Mais ça, en lui, était plus fort. Ça voulait. Alors, ça poussa la lourde porte sombre.

Bien que ne connaissant pas cette chambre à l'étonnante symétrie, il avait néanmoins l'impression d'être déjà venu ici. Il était comme en territoire connu : à la maison, home sweet home, où une porte s'ouvrait sur la salle de bains : en s'y avançant, l'enfant revoyait s'écouler dans le lavabo le sang de sa mère, blessée à la lèvre inférieure, après qu'elle eut été battue par son mari, tapi dans l'obscurité de la chambre conjugale. Et ce petit bureau sous la fenêtre, sur lequel son père l'avait obligé à écrire une lettre contre sa mère : à chaque fois que son père pénétrait dans la chambre, et que, penché derrière lui, il constatait qu'il n'avait toujours rien écrit, il le frappait sur la nuque. Tenir bon, le plus longtemps possible, au moins jusqu'à la tombée de la nuit. Mais l'enfant finirait par céder, en pleurs : il n'avait que 10 ans. Ô cette grande table de la salle à manger, sur laquelle il avait reconstitué toutes les missions Apollo, en suivant bien à la lettre ce qu'il voyait, en direct de la Lune, à la télévision. Un jour, au bout de cette table, sa mère l'avait assis pour montrer à son père – qui l'avait roué de coups la veille – les bleus qui marquaient son corps, ce pourquoi elle n'avait pu l'envoyer à l'école. L'enfant se revoyait très bien, face à son père, presque à sa hauteur du fait de sa position assise au bout de la haute table. Il revoyait le visage triste de son père. Un visage presque enfantin. Un visage empreint de mutisme. Et là, un non-dit était passé entre eux : l'enfant comprenait le mal-être de son père et, comme pour abréger la *souffrance* de celui-ci, il le regardait tendrement – parce qu'il avait besoin de conserver l'image d'un père debout. À son insu, ce jour-là, l'enfant avait pris à sa charge la culpabilité de son père.

Sortir de cette chambre, avec sa décoration ultra-symétrique, devenait une nécessité absolue. Car, à fouiller dans les coins et les recoins, l'enfant allait se retrouver face à cet instituteur de l'École de la République qui lui donnait des gifles selon le nombre de fautes d'orthographe qu'il avait fait. Et un jour, il en fit 32 ! Il les sentait encore lui brûler les joues ces fautes. Et c'était peut-être la peur de l'orthographe – il en était arrivé à hésiter sur presque tous les mots – qui l'avait poussé à se retrancher derrière l'Image : là, au moins, lui qui aimait écrire, retranscrire dans un journal toutes les données des missions spatiales, les pourparlers en vue de la paix au Vietnam et les recherches sur l'affaire du Watergate, là il aurait la tranquillité nécessaire ; et personne ne verrait jamais ses vilaines fautes d'orthographe : l'Image ferait Écran Total.

Une chanson des "années 1920" résonnait doucement : *Midnight with the stars and you… Midnight and a rendezvous…* L'enfant avançait dans un large corridor, au sol duquel, parmi des confettis et des serpentins, flottaient des ballons multicolores. Un écriteau indiquait l'entrée de la Gold Ballroom, d'où s'exhalait une rumeur festive : brouhahas de voix, de rires, de petits cris coquins bercés par l'obsédante mélodie Jazzy Song… *Midnight with the stars and you…*

L'enfant s'avançait dans la vaste salle à la pénombre toute mordorée. Il avait l'excitante impression d'être dans la Ballroom d'un paquebot fantôme, avec sa musique nostalgique des "années folles". Sur sa gauche, autour de tables sculptées "femme-nue", festoyaient des personnages magnifiés par leurs beaux habits rétros. En face de lui se dressait un grand bar. Du comptoir et de l'étagère murale en opaline blanche une vive lumière chaude irradiait, découpant une silhouette féminine de profil, tenant à ses lèvres un long fume-cigarette, et des silhouettes masculines de dos parmi lesquelles l'enfant reconnaissait l'homme à la machine à écrire Adler, toujours vêtu de son blouson rouge sombre, de son jean et de sa chemise à carreaux de cow-boy. Face à l'homme, un étrange barman à l'allure crane lui remplissait derechef son verre de whisky.

Des canapés "salon d'aéroport" rouges longeaient l'ensemble des tables sculptées "femme-nue" et dont certains plateaux de verre reflétaient des visages à l'éros fatigué. Parmi des femmes et des hommes jouant aux mondains nonchalamment assis sur les canapés, l'enfant reconnut une amoureuse platonique. De ses yeux pers brûlants, elle fixait par-dessous l'homme qui lui parlait à rebours tout en osant lui glisser ses doigts boudinés entre les boucles de ses longs cheveux blonds, ondulations sensuelles mêlées aux volutes bleuâtres du fume-cigarette, dont l'embout en nacre noire caressait les bords humides des lèvres charnues. L'enfant sentait monter en lui un étrange sentiment toxique. Une douleur. Cependant, il savait comment il allait attirer à nouveau sur lui les beaux yeux brûlants de son amoureuse platonique : lui proposer un rôle dans son film sur le dirigeable Hindenburg, lequel s'embraserait – avec elle métaphoriquement à l'intérieur – grâce à un trucage mécanique conçu et réalisé par lui-même.

Au fond de la Gold Ballroom, face à l'ensemble des tables "femme-nue", un orchestre jouait dans la pénombre flavescente, où des silhouettes allaient et venaient, tournaient sur elles-mêmes. Tous les visages étaient masqués d'une tête de mort blanche sertie de bijoux précieux. Les silhouettes exécutaient sur le rythme Jazzy Song une étrange danse, se passant de mains en mains un phallus blanc géant, mais qui paraissait avoir la légèreté du carton-pâte. L'enfant observait, attentivement, les danseuses et les danseurs. Le plancher de la scène grondait sous le balancement du phallus, où venait de s'asseoir à califourchon une nymphette tête-de-mort, vêtue d'une robe mousseline de soie crème, la jupe soulignée de nombreux volants aériens, le buste entièrement recouvert de cristaux pris dans les méandres de perles tubulaires blanches, avec à la taille la ceinture rouge sang comme incrustée dans la mousseline. Fasciné, l'enfant contemplait cette irisation cristalline de laquelle se dégageait l'ondulante chevelure flottant comme une traîne de feu stellaire. L'enfant désirait rejoindre la nymphette pour danser Jazzy avec elle. Alors il fit un pas… lorsqu'une main ferme se posa sur son épaule droite. Il se retourna : l'étrange barman, dans sa livrée rouge, nœud papillon noir, visage osseux en lame de couteau, lui demandait, avec une voix de fantôme, ce qu'il fabriquait en cet endroit, d'autant plus qu'il n'avait pas la tête d'un serveur. L'enfant bafouilla, essayant d'expliquer qu'il s'était un peu perdu en cherchant de l'eau pour le Maestro Di Color. Le barman lui répondit qu'ici il n'y avait que de l'alcool. Pour trouver de l'eau, il devait aller dans les cuisines, là-bas, derrière le bar. L'enfant s'exécuta, en guignant à la dérobée la nymphette tête-de-mort qui se balançait sur le phallus ronronnant, sa robe remontée sur sa cuisse au galbe ferme, et dont le muscle fuselé se contractait à chaque poussée du pied sur le sol craquetant, les tissus nerveux, engorgés de sang, entourant la cheville, se gonflant et se creusant, telle la gorge palpitante d'un oiseau de paradis aspirant le nectar d'une fleur coquelicot odorante.

    Après avoir traversé les grosses feuilles de certaines plantes vertes qui agrémentaient la vaste cuisine, l'enfant trouva près de l'évier un verre, qu'il alla remplir d'une eau minérale se trouvant sur la table. Il entendait encore la faible rumeur de la Gold Ballroom, "années folles" inlassablement rejouées en boucle. Un petit téléviseur, posé sur une étagère, diffusait l'image noir et blanc de deux silhouettes fantomatiques d'astronautes sautillant sur la Lune. En revoyant ces images, un murmure s'échappa de la petite bouche de l'enfant :
— *Papa…*

Au fond de la cuisine, face à une fenêtre donnant sur un mur de briques, il y avait une femme blonde, vêtue "années 40". Elle avait les bras derrière le dos, le plat de sa main gauche, les longs doigts très écartés les uns des autres, posé contre l'avant-bras droit, dont le plat de la main, grande ouverte, était plaqué sur la fesse droite. Cette posture étrange des bras, les larges hanches, le chignon torsadé de mèches indisciplinées, le col de fourrure de son manteau cintré à la taille et cette allure "rétro" auraient eu le pouvoir de hanter un film, pensait à part lui l'enfant. La femme se retourna vers lui et l'attacha de son regard noir. Sous son manteau gris bleu elle portait une robe d'un rouge sang satiné. Elle s'approchait doucement, lui demandant s'il n'était pas ce petit garçon qui devait jouer avec elle dans le film du Maestro Di Color. L'enfant fit un signe négatif de la tête. Il n'osait pas parler. La femme posa un journal sur la table, disant que de toute manière le projet était abandonné, car le Maestro Di Color était très déprimé par toutes les recherches qu'il avait effectuées sur la Shoah. Et il s'était beaucoup interrogé sur la manière de la représenter. « Comment faire ? Est-ce possible ? En ai-je le droit ? » se demandait-il. En regardant l'enfant, la femme lui assurait qu'ils auraient été beaux tous les deux, fuyant dans la forêt, quelque part en Pologne, c'est-à-dire nulle part. Elle ramassa une veille valise – il était écrit dessus Tania –, salua l'enfant, et s'en alla sortir de la cuisine par la porte qui s'ouvrait sur le vaste jardin.

L'enfant reposa la bouteille sur la table, pas loin du journal laissé par la femme. Croyant reconnaître une image d'un des films du Maestro, il le déplia. Un gros titre, en lettres noires, envahissait toute la première page :

LE MAESTRO DI COLOR CHE SANNO EST MORT

L'enfant resta un instant sans respirer, les yeux grands ouverts, lisant, malgré les larmes, ce qu'il y avait sous le titre :

LA FIN DE L'ESTH/ÉTHIQUE ?

Le verre d'eau glissa doucement de la main de l'enfant, et s'écrasa sur le carrelage en mosaïque de triangles Terre de Sienne et jaune d'or, mouchetés de noir. Les jambes coupées, l'enfant s'affaissa au sol. En pleurant, il se balançait doucement :
— Je suis seul maintenant... seul... tout seul... Je suis tout seul...

Home, une mélodie Jazzy Song des "années 1920", ramenait peu à peu l'enfant-père à toutes les choses qui l'entouraient. La musique venait de l'extérieur. L'enfant-père se redressa et s'avança jusqu'au seuil d'une porte entr'ouverte. Il se faufila dans l'interstice et descendit un escalier aux marches de pierre tapissées de mousse. Dans la cour, l'odeur âcre de la nature s'exhalait des entrailles humides de la Terre. La nuit était d'un beau noir de velours parsemé d'étoiles. Un froufrou d'étoffe attira l'attention de l'enfant-père, seul dans l'obscurité. Il marchait. Contournant un taillis, il voyait, près de l'arbre préféré du Maestro Di Color, une nymphette tête-de-mort et au corps enchanteur autour duquel tournait un grand cerceau blanc. Sa taille étroite se balançait en cadence sur la mélodie sentimentale de *Home*, que diffusait une petite radio "mode rétro" portative posée dans l'herbe. L'enfant-père essuyait ses larmes pour mieux contempler la nymphette. Il était émerveillé par tant de grâce et de beauté, de puissance et d'*en puissance*. La nymphette avait une très longue chevelure dorée, boucles voluptueuses descendant jusqu'aux reins à la profonde cambrure. Sa robe blanche, rebrodée de fleurs rouge coquelicot, moulait ses petits seins allant et venant librement, son ventre rebondi et ses hanches houleuses dont les courbes, sensuellement galbées, s'imprimaient sous le tissu pareillement à la forme d'ailes de papillon. Ses mains longues et fines, de chaque côté de son corps, semblaient être posées à plat sur l'air, le caressant en de petits mouvements rotatifs, agitant ainsi toutes les particules bleues de la nuit tendre. L'enfant-père sentait une inquiétude sourdre de son plexus. Son cœur battait vite, trop vite. Comment faire face à l'indicibilité du féminin sans l'appui du père – qui était absent – ; sans l'appui du père spirituel – qui était mort ? Sur qui s'appuyer ?

Tout soudain, du petit poste de radio "mode rétro" jaillissaient les notes fulgurantes, atonales et infernales du *Songe de Jacob*. Sur la sonorité angoissante des cordes stridentes et plaintives, le cerceau ralentissait, tournant mollement sur les fesses, sur les cuisses, les mollets… jusqu'à doucement s'immobiliser au sol. La nymphette tête-de-mort le ramassa. Puis, d'une voix effrayée, elle cria à l'enfant-père :

— Vite ! Cours te cacher, vite !

Et elle disparut derrière l'arbre, au pied duquel se trouvait la sépulture du Maestro Di Color, avec une épitaphe gravée sur une petite pierre noire parallélépipédique :

> Women: There is something very important that we need to do as soon as possible.
> Man: What's that?
> Women: Fuck!

L'enfant-père marchait autour de l'arbre, pour essayer de retrouver la nymphette tête-de-mort. Mais elle n'était plus là.

Dans l'embrasure toute de lumière blanche de la porte de la cuisine, se découpait la silhouette de l'homme à la machine à écrire Adler. Lentement, en claudiquant, il descendait l'escalier, le front bas, le souffle court comme celui du grand Méchant Loup. Il tenait dans sa main droite un marteau, avec le plat duquel il frappait doucement la paume de sa main gauche. Il avait le regard d'une âme s'étant perdue à jamais dans le labyrinthe de ses pulsions assassines.
— Tu as été sloucher dans la chambre interdite ! Pourquoi aller sortir les cadavres du placard ? Tu as essayé de me glisser une peau de banane ? Je crois que tu mérites une bonne correction. Retire tes lunettes et mets les mains derrière le dos !
— Je suis désolé, mais la porte de la chambre était entr'ouverte...
En singeant la voix de l'enfant, l'homme répétait :
— Je suis désolé, mais la porte de la chambre était entr'ouverte...
Puis, de sa voix de spectre menaçant, il reprit :
— N'oublie pas : que tu le veuilles ou non, tu es le père de ta mère. Tu es la chair de sa chair ; et elle est la chair de ta chair. Tu dois être attentif à *tous* ses problèmes, sinon, tu le regretteras plus tard. Ne t'a-t-elle pas demandé d'aller chercher de l'aide ?
L'enfant-père reculait vers un Grand Escalier Droit en rondins de bois.
— Tu ne m'échapperas pas... Viens ici ! lui criait l'homme.
L'enfant-père commençait à gravir à rebours le Grand Escalier Droit.
— Viens ici, te dis-je !
L'enfant-père arriva en haut du Grand Escalier Droit en rondins de bois. Derrière lui se dressait l'entrée obscure de l'*Overlook Maze*. « Faire comme le Maestro Di Color » murmurait en lui la nymphette tête-de-mort. Alors, l'enfant-

père s'enfonça en courant dans l'embrasure parallélépipédique, humide et froide, velouté de noir insondable.

— Ô je vais te tuer ! hurlait, derrière lui, la voix abominable de l'homme.

L'enfant-père courait dans la nuit, pour fuir ces cris de bête humaine, ces halètements caverneux. Mais il devait courir sur un tapis roulant, car il n'avançait pas. De galoper ainsi dans le vide, il en avait mal aux jambes. Elles étaient lourdes. Ses muscles fourmillaient. Il était très angoissé car, bien qu'il courût, son corps ne se déplaçait pas. De partout résonnait l'écho d'une machine à écrire, onde acoustique qui rebondissait comme des coups de marteau. À chaque coup, des images convulsives jaillissaient tout autour de l'enfant-père, des images projetées avec violence sur la nuit : images de la petite enfance… images de la cellule familiale… images fragmentées de paysages… d'un bord d'étang… d'un visage de femme se disloquant… d'un cercueil s'engouffrant dans un four crématoire… L'enfant-père courait. Il voulait s'envoler. Mais cela lui était impossible. Il avait l'impression que cette course à rebours de traumas ne s'arrêterait jamais. L'étreinte de la peur était puissante. Alors, l'enfant-père battait des bras, comme un oiseau, en espérant pouvoir s'envoler. Mais en vain. Pourtant, il savait voler. Et très bien. Mais là, agitant les bras, il patinait sur place face à une grille, dont les barreaux noirs étaient très épais. Soudain, il se sentit plus léger. Il s'élevait doucement au-dessus de la grille. Mais des mains toutes-puissantes venaient le retenir par les pieds, s'agrippant, telles des serres, à ses chevilles. Des mains qui criaient : « Me faire ça à moi ! Après tous les sacrifices que j'ai faits ! Après tout le mauvais sang que je me suis fait ! » Pour s'extraire de cette emprise, l'enfant-père battait puissamment des bras. S'élevant très difficilement, il flottait au-dessus de la grille. Peu à peu, il voyait la cime des arbres.

Mais les mains le retenaient toujours. Des douleurs musculaires lui raidissaient les jambes. Le souffle lui manquait. Et, tout à coup, quelque chose craqua : avec aisance et une fluidité croissante il s'envola très haut dans la nuit, se déplaçant avec célérité, bien mieux qu'un Superman. Il en éprouvait même du plaisir. Il planait au-dessus de paysages sombres, totalement monochromes. Des collines, aux formes sensuelles, ondulaient à l'infini. L'une d'elles l'attirait. Il plongea vers elle, et s'y posa délicatement. Il se retourna vers la Lune et observa la lumière qu'elle créait sur le paysage féminin. Une plénitude de contemplation. Au loin, les sifflements d'un train à vapeur. Petit à petit, les cris des animaux de la nuit s'estompèrent… Silence… Soudain, derrière lui, l'enfant-père entendit une chose débouler. Il se retourna, et vit, stupéfait, arriver sur lui un chien… un gros chien… un chien vieux, avec plein de vieilles choses qui pendouillaient de son corps, comme les bandelettes d'une momie. L'enfant-père décampa en hâte. Il avait très peur que le chien momifié ne le mordît. Alors il courait. Mais, après avoir dépassé l'enfant-père, le chien s'enfonça dans la nuit mutique, où brillait une pleine Lune gigantesque, *bellement sphérique*.

Ayant longtemps marché, l'enfant-père arriva, au petit matin, auprès de la petite voiture jaune de sa mère. Blotties dans une couverture à l'arrière, les Identical Twins se réjouissaient de le revoir. Mais la mère n'était pas là.
— Elle a laissé un mot ! disaient en chœur les sœurs.
L'enfant-père déplia le mot, qu'il avait ramassé de dessus le tableau de bord. Il lisait et relisait, une pointe au cœur, l'unique phrase tracée en bleu marine au centre de la feuille :

Je ne peux plus vivre.

Les Identical Twins regardaient l'enfant-père ranger tristement le mot dans l'une de ses poches de son pantalon. Elles remarquèrent son nouveau pull-over, avec sa *fusée lunaire Saturne V*.

— Qu'allons-nous devenir ? demandèrent-elles.

L'enfant-père haussa les épaules. Il observa longuement la petite voiture jaune de sa mère. Il sortit de la poche gauche de son pantalon la *souffrance*, qu'il *déplia* au sol, telle une carte, tel un plan… Ainsi, et avec l'aide de ses sœurs, il transforma ingénieusement la petite voiture jaune de sa mère en une fusée lunaire.

Après avoir mis la *souffrance* dans le réservoir (une fois celle-ci *repliée*, Pierre l'avait passée à Catherine, qui la donna à Françoise, laquelle, avec émotion, l'introduisit délicatement dans le réservoir), les enfants s'installèrent dans la fusée lunaire.

Un peu plus tard, celle-ci s'élança dans le ciel avec un vacarme assourdissant. Elle crachait feu et fumée. Une belle énergie se dégageait d'elle. Confortablement installées sur leurs sièges, les Identical Twins regardaient la Terre s'éloigner lentement.

— Où va-t-on sur la Lune ? demandèrent-elles.

— Sur la Mer de la Tranquillité, répondit leur frère.

— Pourquoi la Mer de la Tranquillité ?

— Là, on aura la Paix… répondit-il, en tenant bien les commandes de la fusée. Mais il savait qu'il emportait à jamais avec lui la culpabilité de ne pas avoir pu sauver la mère… cette femme qui aimait tant rire, et qui n'a pas eu peur de prendre le risque de vivre…

Garde toujours dans ta main la main de l'enfant que tu as été.

Cervantès

PARTY-GIRLS THREE

1

Aporia se réveillait doucement, les moustaches en croix sur le carrelage blanc des Toilettes pour Femmes. Il n'avait aucun souvenir concret de comment il était arrivé en ce lieu, où résonnait l'obsédante sonnerie d'un petit téléphone mural. Il avait mal aux jambes et sa nuque lui était raide. Ses pieds ne cessaient de remuer nerveusement. Et il avait très soif. Les murs rouge sang autour de lui l'oppressaient : au travers de cette teinte fantomatique il lui remontait à la conscience des bribes d'images du Temps du Rêve. Mais les images étaient rebelles. À peine commençaient-elles à devenir manifestes qu'elles disparaissaient, tels des papillons tête-de-mort s'échappant du filet. Seules quelques paroles d'une chanson lui tournaient dans la tête : « Sous les ponts de ma "Rome" coule la Seine… et la merde… »

Aporia se redressa. Il avisa le petit téléphone mural qui sonnait toujours. En massant sa nuque, il tituba, en traînant des pieds, jusqu'au lavabo, pour y boire. Il avait l'impression, en fermant les yeux, qu'il repartait dans les limbes. La fraîcheur de l'eau dans sa bouche pâteuse, puis dans sa gorge toute sèche le ramenait à la vie. Peu à peu lui revenaient des souvenirs : les Phuances ; la belle serveuse ; le Salon de la Méduse, où se déroulait un étrange séminaire ; Nathalie Nathalicia, ô bel mannequin… Oui ! Maintenant il se souvenait : il était à sa recherche. Où était-elle donc passée ?

Bien recoiffé, revigoré, Aporia faisait face au petit téléphone mural qui sonnait comme un teigneux. Il décrocha, sans rien dire. De l'écouteur jaillissait la voix aiguë de Marie Saint-Silver, sa productrice déléguée. Aporia leva d'exaspération les yeux au plafond. Néanmoins, il écoutait :

— Aporia ! J'ai une idée géniale : donne-moi les films que tu as faits gamin. Toute cette énergie, toute cette passion, ça vaut de l'or !
— À la réflexion, je ne les ai pas faits pour moi, ni pour les autres, mais pour ma mère et mes sœurs, mes uniques spectatrices…
— Justement, cette œuvre ne t'appartient plus…
— Vous les donner… Mais… c'est comme si vous me demandiez d'ouvrir une tombe…
— … Tu vois… j'ai longtemps douté… j'ai longtemps cru que ce serait toi qui franchirais la ligne d'arrivée le premier… Et bien non ! C'est moi qui ai une longueur d'avance sur toi et qui tiens les cordons de la bourse.
— Vous avez toujours eu peur alors ?
— J'ai eu peur, oui, de te perdre !
— Je sais… Il faut être au moins *deux* pour entrer en compétition…
— J'avais besoin de toi, certes, mais aussi de ta lucidité : tu as osé refuser ta carte professionnelle délivrée par la Centrale de l'Image Animée !
— Je ne voulais pas de cette carte… créée sous Vichy pour empêcher les Juifs d'avoir accès à l'Art cinématographique… Mais carte ou pas carte, je démissionne de mes fonctions. Je renonce. C'est fini. Je choisis le camp des sauvages et celui des femmes révoltées.
— Salaud !
— Détruisez tous les décors : cela fera un beau feu d'artifice, voire un film expérimental… qui vaudra de l'or… Salut !
— Ne raccroche pas !
  Aporia raccrocha.

  Planté droit devant la porte des Toilettes, prêt à sortir, la vue du plan des lieux entourés d'un labyrinthe lui rappela d'emblée tout son rêve… Lui, enfant, était dans le corridor de son Collège, avec des camarades qui lui disaient que le professeur de français avait assassiné toute sa famille dans la nuit. Tout en écoutant ses camarades lui raconter la scène de meurtre, il visualisait le professeur dans la cuisine en train de mettre des somnifères dans la nourriture ; puis, plus tard dans la nuit, en train d'assassiner à coups de marteau ses deux filles dans leur chambre et sa femme dans la chambre conjugale ; enfin, assis sur le bord du lit, en train de tenter de mettre fin à ses jours en se tranchant les veines. Ce qui étonnait Aporia, c'était que lui, enfant dans le rêve écoutant ses camarades, il avait reconstitué en images mentales tout le drame dans son propre appartement familial : la cuisine, où il prenait ses repas avec ses parents et sœurs ; la chambre, où il dormait avec l'une de ses sœurs dans un lit superposé ; et la chambre conjugale, avec ce professeur – silhouette noire voûtée – assis sur le bord du lit, du même côté gauche où son père dormait, et le cadavre de la femme, le crâne défoncé, là où dormait sa mère…

    En sortant des Toilettes pour Femmes, Aporia eut l'impression que tout le monde était parti sans lui, tant le lieu était silencieux et sombre, à peine éclairé par la lumière du bar. Petit à petit, des Phuances commençaient à se détacher de l'obscurité, debout près du zinc, assises autour des tables. Mais elles étaient totalement immobiles, figées comme des statues, des parures corporelles maquillant leurs corps nus : entrelacs complexes de feuillages primitifs. En marchant lentement vers les Phuances, Aporia remarqua au sol de la mezzanine une grande fissure. Du bout de sa chaussure droite il en tapotait les aspérités. Cela l'inquiétait : cette fissure dans le béton n'y était pas auparavant. Il en était certain. Alors se ravivait en lui l'angoisse de se savoir dans cette Tour Infernale construite sur les ruines de celle qui s'était effondrée un Temps Jadis. Ne pas y penser (comme lui disait son père à propos de la mort ; ou bien de la problématique de sa mère).

En haut du Grand Escalier Droit, Aporia observait la grande salle. Dans la faible lumière flavescente des luminaires tout en rondeur posés au centre de chaque table, se profilaient les corps nus des Phuances immobiles. Aporia essayait de descendre l'escalier… mais un vertige l'en empêchait. Que se passait-il ? Était-ce l'odeur fraîche et sauvage de ces corps nus qui l'étourdissait ? Et derrière lui, qui marchait à reculons, la lourde porte sombre de l'ascenseur s'ouvrait, libérant une vive lumière d'un blanc cosmique. En ombre chinoise s'avançait Esti, la belle serveuse. Elle aussi était nue, couverte d'un envoûtant feuillage primitif, beau maquillage d'un vert intense surnaturel. Le port de tête droit, les épaules légèrement en arrière, sa petite poitrine pointait en avant. Esti levait lentement son bras droit, au bout duquel tremblait un Python Magnum 357. Se sentant visé, Aporia tendait ses mains devant lui, pour se protéger. Il criait :
— Attention ! Ce truc peut vous arracher la tête !
— Il y a longtemps que l'on doit travailler ensemble ! Vous me l'aviez promis ! Vous me devez un rôle. Je veux que l'on me regarde et que l'on ne fasse que cela. Grâce à vous, j'ai pris conscience que mon corps était un outil.
— Une bonne comédienne est une femme qui accepte d'être la proie d'un démiurge prédateur. Celui-ci la viole en lui volant son feu animal ; puis il la coiffe, la maquille, l'habille, l'enferme dans un cadre en lui expliquant ce qu'elle doit dire, comment le dire ; ce qu'elle doit faire, comment le faire ; comment elle doit se tenir, bouger, croiser, décroiser et écarter les jambes. Un conseil : laissez tomber. Je ne fais plus ce film. Tout cela, c'est du vent. C'est du bidon. C'est du spectacle de foire pour les immatures et les ignorants ! Il y a plus grave.

— Quoi ?
— Cette faille, là, à vos pieds.
— Oui, en effet, je la sens (elle passait dessus la pulpe de son gros orteil droit).
— Eh bien, elle n'y était pas avant.
— Avant quoi ?
— Avant, je vous dis… Il se passe quelque chose d'anormal ici !
— Ce sont les caractéristiques du béton : des craquelures capillaires apparaissent de temps à autre, de-ci, de-là. Il ne faut pas s'en affoler… Revenons à mon rôle…
— Je ne fais plus ce film, je vous dis…
— Ne luttez pas… Vous savez bien que ma force est sans limite. Il me suffit de claquer des doigts…
Et de sa main gauche, Esti claqua des doigts.
Clac !
Mains brusquement plaquées sur les yeux, Aporia essayait de lutter contre les images d'horreur qui l'assaillaient douloureusement. Il criait à chaque coup de marteau s'abattant sur sa tête d'enfant… sur la tête de ses sœurs… sur la tête de sa mère…

L'écho d'un violent coup de feu retentissait dans tout le vaste décor, poussant toutes les Phuances à se retourner une à une vers le Grand Escalier Droit que le corps d'Aporia, disloqué comme celui d'un mannequin, dévalait, roulant et rebondissant sur les marches, jusqu'à s'étendre comme une chiffe molle sur le sol à damier noir et blanc.
Plusieurs Phuances s'avançaient pour faire cercle autour du corps inerte d'Aporia. Elles le regardaient tristement, avec de très grands yeux pleins de lueurs sauvages. Elles disaient :
— Il portait en lui Nathalie Nathalicia comme une blessure au cœur…

— Je ne savais pas que l'on pouvait mourir de chagrin…
— Devons-nous vraiment le laisser mourir ?
— Ô non ! Le lecteur, déçu, nous abandonnerait… et nous redeviendrions des mots sur papier…
— On le sauve, alors ?
— Oui, parce qu'il doit redescendre dans la salle obscure pour délivrer les autres, hypnotisés, comme lui et nous jadis, par les Ombres Prédatrices de l'iconoscope…
Et toutes les Phuances se penchèrent vers le corps inerte d'Aporia. Et, ensemble, elles lui chantaient ces mots :
— Ne t'inquiète pas, *Pierre Pierre*, nous allons continuer pour toi cette drôle d'histoire. Mais cela demandera encore beaucoup, beaucoup d'épreuves pour que ton personnage réussisse à évoluer dans le cru : L'étant absolu.

Esti levait ses yeux noirs tout ronds vers le plafond. Autour du trou de la balle qu'elle venait de tirer en l'air, un important réseau de fissures avait pris naissance ; et de la poudre de béton s'en échappait abondamment… En effet, il se passait quelque chose d'anormal…

2

Abandonner la *souffrance* – ici – d'où pousserait un saule pleureur, au pied duquel Aporia s'amuserait à tirer sur les longues branches, pour en faire des fouets, les abandonnant ensuite près du corps nu de Nathalie Nathalicia, allongée sur le ventre, le sexe fontaine, sous le rythme de la bouche fellatrice, se froissant et se défroissant contre les plis tortueux d'un immense drap à damier noir et blanc, échiquier de l'enfer du lit à coucher où tentait de se reformuler la métaphysique socioculturelle de la fellation : « Ce n'est pas la capacité à la soumission, à l'émoi et aux larmes qui fait les meilleures fellatrices, mais c'est l'érection bisexuelle, où l'ardeur du vit devient clitoridienne plutôt que phallique, où la femme et l'homme ne maîtrisent plus rien et qu'ils *sont* jouissance absolue, sans avoir ni l'un ni l'autre le phallus, car le phallus seul n'est pas tout, mais seulement Haine : il lui manque l'Amour, cette puissance féminine des origines qui rassemble pour recombiner à l'infini les parties du Tout. »

Dans l'obscurité glacée du Temps, Nathalie Nathalicia suçait doucement la verge clitoridienne d'Aporia. Le regard en dessous, elle le fixait, les yeux assombris par un violent retour du refoulé : une connaissance sauvage où c'est la femme qui *fait* l'homme. Autour de ses lèvres charnues d'Amour, une matière blanche visqueuse s'épaississait sous le va-et-vient précipité tout au long du vit, cet organe remontant des profondeurs féminines du chaosmos et à l'image de ces millions d'animaux de la semence qu'il éjaculerait dans la Haine : animalcules tout en longueur avec leurs coiffes coniques, et normalement destinés à un carnage sans pitié au tréfonds de l'utérus, afin qu'un seul d'entre eux pénétrât l'ovule tout en rondeur.

Les yeux clos, Aporia nageait en dessous d'une structure faite de couverts : cuillères, fourchettes et couteaux imbriqués, entrelacés, enchevêtrés. Aporia nageait sous l'eau tout en pouvant voir comme de l'extérieur la vastitude de la structure des couverts. Par endroit, celle-ci se ramifiait en une fine bande. Aporia pensait qu'il vaudrait mieux pour lui d'aller nager sous cette zone, car, si la structure des couverts s'effondrait, il lui serait plus aisé de s'en échapper.

Éclats soudains de protubérances lactées ! Lascive, Nathalie Nathalicia ouvrait la bouche en O, passait sa langue insolente sur ses lèvres gonflées pour y capturer de petits amalgames de sperme, qu'elle avalait ensuite. Puis, le regard fou convergeant, elle déposait un baiser d'Amour sur le petit organe érectile bordé d'écume filante et collante ; elle lui disait, d'une faible voix rauque au grain âpre et lancinant : « Fucking love baby… Fucking love… »

Avec nonchalance, elle se tournait vers sa droite, allumait la lampe blanc cosmique tout en rondeur, ramassait de dessus la tablette en bois noir animal une *cigarette folle*, qu'elle portait lentement à ses lèvres bleues, encore humides et boursouflées. La lueur du briquet enflammait ses grands yeux pers et teintait de reflets chauds sa peau blanche et toute froide, comme la pierre. Doucement, elle soufflait la fumée bleuâtre vers Aporia. L'Amour l'avait transformé : il devenait tout minuscule entre les jambes de géante de Nathalie Nathalicia, qui, très lentement, tournait la tête vers sa gauche. Elle avait un gros trou rouge sur la tempe droite.

La lampe blanc cosmique tout en rondeur éclata ! Dans la froidure du noir animal, Aporia se dédoublait du clitoris qu'il avait été, petit organe féminin suspendu à la partie antérieure du gouffre de l'étant. Tel Tirésias, Aporia venait de vivre l'expérience du Grand Secret des femmes. Sous peine de punition, il ne devra jamais révéler qu'une femme est capable d'avoir neuf fois plus de plaisir qu'un homme, car la jouissance d'une femme est composée de neuf parties, alors que celle de l'homme d'une seule. « Me voir jouir huit ou neuf fois devant toi, alors que toi tu ne jouis pas, cela me semble être un exploit de tolérance » lui murmurait souvent Nathalie Nathalicia. Cet Aporia qu'elle souffrait dans son lit à coucher était l'instrument de sa volonté farouche d'émancipation : il lui donnait le plaisir infini sans qu'elle en courût les risques, car les femmes qui veulent jouir avec leur corps n'ont pas l'air *naturellement* portées à la maternité.

Aporia zigzaguait entre les interstices d'une touffeur odorante et pleine d'obscurité, lorsqu'il trébucha et s'étala de tout son long sur l'humus spongieux. Au-dessus de lui, un minuscule vaisseau spatial tout en rondeur, avec des pinces de crabe de chaque côté et contenant un petit astronaute en scaphandre rouge sang, fonçait pleins phares, tel un *oiseau de feu*, dans le gouffre insondable de l'étant.

Dans le Salon de la Méduse, Aporia essayait de se soulever du sol à damier noir et blanc, à plat ventre duquel il venait juste d'entr'ouvrir les yeux sur des taches vertes évanescentes, se diluant les unes les autres en une vaste et profonde jungle primitive, aux arborescences et aux couleurs envoûtantes, paradis vert, paradis infernal, paradis artificiel ou paradis perdu ondulant doucement, tel le ressac du coït perpétuel des vagues, et se détachant peu à peu – à mesure qu'Aporia clignait des paupières – des longues jambes féminines sur la peau satinée desquelles avait été créé, à partir d'un mélange chaosmique de particules colorées, tout ce végétal en puissance. Monde des plantes riche en populations entièrement femelles. Se reproduisant uniquement avec le gamète femelle, ces plantes n'avaient nul besoin d'être fécondées avec du pollen. Sans mâles ni spermatozoïdes, ces lignées clonales – qui descendaient des algues, lesquelles avaient inventé, il y a des millions d'années, la sexualité qui nous constitue – prospéraient avec succès depuis des millénaires.

Aporia dodelinait de la tête, comme un nouveau-né sur le ventre faisant la tortue. Lui étant impossible de bouger les jambes, cette impuissance – qui caractérisait son état général actuel – le poussait à ramper. Pour s'aider, il enfonçait ses doigts dans les fissures qui zébraient le sol. Au moins, en cette circonstance, elles lui étaient bien utiles.

Des bouches en O des Phuances jaillissait un tohu-bohu de sonorités : cris d'animaux ; vent ; bruissements de feuilles…

Au ras du sol, Aporia observait la souplesse d'une cheville finement sculptée, nerveuse et palpitante sous la tension qui bandait le mollet, puis la cuisse autour de laquelle s'entortillaient lianes, fougères, feuilles géantes et d'où s'épanouissait la courbure bellement sphérique de la croupe dont la dynamique en tout point semblable ordonnait le Tout ; car au commencement de Tout était le mouvement, c'est-à-dire inflation croissante du cosmos qui est Jouissance Féminine, telles toutes ces jambes au galbe imprimé papillons et Oiseaux du Paradis qui, lorsqu'elles traversaient cette forêt enveloppant Aporia, devenaient papillons et oiseaux battant des ailes, zébrant comme l'éclair les parures végétales, au travers desquelles se révélait la femelle en rut mélangeant la semence dans une danse des cheveux étourdissante, accroupie sur le mâle bien enraciné dans la puissance tellurique, chevauchée très crue à la violence altière qui s'éjaculait dans le devenir : toutes les choses semblaient se créer suivant un *logos* que la femelle, bellement *pánta rheî*, bellement *pánta kineîtai*, criait.

Aporia se traînait sur le sol, la tête toute tremblante relevée vers l'écran noir, qu'il entr'apercevait à travers les feuillages carnés, et qui lui montrait cet éloge au laid venu du fond des âges, entéléchie inscrite dans nos gènes, et qui nous modelait le corps, le cerveau et l'esprit. Écran totalement noir, noir animal parfait et absorbant qui amplifiait les sons visqueux de la chair des contraires, cette chair saline et gluante qui hurlait toute la mémoire d'une *étoile mystérieuse* ayant éclaté un Temps Jadis. Des images félines, sorcellères, possédant la vie en puissance, parce qu'elles sont depuis toujours et qu'il suffit de fermer les yeux pour les voir jaillir du corps indompté de Lilith.

Épuisé, Aporia s'enroulait sur lui-même à même le sol. Il bavait. Il tremblait de froid. Autour de lui, les entrelacs infinis de feuilles et de plantes, zébrés de traits d'oiseaux et de papillons multicolores, s'agitaient sous une tempête de chair en train d'accoucher d'un autre monde où prospèreraient des espèces toutes résolument féminines.

Aporia s'était totalement lové sur le sol. Il était une toute petite boule noire au centre d'une spirale à damier noir et blanc, et dont le mouvement rotatif lui donnait le vertige. Dans les bras de la spirale, dix Phuances nues tournaient sur elles-mêmes en serrant sur leurs ventres rebondis une lettre noire. Peu à peu elles se regroupaient en continuant de tourner sur elles-mêmes et autour des unes et des autres, pour, lentement, liées entre elles, former un cercle qui se resserrait sur Aporia. Toutes ces femmes dont il ne connaîtrait jamais *rien*. Autour de lui, centre instinctuel d'un mouvement spiralé indéfini, telle une obsession, les lettres noires ondulaient à même cette nudité femelle intuitionnant l'étant :

NATHALICIA

3

Dans le Salon de la Méduse, totalement déserté, Aporia, avachi sur une table, se réveillait doucement en geignant. Le poids de sa tête posée sur la joue gauche lui tordait la mâchoire. Et il bavait sur la nappe, froissée et tachée d'*hûbris* – mélange éthylique subtil de fleurs du corps : sperme et menstrues. Des paroles d'une chanson lui tournaient encore dans la tête : « … Sous les ponts de ma "Rome" coule la Seine… et la merde… » La nappe et la coupe vide, qu'Aporia tenait encore par le pied du bout de trois doigts d'une main molle, reflétaient les palpitations d'une lumière venant de l'écran. Sur la surface incurvée de la coupe ondoyait une image bleutée oblongue. Un bruit mécanique régulier ronronnait, comme une chatte mécanique. Lentement, Aporia soulevait sa lourde tête. Il clignait des paupières pour réaccoutumer sa vue et tenter de distinguer dans la pénombre, vers le centre de la salle déserte, un projecteur de cinématographie, son trépied de bois dressé parmi les serpentins, les confettis et les ballons multicolores qui jonchaient le sol. Il suivait du regard la queue de comète du projecteur, jusqu'à l'écran panoramique où, dans un bleu azur artificiel et sous une musique funèbre, des submersibles s'approchaient d'une masse de métal reposant sur un fond marin. Les robots, télécommandés depuis la surface, aspiraient les sédimentations pour dégager les parties les plus encombrées de cette épave de fusée spatiale, tordue et corrodée depuis les 44 ans qu'elle gisait par plus de 4270 mètres au fond de l'océan atlantique. Petit à petit, avec leurs bras articulés, les submersibles allaient ramener à la surface les éléments de deux moteurs – ce qui restait des cinq moteurs F1 du premier étage de la fusée qui avait déposé les premiers hommes sur la Lune. Les moteurs les plus puissants jamais construits, à ergol liquide (oxygène liquide et kérosène) et à chambre de combustion unique. Pièces maîtresses rouillées et rongées par la mer, ultimes vestiges de la plus grande fusée du monde, laquelle s'était en partie désintégrée en retombant sur terre, après avoir filé à plus de 8000 km/h pour propulser son équipage vers l'espace. Une étrange mélancolie se dégageait de ces images.

Aporia tourna son regard vers le projecteur. La pellicule qui défilait à l'intérieur était en papier calque cyan. Enfant, il fabriquait des films en dessinant les images qu'il avait en lui sur des bandes de papier calque, qu'il projetait ensuite en les glissant dans un projecteur de diapositives. La bande-son, elle, sortait de sa bouche (il avait le don d'imitation). Aporia revoyait distinctement son projecteur fabriqué dans du carton noir et blanc. Il se souvenait encore de l'odeur du carton chauffé par l'ampoule ; de l'image peu définie que sa mère et ses sœurs regardaient. Car c'était pour elles qu'il fabriquait ces petits films, réinventant le cinéma. Pour personne d'autre.

Soudain, la bande de papier calque se déchira, puis s'enflamma dans le projecteur. En brûlant, cette pellicule magique produisait de l'oxygène : elle s'immolait elle-même. Les flammes étaient belles. Hypnotiques. Aporia les regardait onduler. Mais ce n'était pas une danse du ventre. C'était le feu ! Alors Aporia saisit un sceau rempli d'eau de glace fondue, se leva et alla vite le vider sur le projecteur en flammes. Il recommença avec un autre sceau. Puis une troisième fois afin d'éviter tout nouveau départ de feu. Grâce à ce petit exercice physique improvisé, maintenant Aporia se sentait réveillé.

Des bandes de fumée flottaient dans l'obscurité de la salle. Des serpentins pendaient des tables et des sièges. Dans certaines coupes, encore remplies d'*húbris*, surnageaient des confettis. Des bouteilles vides et entamées gisaient sur les tables, au sol, au bord de la scène et sur quelques marches du Grand Escalier Droit. Sur certaines tables, des couverts entremêlés formaient d'étranges structures – qui créaient chez Aporia une impression de déjà-vu.

Des pancartes faites main traînaient un peu partout. S'avançant en tapant de-ci de-là dans des ballons – si possible blancs –, Aporia, tête de biais tantôt d'un côté, tantôt de l'autre, en lisait quelques unes au passage :

NOUS NE RENONÇONS PAS AU CLITORIS

BAISER SANS S'ALIÉNER DANS L'AUTRE

LA JOUISSANCE FÉMININE EST TOUTE-PUISSANTE CAR IL N'Y A AUCUN ÉLÉMENT HÉTÉROGÈNE EN SON SEIN

LE COSMOS N'EST PAS VAIN NI ABSURDE CAR IL *EST* JOUISSANCE FÉMININE

LA SÉXUALITÉ : SCÈNE ORIGINAIRE DE L'HUMANITÉ

L'HOMME CONFOND PLAISIR ET ADDICTION : PÉNÉTRER VITE FAIT MÂLE FAIT

… Jouer à rien rend Clito triste gamine Jouer à rien rend Clito triste gamine Jouer à rien…

ÉMANCIPATION SANS ALIÉNATION

LORS DU COÏT TOUT EST ART : ÊTRE-ÇA

LA FORMATION DU TRACTUS GÉNITAL FÉMININ
FAIT PARTIE DE LA PROGRAMMATION GÉNÉTIQUE
DE BASE DE TOUT ÊTRE HUMAIN

LE CORPS MASCULIN EST UNE DÉVIATION DU
CORPS FÉMININ

LE CHROMOSOME Y EST UN CHROMOSOME X
DÉGÉNÉRÉ

LA BITE EST UNE DÉRIVATION DU CLITORIS

TOUT EST PERMIS RIEN N'EST POSSIBLE

"SANS D'HOMMICILE FIXE"

L'ORGASME, C'EST ÊTRE LE SON, MANGER LE SON,
CETTE EXPLOSION DU JOUIR D'AVANT LA LOI

LE JOUR OÙ ADAM N'AURA PLUS PEUR DE
COPULER AVEC LILITH
IL POURRA DIRE : « JE SUIS »

"UNE FEMME LIBRE EST UNE FEMME SANS SAC"

EN TOI GÎT LE TOUT ET PEUT-ÊTRE LE RIEN

Aporia ramassa de dessus cette dernière pancarte une coupe encore pleine d'*húbris*, le bord imprimé d'un beau fard à lèvres rouge indien. Une femme était donc passée par ici. Sentir son haleine sauvage. Alors, en fermant les yeux, Aporia devinait un beau visage au regard de paradis vert ; la peau, parsemée d'éphélides, tout en sueur ; la bouche lie-devin, crûment odorante, grande ouverte ; la chevelure serpentine, presque rouge sang, empreinte d'une sensualité brutale… Après en avoir retiré un à un les confettis, Aporia, derechef les yeux grands fermés, avala cul sec le contenu de la coupe… Puis, tout soudain pensif, il alla la poser sur le bord de la scène. Bien étrange… ce séminaire. Bizarre… tous ces slogans tranchants. Il allait bientôt finir au box des accusés à devoir plaider coupable. Mais coupable de quoi ? De ne pas avoir vu derrière sa névrose d'abandon sa névrose d'échec ? D'avoir choisi le camp des femmes plutôt que celui de la réussite ? D'avoir le Temps pour lui ? De ne pas avoir réussi à réparer la faute du père ? De faire partie du genre qui domine, méprise les femmes ? De ne pas vouloir regarder en face la violence des femmes ? D'avoir vénéré la caméra/projecteur, cet objet phallique bicéphale autour duquel il avait démantelé – en vain – le féminin ? D'avoir réalisé des productions sauvages pornophaniques ? Perplexe – une question tirait à elle une autre question – il regardait par-dessus ses lunettes le micro "années folles" du chœur. Si les trois choreutes avaient été là, elles auraient su chanter sa culpabilité… d'être un ignorant.

« Si tout le monde me croit mort, pensait à part lui Aporia, si je suis mort pour les autres, pourquoi ne pas en profiter pour changer d'identité – radicalement ? » Et cette pensée était si douce, qu'il décida de se garder cette *joie* pour la fin.

Au bord de la scène gisait un scénario à la couverture défraîchie. Aporia le ramassa, pour le feuilleter.

COSMOGONIE
DOSSIER DE TRAVAIL
© Studios Scotchlood
Service de la Recherche

119 – CHAMBRE – APPARTEMENT NATHALICIA et ANDRÉ – INTÉRIEUR – NUIT

André, nu, sort du lit à coucher et va s'asseoir dans le fauteuil, tandis que Nathalicia, nue, ramasse au sol la bouteille d'alcool afin de se resservir un verre. Elle se redresse, dos face à André. Celui-ci regarde les « formes » de Nathalicia. Chacune de ses longues jambes au galbe fuselé porte un bas camouflage militaire. Nathalicia se retourne. André la regarde enfiler un soutien-gorge imprimé camouflage. (La poitrine, artificielle, est opulente. D'entre les lèvres du vagin buissonnant pend une fine cordelette rouge. Sur le lit, le colt Python 357 variera de taille à chaque plan. Les draps sont souillés de taches brunâtres.)

NATHALICIA
Je vais partir, André… Je crois que je ne t'aime plus…

ANDRÉ (surpris)
Tu veux sortir du troupeau ?

Nathalicia tourne très lentement autour du lit (la boule de lumière sur la table de chevet est la seule source d'éclairage ; la lumière éclabousse l'image noir et blanc d'une explosion atomique, image qui tapisse tout le mur à la tête du lit à coucher).

NATHALICIA
Nous ne pouvons pas continuer à vivre ensemble, parce que la blessure, la confusion et les conflits sont tels que la situation ne fera que s'aggraver… Les choses sont en train d'évoluer. C'est justement en regardant froidement ma vérité que tout s'est déclenché :

ma liberté, ce n'est pas avec toi que je la trouvais, mais au-dehors… Mon amour pour toi a été ma plus grande faiblesse. J'ai accepté d'être la seule et l'unique femme qui puisse concrétiser ton rêve, et porter toutes les fonctions que tu attribues à cette formidable et perverse créature ! J'aurais dû être plus égoïste ; nous y aurions sûrement gagné plus. J'ai été ton cordon ombilical avec le monde, ton filtre… Notre couple, j'ai peur de m'y perdre, car j'en suis l'élément faible… Gémir au lieu de jouir, telle est la prérogative de l'ordre public inoculé en nous, les femmes !

En parlant, Nathalicia a vidé son verre. Elle s'arrête au niveau de la table de chevet pour se servir un autre verre d'une autre bouteille entamée… Silence… Nathalicia se tourne vers André, qui a la tête baissée vers son rameau de chair tumescente. D'un geste lent, il retire les balles du barillet du colt Python 357 : en tirant doucement sur chaque cordelette, les balles – en forme de tampon hygiénique saturé – se retirent facilement.

NATHALICIA
J'avais 10 ans quand mon père est parti, comme notre bébé-fantôme ; alors je ne vois pas pourquoi cet enfant-esprit ne vivrait pas la même chose… Tu te souviens, quand j'ai avorté, j'ai eu des contractions… Tu ne dis rien… Mon seul tord est celui de vouloir devenir moi-même, ce qui veut dire hors de toi !

Du bout des doigts, Aporia reposa le scénario, très délicatement, comme s'il était fait de verre. Plaisanterie à part, il ne se souvenait pas avoir écrit ces méchancetés. Son projet mort-né devait être une expérience non-verbale, une expérience échappée de la narration et de toutes structures. Seulement évoquer des atmosphères, avec une femme et un homme ; des atmosphères sexuellement crues, naturellement sauvages, où les êtres, les choses, les paysages seraient les traces d'un faire-violence cosmique : la Jouissance Féminine. « The Western Eyes » en aurait été le titre définitif. « Cosmogonie » celui de chaque intervalle de temps sauvage. Durée : perpétuelle (le film tournerait inlassablement, chacun allant et venant à sa guise dans une salle aniline sans fauteuils au centre, et avec des lits à coucher sur chaque côté)…

Aporia avait une grande envie de monter sur scène et de souffler le vent dans le micro "années folles", un vent sinistre, lancinant et âpre, un vent de fin du monde qui irait très bien avec ce décor abandonné, plein de cette fumée immobile, fin brouillard qui donnait froid à l'intérieur du corps.

Ayant aperçu, à droite de la scène, le chevalet, Aporia s'en approchait doucement. Sur la toile, l'artiste avait peint le Salon de la Méduse entouré d'un labyrinthe circulaire. Du côté EST du labyrinthe (vers la gauche image) Aporia identifiait une petite silhouette féminine, vêtue d'une robe "Cible". Ce côté du labyrinthe débouchait sur la mer, au-dessus de laquelle brillait un gigantesque Soleil diffusant une lumière nue. L'artiste avait intitulé son tableau *La Route D'Esti*. « Beau… très beau… » pensait à part lui Aporia, en regardant de plus près la petite figurine s'avançant dans une allée du labyrinthe sous une pluie de Soleil. Elle était sur le bon chemin, pas loin de la mer. Avec encore un peu de persévérance, avec l'endurance et l'obstination du Loup Solitaire, elle allait en sortir du labyrinthe.

Le tableau se mit à trembler. Aporia sentait le sol bouger sous ses pieds. Il leva la tête vers le plafond : l'angle de deux murs variait doucement ; et le mur à sa droite ondulait comme une toile de tissu sous une brise légère. Il comprit que la Tour Infernale oscillait, vrillait très légèrement sur elle-même. Son regard paniqué s'arrêta sur la colonne près de lui, à sa gauche : une fissure la lézardait sur toute sa hauteur. Inquiet, il s'avança dans la salle, à grands pas. Les ballons multicolores s'écartaient sur son chemin. Il s'arrêta au pied du Grand Escalier Droit. Mais il n'avait pas le courage de gravir les 19 marches. Parce qu'il avait le vertige, et qu'il se sentait épuisé par toute cette « cock-and-bull story !!! »

Découragé, il s'était assis sur la première marche. Il cachait son visage triste dans le creux rassurant de ses deux mains jointes. Sa voix y résonnait, comme à l'intérieur d'une boîte :

— Je sais que je suis athée, mais dites seulement une parole et je saurai que tout cela, que toute cette remise à plat qui m'atteint jusqu'à l'os, et qui me fait mal, n'est rien qu'un rêve… en lequel je me laisse mourir… rien qu'un rêve…

Et une voix féminine lui répondit :
— Oui, ce n'était qu'un rêve… Mais maintenant tu es réveillé…

Aporia se retourna : Pensée Sauvage descendait le Grand Escalier Droit, pour s'asseoir ensuite auprès de lui.
— Cela fait plaisir de vous entendre, disait Aporia agréablement surpris.
— Tu as maigri !… Tu manges ?
— Ô manger est une corvée…
— On ne vit pas pour manger, mais l'on mange pour vivre, c'est enfantin…

— Oui… Mais je suis fatigué, fatigué… Vous avez senti ?
— Quoi ?
— La Tour bouge !
— C'est normal… Elle est trop fragile… D'un moment à l'autre elle va s'effondrer…
— C'est angoissant.
— Nous n'y pouvons rien.
— Et ça va faire mal quand tout tombera ?
— Ça ira si vite… qu'on ne se rendra compte de rien : on restera pour l'éternité ici, enfermés au creux d'une image figée en nous…
— On pourrait sortir d'ici.
— On pourrait, oui…
— Mais on ne le fait pas.
— Non.
— La vie est une tartine de merde…
— Mais tu fais partie d'une espèce qui, même les pieds dans la merde, continue de chanter. Alors, chante !

Après s'être raclé la gorge, Aporia se lança :
— "When shadows fall,
　And trees whisper "day is ending",
　My thoughts are ever wending home.
　When crickets call,
　My heart is forever yearning,
　Once more to be returning home.
　When the hills conceal the setting sun,
　Stars begin a-peeping one by one.
　Night covers all,
　And though fortune may forsake me,
　Sweet dreams will ever take me home."

Et Pensée Sauvage enchaîna, d'une voix aiguë voluptueuse, ductile et légère :
— "Midnight, with the stars and you.
　Midnight and a rendezvous.

Your eyes held a message tender,
Saying, "I surrender all my love to you".

Midnight brought us sweet romance.
I know all my whole life through.
I'll be remembering you,
Whatever else I do.
Midnight, with the stars and you."

  Pensée Sauvage et Aporia se regardaient, tandis que la gamme tonale de la Tour Infernale venait se rappeler à leur bon souvenir : grincements d'acier... craquements du béton... grondements sourds intermittents d'un réalisme comparable à celui d'une véritable Earthquake Party.
— Ces craquements me font peur, disait Aporia.
— Moi aussi, un peu... C'est la Saciphrage qui fait péter comme ça le béton !
— La Saciphrage ?
— C'est une plante...
— J'ai toujours dit qu'il se passait quelque chose d'anormal. Regardez toutes ces fissures !
— Elles sont belles.
— Elles sont inquiétantes surtout.
— Ce sont les traces des pulsions et des désirs toujours nouveaux des Phuances.
— Pourquoi Phuance ?
— Car jouir et être sont une seule et même chose...
— J'en suis loin...
  Las, Aporia sortait de la poche de sa veste noire la *cigarette folle* qu'il avait chapardée chez Nathalie Nathalicia. Il disait :
— Vous voulez ? Cela nous aidera à avoir moins de lucidité.
— Ô j'ai mieux pour bercer la douleur de la lucidité...

Pensée Sauvage souleva sa large croupe pour retirer sa petite culotte frangée en voile de polyamide noire, telles des plumes d'Oiseau du Paradis. Puis, elle la porta à son nez et inspira à fond la mousseline de soie blanche. Inspir/Expir. Bis repetita. Ensuite, elle passa la petite culotte magique à Aporia, qui fit exactement comme elle. Inspir/Expir. Bis repetita. Pensée Sauvage l'encourageait à recommencer autant de fois que nécessaire. Et elle lui disait ces mots :
— *Snif !* *Snif !* ma petite culotte usagée, encore toute chaude, c'est remonter par le labyrinthe de ses fibres jusqu'aux sources des fontaines de l'*étant premier...*
— Ça ouvre mon plexus ! C'est comme une caresse intérieure ! s'exclamait Aporia, le nez dans la soie odorante.
— Ça déchaîne *tout* ! L'immortalité est dans cette odeur, nulle part ailleurs ! Allez ! donne !
Aporia regardait dans le vide, pendant que Pensée Sauvage sniffait derechef sa folle petite culotte. Puis, la tête basculée en arrière, la large croupe soulevée au-dessus de la marche humide, elle la renfila en laissant claquer l'élastique sur ses hanches. Clac ! Et Aporia se retourna vers elle. Il voyait le sang affluer à ses lèvres. Il regardait de front les petits seins, très ronds, les pointes dardées sous le tissu étincelant de la robe. Il y devinait les aréoles, sombres comme les yeux d'une Louve.
— Touche ! lui disait Pensée Sauvage.
Aporia posa délicatement sa main gauche sur un sein. Il était surpris par la dureté et la chaleur de celui-ci. Pensée Sauvage avait raison : il n'était plus réfugié dans le Temps du Rêve. Sinon, il ne sentirait pas l'*en puissance* de ce sein. Il ne pourrait contempler la beauté de ce nez busqué ; de cette peau d'un noir parfait... Pensée Sauvage, lascive, l'observait avec des yeux azur espiègles.
— Si on faisait l'amour ? lui demanda doucement Aporia.
— Non... Je préfère *copuler...*

— Pourquoi ?
— C'est comme une préhension… un *a-raisonnement*…
— C'est… au-dessus de mes forces… J'ai peur… de mal faire…
— *Faire* c'est être dans le phallique. Il faut sortir du *faire* pour évoluer dans le cru : être…

Pensée Sauvage cracha dans ses mains. Surpris, Aporia la regardait de biais, le sourcil froncé.
— J'ai les mains sèches, lui disait-elle d'un ton rassurant.
— Moi aussi, répondit Aporia en regardant ses mains… Ses belles mains avec lesquelles il avait touché, un Temps Jadis, le beau corps de Nathalie Nathalicia. Tout le corps. En restait-il, sur ses mains, une trace ? Quelques atomes ? Des brins d'ADN de sa peau ? De son con ? De son anus ? De ses excrétions ? De sa salive ? De sa sueur ? De ses fontaines ? Rien du tout ! Nada ! Pourtant… il la sentait encore… sourdre en lui l'énergie purifiée de Nathalie. Comme une source souterraine. Cela ne se voyait pas, mais ses mains continuaient de saigner tout le sang menstruel qu'elle lui avait offert lors de leurs rituels lunaires, et après lesquels tous les traumas s'étiolaient, puis mourraient. La vertu toute nue des menstrues de Nathalie Nathalicia. Non, cela ne se voyait plus sur ses mains. Le ressenti de la personne qu'il avait le plus touchée n'était plus du domaine du sensible, mais du Beau en soi, en lui, les mots du corps. Nathalie Nathalicia lui avait transmis le langage codé de son corps. Et ces mots du corps, comme les mots de papier, étaient des hiéroglyphes, des voix de l'être : un *logos* à entendre. Ces mots soignaient, excitaient, rendaient beau, fort et créatif. Ils pouvaient blesser, faire souffrir et tuer. Chacun de ces mots enfonçait sa racine dans la succession infinie des strates de la matière du monde. Cassez la racine étymologique d'un mot, et il meurt, tel un arbrisseau arraché de sa terre nourricière. Nathalie était la racine étymologique d'Aporia.

Et Aporia regardait ses mains, au creux desquelles Pensée Sauvage venait de laisser s'écouler de longs filets de salive fraîche.
— Frotte ! et tu auras de belles mains légères !
Aporia referma ses mains, et il les serra très fort pour laisser les beaux crachats blancs agir. Il regardait en coin Pensée Sauvage, qui était belle en lui disant ces mots :
— Au lieu de rester ici les bras ballants comme au bord d'une falaise ontique, viens avec moi : j'ai d'autres choses à filmer. J'ai besoin de toi, petit électron libre.
— Ce n'est plus de mon âge… Je suis trop épuisé…
— Eh bien, je te porte sur mon dos. C'est toi qui filmes et moi j'avance. Je serai le guide.
En disant ces mots, elle lui avait donné la caméra de carton. Aporia se leva.
— Avec *ça*, je vais retrouver ma nature bicéphale, disait-il en regardant la caméra d'un air méfiant. Il reprit : caméra, ça peut vouloir dire *chambre* en italien ; *phallus* en arabe ; *prison* en russe ; *voûte*, *plafond voûté* en latin…
Puis il se plaça derrière Pensée Sauvage restée assise, le dos légèrement penché en avant. Accroupi, il se plaqua contre elle et s'accrocha à son beau corps en passant ses bras autour du cou, la nuque duveteuse offerte à ses crocs (s'il osait). Pensée Sauvage glissa ses mains sous les jambes d'Aporia. Et, en se levant, elle le souleva…
— Heureusement que tu as maigri !
— Ô j'ai le vertige !
— Ne regarde pas, écoute…
Mais, une fois l'œil dans le trou de la caméra, le vertige disparaissait. L'intérieur de la caméra était sombre, comme la salle obscure d'un cinéma. Le découpage rectangulaire du viseur rappelait à Aporia cet écran géant de l'enfance sur lequel une Angélique immense et nue l'avait

fasciné. Était-ce cette fascination qu'il avait toujours recherchée en mettant l'œil à la caméra ?

Accroché à la femme-guide, Aporia cadrait le Salon de la Méduse désert. Lentement, ils évoluaient à travers la salle. Autour d'eux, les ballons multicolores s'entraînaient les uns les autres dans une étrange danse silencieuse, tels des êtres de brume. Les mains en avant, la femme-guide poussa la porte de sortie située à gauche de la scène.

Ils étaient dans l'obscurité. Humide et froide. Une odeur de pierre mouillée. Sous le poids d'Aporia, Pensée Sauvage peinait à avancer. Elle souffrait. Aporia le sentait. Et il aspirait toute sa souffrance. Depuis qu'il avait vu sa mère souffrir, il ne pouvait supporter – sinon avec culpabilité – de voir une femme souffrir. Leur souffrance, il la faisait sienne. Cette capacité masochiste à souffrir à la place de sa mère avait été une manière d'être dans le monde et dans le monde de sa mère, une manière d'être reconnu et aimé, la structuration de son identité. Souffrir, c'était reconvoquer en lui – et à son insu, car, quand il souffrait, il souffrait vraiment – le fantôme de sa mère.

Totalement délivrée du corps d'Aporia, Pensée Sauvage, le souffle court, lui disait :
— Merci beaucoup pour ton aide, petit électron libre. Cela m'a fait plaisir. Je te promets de te retrouver bientôt au creux de l'oreille. Je t'embrasse sur les quatre joues…

En l'embrassant, sa grande bouche humide exhalait une haleine chaude et crue. L'ovale de son visage à la peau noire, ses grands yeux azur, ses pommettes saillantes perlées de sueur fraîche, fondaient, peu à peu, dans l'obscurité sexuelle d'avant la naissance.

4

Aporia s'était comme englouti dans cet infini d'une froidure intense, où, cependant, résonnait une voix familière. Une voix reconnaissable d'entre toutes, et qui lui disait :
— Tu ne vas pas rester ainsi les bras ballants comme auprès d'une femme qui vient d'accoucher ? Approche... Viens m'embrasser mon fils...
Aporia s'inclina lentement, et posa ses lèvres sur le front glacé de sa mère. Plus de 27 années s'étaient écoulées depuis la dernière fois qu'il l'avait vue. Mais, néanmoins, il la retrouvait par les yeux (elle ne portait pas de grandes lunettes noires).
— Je crois que je t'ai vu à la télévision. Tu disais quelque chose comme : « Et cette nana, tu vas en faire quoi ? » Aux autres, près de moi, je m'exclamais : « C'est mon fils ! C'est mon fils ! »
Aporia la regardait avec intensité : il ne voyait plus la trace de sa cicatrice, au milieu du dessous de la lèvre inférieure. Un *être-ange* était-il passé pour la lui effacer ? Comme cet *être-ange* d'avant la naissance posant un doigt sur la bouche du Bébé pour qu'il oublie tout de sa vie utérine.
— Ainsi ton désir s'est réalisé maman...
— Quel désir, mon fils ?
Les petites mains de sa mère étaient croisées sur son ventre, la main gauche par-dessus la main droite. La gauche était plus livide que la droite, toute pâle. Elles étaient très froides – mais l'ombre d'Éros les hantait encore... un peu. En lui parlant, Aporia lui caressait doucement l'avant-bras gauche.
— Le désir de me voir faire du cinéma. Tu te souviens ? Quand j'étais petit, tu avais vu une annonce dans le journal : la télévision recherchait un petit garçon pour un rôle dans un

feuilleton. T'as voulu m'y emmener. Je m'en souviens : je te revois, en contre-plongée, le journal grand ouvert dans tes mains. Enthousiaste tu étais. Pleine d'énergie. Silencieux, papa, assis à ma droite...
    Elle avait un joli foulard noué dans ses longs cheveux blancs, froids comme la neige.
— Oui, cela me revient : Jacquou le Croquant...
    Il y avait des roses rouges de chaque côté de son corps, vêtu d'une robe également rouge, une jolie robe coquette.
    Aporia tendait vers sa mère la caméra de carton...
— Je te rends ce qui t'appartient maman. Ma vie n'a été qu'un acte manqué. J'en ai été le spectateur. J'ai gagné ma vie en la perdant. J'ai oublié l'essentiel...
— Ô tu as un surmoi féroce mon fils... Dans la vie on ne fait que tenter quelque chose... Pour moi, le cinéma était seulement un refuge ; ma caverne enchantée ; un oubli momentané de la réalité ; une fuite, en quelque sorte, une fuite toujours recommencée. Toi, le cinéma t'a donné ce que je n'avais pas : un cadre, dans lequel tu as été actif et créatif mon fils... Même devant la télévision, tu reconstituais ce que tu voyais avec de petites maquettes que tu bricolais ; et tu enregistrais avec ton magnétophone des débats et des films, obligeant tes sœurs et moi à faire silence... Ce n'est pas banal tout cela...
    Aporia voyait sortir de la pénombre les mains de ses sœurs, refermées sur de petits paquets de photographies datant de leur enfance, de cette *parenthèse enchantée* que leur mère leur avait donnée dans cette Tour du "Petit New York", ô ma "Rome" ! Émues jusqu'aux larmes, les sœurs déposaient les photographies, nouées d'un fin ruban de velours vert, sur la poitrine de leur mère, allongée dans le cercueil.
    Aporia disait :

— Tu sais maman, ma plus grande peur, c'était que tu meurs dans la rue.
— Ô non mon fils. Il y avait la soupe populaire, les refuges, les foyers et les bancs publics. Heureusement qu'il y a tout ça pour les personnes comme nous. Et quand il pleut, j'ai un très grand parapluie bleu azur.
— Mais pourquoi maman, pourquoi ?
— C'est comme ça… Ô je me sens fatiguée… Je suis une veille dame maintenant, et je n'ai plus l'oreille aussi fine qu'avant : je n'entends plus la musique du Soleil. Tu sais mon fils, la mort est douce. Et puis, lorsqu'on est mort, on ne le sait pas…
— Pourquoi j'entends le Requiem de Ligeti ?
— Ce n'est pas ce que tu avais choisi pour tes funérailles, mon fils ?
— Oui… c'est vrai… mais cela me semble bien loin, maintenant… très loin…

Comme un au revoir, un rideau noir se ferma sur le cercueil – sept roses rouges avaient été déposées dessus, et il n'y avait pas de croix, seulement une petite plaque dorée, finement gravée de lettres noires : D. R. 1939 – 2014

Une voix chaude et rauque venait de piquer à vif Aporia. Un haut-le-cœur douloureux, car c'était la voix de Nathalie Nathalicia.
— Tu parles tout seul ? demandait-elle en s'avançant vers lui.
— Non, je réfléchissais…
— Ce sont les génies qui parlent tout seuls, disait-elle.

Aporia regardait Nathalie Nathalicia s'approcher de lui. Elle portait une robe "Cible", dont le blanc écru et le rouge, jaune, noir des trois cercles concentriques irradiaient l'obscurité ambiante comme par cathodoluminescence. Doucement, Nathalie posait ses lèvres veloutées et froides sur celles d'Aporia. Leurs bouches, soudées par la froidure de la

chair, s'ouvraient. Nathalie avait de grands yeux pers dilatés et son haleine avait l'odeur de l'humus humide. Sa langue spumeuse avait le goût de la pierre mouillée. Au creux de son oreille fine, Aporia entendait Pensée Sauvage lui dire : « Le jour où tu n'auras plus peur de copuler avec *elle*, tu pourras dire *je suis*. »
— Nathalie... chuchotait Aporia, relié physiquement à elle par des enchevêtrements infinis et très complexes de minuscules filets de salive tout irisés d'une lumière argentée spectrale.
— Non ! Moi, maintenant, c'est Nada ! murmurait-elle, les lèvres humides tout contre celles d'Aporia. Nous sommes à hauteur égale, dans tous les sens du terme : sans talons aiguilles d'Achille pour moi ; sans masque phallique pour toi... Tu dois te sauver, électron libre !
— Pourquoi ?
— Ta belle serveuse... elle veut ta peau !
— Encore !
— La complexité sexuelle avec moi ; la sublimation par l'art avec elle.
— C'est faux ! Ensemble nous avons eu les deux : complicité sexuelle et artistique ! Et nos créations sont nos bébés !
— Fiction que tout cela ! Fucking love Baby! La véritable révolution consiste à sortir les femmes de l'inconscient... Chut ! Écoute ! (Elle levait la main.) PAN dort...
— Il va toujours faire nuit, Nath... (?) ... Nada ?
— Le jour et la nuit sont une seule et même chose, tu le sais très bien. Déshabille-toi, vite !
— Pas ici... y a du monde qui nous lit tous les deux...
Nada se tourna vers nous, lecteurs ; et après un instant de fine observation entre les lettres, elle déclara :
— Aspects studieux ! Va ! N'aie pas peur ! Les mots ne sont pas les choses : le mot nudité n'est pas la nudité...

Aporia la regardait remonter sur son corps nu sa robe "Cible" – qu'elle retira ensuite en la passant par la tête, les bras osseux en l'air, les petits seins bombés en avant, les aréoles noires comme les yeux d'une Louve obstinée, la longue chevelure or retombant sur les épaules, pour aller glisser le long du dos, jusqu'à la cambrure des reins d'où s'épanouissait la croupe, bellement sphérique… Pensée Sauvage chantait au creux de l'oreille d'Aporia :

>
> Nathalie
> Ô bel mannequin
> Jouissance
> Du Tout !
> Folie
> Du Rien !
> Ô bel mannequin
> Sang d'étoiles
> Chair de boue
> Sexe du Tout.
> Ô bel mannequin
> Particules d'Orgasmes
> Du Rien !
> Volonté de puissance
> Du Tout !
> Ô bel mannequin
> Dans le lit cru de l'étant
> Ton cri de la vérité
> À jamais sera mon Requiem.
> Ô bel mannequin
> Ton cul chaosmique
> Bellement sphérique
> À jamais sera ma tombe
> Et mon berceau.

Ô bel mannequin
Tout soudain
Tes petits seins – obstinés !
Forces instinctives
Panaches lactés stellaires
Végétaux en croissance
Grand *OUI !*
Du Tout !
Du Rien !
Nathalicia

Une main sur son ventre rebondi, l'autre tenant la robe "Cible", Nada regardait Aporia tout nu.
— Tu as maigri ! s'exclamait-elle. Faut que tu bouffes ! Allez ! enfile-moi vite cette robe…

Après l'avoir avisée longuement – que cherchait Nada ? Avait-elle inventé une nouvelle stratégie de séduction sexuelle ? –, docilement, Aporia enfilait la robe "Cible". Le tissu soyeux sentait l'âme sauvage. Cette odeur primitive créait en Aporia un monde de Phuances, une forêt immense en laquelle les grandes lèvres pourpres d'un con s'ouvraient, tel un papillon aux ailes déployées, lequel s'envolait, virevoltait, puis venait se poser sur la plume animale qui traçait ces mots dont les racines s'enfonçaient dans l'humus des âges de la Terre et au-delà, tissant ainsi dans l'Univers des cordes infinies qui vibraient, stridulations et plaintes de la trace fossile du grand *Oui !* au Tout.

Aporia ressentait une étrange excitation, comme s'il était entré tout entier dans le corps d'une femme, (re)vivant une fusion féminin-masculin. Et cet air froid remontant entre ses jambes velues lui donnait une impression de vulnérabilité absolue : il avait comme les fesses à l'air ! Était-ce cette métaphore de la nudité induite par la robe, cette

accessibilité symbolique et sans entrave au corps femelle, qui apaisait la violence intrinsèque du mâle ? La jupe serait-elle à l'homme ce que la laisse-muselière était au chien ? La jupe serait-elle pour les femmes, ainsi symboliquement mises à nu sur la place publique, l'emblème de leur *impuissance acquise* ; une obligation à s'effacer, à marcher droit, à jouer un rôle en refoulant toute leur nature non domestiquée et en refusant toute maîtrise de leur corps et de leur être femme? La jupe comme signifiant de leur soumission intériorisée.
— Ainsi, tu ne cesseras jamais de te voir en moi, lui disait Nada. Tourne-toi, voir !

En le regardant de la tête aux pieds en train de lui faire son tour de piste, Nada s'écria malgré elle :
— Saaaaaaa ... lope !
— Intégrale, j'espère... répondit-ille (avec un sentiment de persécution) en se retournant vers Nada (faire face à la *violence* de ce regard sur *lui*).
— Ô ta sagacité aura sûrement remarqué que cette « salope ! » fut plaisante à prononcer : j'ai insisté sur le « SA », telle ma main caressant doucement tes couilles de sable ; et j'ai lâché le « LOPE ! » comme un beau crachat blanc sur ta bite fuselée, archaïquement dressée vers ma petite gueule de Lune ! Allez ! va, cours, cours te cacher ! Cours vite !

Nada regardait sa créature aller se perdre dans l'infini, sombre et froid. Sa démarche était féline, et sa petite croupe était devenue très onduleuse... Nymphe éthérée... qui marquait, tout soudain, un temps d'arrêt... « Et si Nathalie Nathalicia se suicidait à nouveau ? » se demandait-ille avec angoisse. « Ce serait, cette fois-ci, irrémédiable... »

Cette réflexion était beaucoup trop douloureuse pour rester ainsi, le pas suspendu...

5

Ille venait de pénétrer dans une profonde galerie de miroirs de maquillage. C'était donc en ce lieu des mystères, aux murs de velours noir, que les Phuances pratiquaient cet art instinctuel de la parure des corps. Devant les miroirs illuminés s'étalaient tous les ustensiles nécessaires à cette pratique ancestrale : pinceaux, crayons, pigments, peintures, encres ; des poudres végétales de couleur ocre, azur, rouge indien, lavis vert... Cet art respirait la *femme sauvage*. Et les odeurs de peau et de sueur des Phuances, mêlées à celles des fards, étaient entêtantes, enivrantes comme celles s'exhalant de tout le corps *ob-scène* de Nathalie Nathalicia, miraculeuse beauté clinique s'abîmant, la bouche d'ombre en O, dans le Jouir de l'origine toujours recommencée : « *Ich bin ein Tier !* » hurlait-elle de tout son être-ça fontaine.

Sur les sièges en moleskine rouge, de-ci de-là traînaient des petites culottes, des Robes du Paradis, des voiles légers, des sautoirs de perles fines... Ille ramassa une petite culotte en tulle Khôra vert fougère, et ille se l'enfila, afin de se sentir moins vulnérable, et pour s'aider à franchir la *zone* entre la métaphorée et le réel nu. La petite culotte était encore chaude et odorante. Et pour parachever son bien-être, étant pieds nus, ille chaussa d'étranges souliers féminins en forme de poisson, ornés de feuilles stylisées et maintenus au pied par des rubans en satin qui se nouaient à la cheville. « Vivre seulement dans un corps d'homme, sans en passer aussi par vivre dans un corps de femme, serait une vie incomplète : un échec absolu ! » murmurait Pensée Sauvage.

Assis, ille interrogeait son reflet dans un miroir. Le cadre d'ampoules survoltées d'un blanc cosmique éclairait sans nuance son visage. Ille ne s'était jamais vu(e) ainsi. Cette image, était-ce la trace des images sublimées que sa mère avait toujours eues de lui ? En mourant, sa mère n'avait-elle pas emporté avec elle tous les *cadavres exquis* liés à la question aporétique – et fondatrice – du « comment me voit-elle ? »

Un Temps Jadis, sur une île déserte imaginaire – le lit à coucher –, en embrassant Zoé Quoquoversus, Aporia – ce qu'ille était – s'était vu dans la pupille de ses grands yeux fiévreux. D'imaginer cette toute petite image de lui-même s'imprimer dans le cerveau de cette jeune femme, qui, elle, le voyait grandeur nature, mais sous le voile de sa psyché socioculturelle, lui avait donné le vertige : « Je est l'objet qu'il contemple : c'est moi qui suis la femme comme objet perçu... » « Tu as peut-être du génie, mais ta passion pour les femmes frise l'enfermement », lui répondait Zoé Quoquoversus. « Le véritable génie consiste en la contemplation des femmes, inlassablement... » pensait à part lui Aporia. Plus tard, en le quittant, Zoé Quoquoversus dirait autour d'elle : « Il aimait toutes les femmes à travers moi et mon corps. Le destin de sa mère l'avait rendu mélancolique – taciturne. J'avais peur qu'un jour il ne me tue – métaphoriquement : me laisser vivre et mourir par moi-même et pour moi-même, et en jouir. J'avais besoin de son regard sur moi ; lui du mien. »

Face au miroir, ille sentait défiler sur son visage les visages de sa mère, palimpseste du bébé qu'elle avait été jusqu'à cette vieille femme immergée dans un paysage minéral, chaque ride étant la matière qui liait les visages entre eux, maternant en ille l'empreinte, la marque, la trace d'une indicible vie secrète : l'être dépouillé de la Persona, du jeu de rôle à soi et à l'autre.

Peu à peu, le miroir se substituait en un écran montrant le cercueil de la mère pénétrant dans le four crématoire. Subrepticement – une fuite intellectuelle ? – ille pensa aux fours crématoires nazis. La lourde porte d'acier se referma sur l'incandescence rouge. L'écran de la mort. Ille sut, en cet instant, que plus jamais ille ne serait un *filmeur*.

Ille poussa une porte défoncée – sur laquelle était inscrit en lettres noires WORK IN PROGRESS – et se retrouva dans des Toilettes pour Femmes en cours de démolition. Plusieurs massues gisaient au sol jonché de gravats. Sur les sept cuvettes en faïence, cinq avaient été pulvérisées, réduites en poudre. Les portes, démontées, étaient éventrées. Les cloisons criblées de trous, tels des impacts de balles. Des éclaboussures de plâtre lacéraient les murs décrépis, couverts de fissures. Chasses d'eau et tuyaux arrachés, dérouleurs de papier hygiénique, boîtes de micro-serviettes périodiques ("si petites, si confortables"), lavabos, robinets, dérouleurs de serviettes et sèche-mains étaient entassés comme des ossements. Les cuvettes encore intactes étaient grêlées d'impacts du béton projeté par les coups de massues. Au fond d'une des cuvettes, un tampon, secret de cycles féminins, saignait encore.
    Un jour, lorsqu'ille était enfant, sa mère lui promit de lui offrir sa chevalière en or, à ses initiales (D.R.), à la condition d'être sage et docile lorsqu'ille serait à l'hôpital – pour une intervention chirurgicale à l'anus. Et elle tint parole : à son retour, la mère offrit à son fils – qui saignait encore de son opération – sa chevalière. Il portera cette chose de la mère durant de longues années, comme un travestissement symbolique. Revêtir quelque chose de la mère. Adolescent, ne pouvant plus retirer la bague, son père l'emmènera chez un bijoutier pour la couper. Ensuite, ille rangera dans un petit coffre-fort cette métonymie du corps de la mère : messages codés venant du monde indéchiffrable des femmes...
    Ille surprit son reflet dans un miroir couvert d'une fine poussière blanche. Ses seins avaient poussé !? Une belle

petite poitrine épanouie. La pointe turgescente des mamelons était déjà sensible. Ille avait entendu dire que l'orgasme féminin était lié à la réceptivité *extra-ordinaire* des aréoles et du clitoris, contrairement au vagin dont la pénétration n'était que très agréable – dans le meilleur des cas… dans le meilleur des coïts. Il allait donc lui falloir acquérir ce nouveau soutien-gorge qui assure un modelage post-mortem…

La peur de son image poussait ille vers une autre porte, trouée d'un coup de massue : WORK IN PROGRESS.

Inquiet, ille avait glissé sa main gauche sous sa robe "Cible". Ille tâtait le slip Khôra à motif végétal, découvrant ainsi ce qui s'y cachait : une blessure gluante qui ruisselait au long de ses cuisses. « Sans le phallus, la femme est ; mais l'homme n'est pas » lui murmurait Pensée Sauvage au creux de l'oreille. Le motif végétal était doux sous la pulpe des doigts. Et des fibres entrelacées ne s'échappait pas seulement l'odeur de la fontaine, mais aussi une accumulation de masses sonores qui se heurtaient par intervalles de seconde, une rumeur à la mélancolie étrange, ponctuée d'un implacable martèlement rythmique d'archets sur des cordes, vibrations sourdes et âpres mêlées à des dissonances pianistiques vigoureuses, à des percussions métalliques sporadiques, ce tout créant une pulsation de sons obsédants, variations atonales d'une mélodie sauvage dont l'EMPREINTE résonnait maintenant partout, enveloppant contenu et contenant, devenant contenant et contenu, ce en quoi se trouvaient toutes les choses et ce en quoi elles étaient faites. Ille se déplaçait dans cette interconnectivité des choses qui se dépliaient devant lui, se séparaient les unes des autres, tel ce couloir aveugle aux murs rouge indien et en forme de gamma (Γ) ; tels ces groupes de personnes regardant les tableaux noirs exposés aux murs ; telle cette poupée de chiffon blanc lévitant au plafond noir percé d'étoiles électriques ; telle cette étagère sous-verre renfermant une D.S.Argo à l'échelle 1/43ième – certifiée conforme à l'originale, tant pour l'automobile que pour l'occupant et les couleurs – miniature accidentée, carrosserie noire toute froissée par sa traversée à plus de 230 km/h d'un arbre millénaire…

Ille avançait lentement dans le couloir, parmi les convives, regardant avec eux les tableaux noirs, sans oublier d'en lire la légende : l'Odeur du Jouir ; l'Étoile du Jouir ; le Corps du Jouir ; la Chambre du Jouir ; l'Effroi du Jouir ; le Rêve de l'Enfant-Jouir… Chaque question qu'évoquaient les tableaux noirs était une clef pour découvrir le carnage dans la chambre d'enfant tapie au fond de soi, chambre du crime de toutes les espérances, de toutes les pulsations de vie sauvage.

Sur les vitres protégeant les tableaux noirs, ille voyait se refléter le visage cendre Cri-du-Jouir des femmes étiques et levrettées, et le visage cendre Cri-d'Effroi des hommes ithyphalliques. Les bouches en O étaient noires comme une ténèbre. Les yeux dilatés avaient une couleur aveugle. Les femmes, erratiques, étaient très grandes, filiformes, vêtues toutes d'une robe bras nus en soie sauvage et à motifs petits carreaux vidéo de plus de mille couleurs. Leur peau était d'un blanc de lune satiné, et leur chevelure raide d'un beau noir brillant. Certaines portaient par-dessus leurs robes un manteau à rayures pluricolores verticales en maille de coton ; d'autres un ciré noir zippé et très serré à la taille, avec ombrelle assortie ou bien jaune. Elles avaient toutes un trou rouge dans le muscle temporal droit. Les hommes, de constitution athlétique, portaient le même costume noir, avec nœud papillon tête-de-mort noir sous le col de la chemise blanche à boutons de nacre. Tous les convives avaient un verre à la main, œil de femme incrusté – œil qui voit tout – et que chacun déplaçait selon ce qu'il souhaitait regarder.

Ces hommes et ces femmes croyaient se comprendre : culture et conventions dressaient un pont cognitif entre eux. Ainsi, ils communiquaient, jouant leur rôle social respectif, où chacun se croyait identique, interchangeable, recherchant le coït qui se référait à la Doxa, et qui annonçait la fin de l'être sexué où la femme et l'homme, dans leur indicibilité radicale, sont une seule et même chose : Jouissance Féminine Sauvage.

En passant près d'une femme embaumant la mûre sauvage, ille entendit s'échapper de la ténèbre de sa bouche en O la syllabe du Jouir, cette voyelle ductile, ce cri syncopé de l'étant, ce cri d'où ille venait, cette longue syllabe qui l'avait fondé(e) dans la langue, syllabe du Jouir d'un manque, celui de l'être instinctuel criant *je suis* à jamais, hurlant le comment *ça* se fait, dépliant la genèse du langage de toutes les choses pour une absolue *préhension* du monde.

Ille se glissait parmi les convives. Pour eux, ille semblait être transparent. Sur sa gauche, une lourde porte noire s'ouvrait sur le banquet à volonté. Ille pénétra dans le salon, où des silhouettes se découpaient dans la lueur flavescente des cierges, profondément plantés dans des bouches féminines, les visages vacillant basculés en arrière et comme suspendus dans l'obscurité des murs. La lourde porte se referma. À cet instant, l'EMPREINTE, dont la mélodie âpre avait résonné tout ce temps en ille, telle une kora qui pleurait, cessa brutalement, laissant place à des sons humains qui glissaient à rebours du temps – seuls les cris, les claques, les gifles et les fessées conservaient un semblant d'intégrité sonore. Ille pénétrait lentement cette atmosphère étrange. Entre les silhouettes comme découpées dans du carton noir, ille entr'apercevait un corps féminin nu, étendu sur une table, dont le bois noirci avait l'aspect de celui d'un cercueil en état de décomposition. Le corps, en nougatine pomponnée de papillotes en fleurs de sucre rouge, était entièrement garni de mets que des mains flottant dans l'obscurité saisissaient par-ci, par-là. Ille se fraya un passage jusqu'à la table. Sans oser regarder vers la tête de sucre, ruisselante de chocolat noir, et qui avait été tranchée du corps, ille piochait tous les petits canapés ornés de feuilles carnées qui animaient en lui l'envie de mordre, car il avait très faim. La bouche pleine à s'en étouffer, ille lisait une petite plaque de bronze collée sur la table. Ille comprit que toute cette bonne victuaille, qu'ille était en train de manger, était une œuvre d'art intitulée "Agora Féminine". Ille en reprendrait bien un petit morceau, de ce bel mannequin. Une véritable orgie de bouffe (sur la table en état de décomposition avancée, il ne resterait bientôt plus qu'un beau squelette féminin en sucre blanc) ; de sonorités à rebours (mâchoires mastiquant – grognements de satisfaction – petits cris – halètements – rires – râles – soupirs – rots – pets – vesses...) ; de visages grêlés en carton-pâte (certains, tapis dans les coins de tous ces mots, nous observaient fixement : aspects studieux !) ; de mains mâles en fuite sur courbes féminines ; de langues épaisses fourrageant dans des bouches pleines de nougatine, de sucre, de chocolat... Troublé(e) par une paire de seins opulents et conchiés émergeant du noir pour servir de tétines à des bouches lippues de mâles redevenus méchants petits garçons, ille releva les yeux vers un angle mort de la page de ce livre, où était crucifiée une Poupée aveugle, socquettes blanches bâillant sur des mocassins innocents vernis noir, la croupe capitonnée empaumée comme de la gélatine flasque sur l'ardeur alternative des mains d'un pantin ithyphallique se reflétant sur le carrelage de marbre zébré d'éclairs noirs. Des menottes de flic-sexuel liaient les fines et longues mains de la Poupée aveugle derrière son dos, profondément cambré et tout piqueté de minuscules gouttes de sueur qui brasillaient dans la lumière chaude des cierges. (Un œil sagace aurait pu voir, dans les plis de l'anus formant une *étoile mystérieuse*, cette minuscule tache crue : ᴅ Lilith לילית)

      En mangeant à pleines dents des feuilles carnées, ille se demandait comment une bouche coquelicot aussi petite pouvait aller et venir, en un laps de temps aussi court, sur un phallus aussi obuesque, aussi laid, tel un morceau de tripe, et qui se dressait hors de l'obscurité de l'angle mort. Mais c'était *lui*, le phallus, ce mouvement violent d'une culasse de faucheuse de marguerites, *lui* qui clouait la bouche coquelicot de la Poupée aveugle tout empreinte d'ondes de choc qui la faisaient douloureusement onduler sous son jeu complexe et subtil de rotules, les seins juvéniles ronds comme des boules luisantes se balançant au-dessus de son gros ventre crayeux et dont les aspérités créaient des fossettes d'ombres dansantes, comme sur les parois d'une grotte humide en laquelle des pantins ithyphalliques battaient la chamade guerrière, le phallus-prédateur bandé à mort encoché d'un œil de caméra à presser le réel, le découper, le morceler, le re-digérer pour ensuite l'introjecter dans la croupe hypnotique, mappemonde faite femme se couvrant de sang, spectacle de la destruction qu'ille fixait sans ciller... jusqu'à ce qu'une main de flic-sexuel vînt lui claquer une fesse ! Surpris(e), ille se retourna vivement – avec une envie de gifler qui remontait du fond des âges obscurs. Un majordome sans visage lui demandait d'avoir l'obligeance de le suivre jusque dans la chambre de l'enfant, pour en faire *l'anal*yse. Il *la* dispenserait de menottes pour s'y rendre. Suspicieux(se) (la guerre des sexes n'était-elle donc pas achevée ?), mais aussi encore attaché(e) à la crucifixion, et au suspens de son dénouement, ille lui demandait si cela ne pouvait pas attendre une autre fois. La réponse fut négative. Ainsi, ille ne verrait donc pas ce que tout le monde attendait sans oser se l'avouer : l'éjaculation fulgurante d'un trop-plein visuel qui ferait éclater la tête de la crucifiée comme une pomme fluorescente déjà croquée par le ver solidaire de ce consumérisme, contamination progressive et sournoise de la guerre économique, culturelle et sociale qui dévorait toute la lumière du *logos* sauvage de la Poupée aveugle – à laquelle nous (corps-passif-voyeur et esprits alogiques) nous nous identifions en la *re-gardant* se faire démonter.

Dans le couloir Γ aux murs rouge indien – où résonnait de nouveau la tessiture mélancolique de l'EMPREINTE – ille suivait le majordome. Celui-ci bifurqua à droite sur la petite aile du couloir où il y avait la porte noire de la chambre de l'enfant, et, tout au fond, un mur de briques Terre de Sienne. Le majordome s'arrêta près de la porte noire, située au côté droit du couloir. Face au mur de briques, ille voyait flotter une figurine en combinaison spatiale rouge sang – astronaute de dix centimètres qui avait osé quitter l'enceinte rassurante de son petit vaisseau sphérique et dont les phares lui éclairaient une infime partie du mur. Chaque brique était une énigme. Ce mur apophatique, soudain, propulsa l'astronaute vers une statue féminine décapitée et à la nudité crue d'un blanc numineux en lequel l'astronaute s'effilochait, chute perdurable vers un état des milliards de milliards de milliards de fois aussi minuscule que le grand *Oui !* du commencement du chaosmos (le diamètre de ce *Oui !* était alors dix millions de milliards de fois plus petit que celui d'un atome d'hydrogène), chute vers cet état infini qui est depuis toujours : être pour être. Car le néant n'est pas dans l'être d'avant le chaosmos, sinon ce serait le non-être, et il ne peut advenir quelque chose du non-être. Désir est depuis toujours. Le chaosmos n'est que son déploiement, sa Forme pure qui est Jouissance Féminine, où toutes les choses vont et viennent, naissent et meurent.

En refermant la porte noire derrière ille, qui venait de pénétrer dans la chambre de l'enfant, le majordome se tourna vers nous – « Aspect très très studieux ! Continuez ainsi ! » Puis le couloir Γ aveugle aux murs rouge indien, avec les tableaux noirs, les hommes et les femmes, verre à la main pour les hommes, Magnum 357 sur la tempe droite pour les femmes, toutes ces choses de brume, petit à petit, fondaient dans l'obscurité d'avant la naissance... où ille cherchait à tâtons un interrupteur... qu'ille trouva...

Un lustre de cristal s'alluma au-dessus de Sol'Ange Léo, accroupie sur un tapis noir, le visage convulsé, les jambes fléchies très écartées, la vulve béante perdant les eaux et le sang, délivrance s'ouvrant sur la tête bleuâtre du Bébé. Sol'Ange Léo respirait très vite. Inspir/Expir. Bis repetita. Puis, elle bloquait tout. Et elle poussait... poussait...
Interdit(e), ille la regardait, saisi(e) par *l'odeur forte et fuligineuse du sang de l'enfantement*. L'énergie pléthorique qui se dégageait du corps de Sol'Ange Léo lui renvoyait aussi celle de la "bête à deux dos", comme si ces deux énergies étaient mystérieusement reliées. Regarder en face Sol'Ange accoucher, c'était voir la course de l'ineffable dans l'obscurité.
Ille observait le Bébé. Sa tache de sang sur le crâne. Tout fripé, le Bébé était telle une vieille personne qui *sait*. Son visage était un palimpseste de visages. Sol'Ange porta le Bébé contre ses seins épanouis. « Mon *bébé* ! » disait-elle.
Au-dessus d'eux, le lustre de cristal oscillait doucement, et les cristaux tintinnabulaient. Ille sentait le sol vibrer sous ses pieds. Aux murs rouge indien les tableaux noirs tremblaient. Le tapis fuligineux absorbait la tache originelle.
Avec une petite hache à double tranchant – de forme similaire aux lèvres lustrées de la vulve de Sol'Ange –, ille coupa le cordon ombilical, délivrant le Bébé du monde d'où il venait. Le placenta sortait lentement de la vulve odorante.

La mer primitive avait dû avoir cette odeur sauvage, odeur qu'elle avait répandue partout sur la Terre, enivrant les premiers organismes unicellulaires – apparition hautement improbable, donc unique et qui ne se répétera jamais – ; enthousiasmer ces singularités pour les pousser à rêver de se dédoubler, de complexifier leur dédoublement en inventant le sexe et la mort qui feraient d'eux des singularités encore plus performantes pour se dédoubler, à l'infini, jusqu'à épuisement fatal de l'enivrement.

Ille mangeait le placenta. Le Bébé tétait sa mère. Sol'Ange mangeait le son qui s'échappait de la bouche du Bébé et de celle d'ille. Être le son, qui est Jouissance Féminine. Un crâne au sourire éternel se dessinait en filigrane sur le visage rayonnant de Sol'Ange. De son vagin résonnait l'écho envoûtant de tous les êtres d'Ombre et de Chair qui avaient passé un intervalle de temps – opportun – au monde.

Ille mangeait sous le regard de feu de Sol'Ange. Ille savait que l'ardeur instinctive de ce regard lui éclairerait son chemin.

Derechef dans l'obscurité, ille (re)trouva le bouclier à tête de Méduse. Ille le ramassa, puis le porta face à son visage. Ille soutenait toute l'*en puissance* du regard de la Méduse. La belle bouche veloutée d'icelle l'attirait. Ille s'en approcha, y déposa doucement ses lèvres, et y enfonça sa langue... Enfin, ille allait pouvoir jouer avec la langue des femmes – la plus puissante de toutes, celle qui est le plus la langue de l'esprit instinctuel, qui prédispose à une vocation philosophique : faire du *sexe et de la mort* (notre vraie nature) un concept de chair pour sortir de la question aporétique de l'être.

S'aventurer dans cette bouche, c'était accepter le prix de l'angoisse, cette angoisse animale qui prenait ille au plexus, telle une broyeuse. Dans cette bouche écumeuse, ille essayait d'y puiser tout le courage et l'obstination que la Méduse y distillait pour lui-même, rien que pour lui-même.

Et ce fut la chute d'ille dans la bouche de la Méduse, un inextricable dédale, jusqu'à l'intérieur d'une contrée perdue, oubliée au profond de soi : le Jardin de Lilith, vaste lit à coucher sculpté dans un arbre millénaire, profondément enraciné dans la terre spongieuse et exposant crûment un couple féminin/masculin, totalement à nu et retiré loin de tous les étants sans exception. La langue du mâle à la chevelure et à la peau noires roulait tout autour de celle ruisselante de bave de la femelle à la chevelure rouge sang et à la peau d'un noir parfait – le noir Toucouleur de l'origine. La longue main osseuse de la femelle empaumait la verge turgescente sertie d'un lacis de veines sombres évoquant les branches pleines de sève de l'arbre millénaire. Le couple féminin/masculin puisait toute son énergie directement du lit à coucher sculpté dans l'arbre enraciné dans le sol. Pour se maintenir en vie, le couple consommait l'énergie solaire qui avait été transformée en matière vivante par l'arbre : des pommes vertes... des pommes rouge sang... des feuilles crucifères à saveur piquante... des tiges velues... Face au corps convulsé de la femelle, le mâle voyait en transparence de sa peau noire tout le feuillage vert frissonnant de l'arbre millénaire. De leurs sexes participant de la mort en tant qu'ils en étaient l'effet et la copie, et dont les 21 cordes vibraient telle une kora, tout coulait *réellement, véritablement* : tout entrait dans la flèche du Temps. Et cette folle semence dévoilait la substance tragique du ciel, des astres, de la terre et du feu : la génération et la mort de toutes les choses, c'est-à-dire la Jouissance Féminine qui gouvernait tout, qui présidait l'absolue et l'unique vérité de l'enfantement de tout, poussant la femelle à s'unir au mâle dur et froid, le mâle à la femelle chaude et humide, car la Jouissance Féminine *est* toujours, et jamais ne sera ni n'était. Et le cri tragique de la femelle, cet accord harmonieux, envoûtant, hors de la parole, *ob-scène*, c'était le mouvement d'une catharsis immémoriale que l'être présent de l'étant présent appelait. Entre les jambes conquérantes de la femelle, le mâle, purifié par la jouissance de celle-ci, se confondait derechef avec un nouveau-né qui, par la nécessité, aspirait ardemment à croître telle la plante vers le Soleil.

Dans la bouche écumeuse de la Méduse, ille jouait avec la langue de l'être, ce dire véritable…
— Elle… *elle* a un nom ! lui racontait Pensée Sauvage au creux de l'oreille. Ille était une fois et une fois ille n'était pas, *elle*, avec de petits seins qui allaient et venaient, libres sous le satin de la robe "Cible"…

Soudain…

Combustion spontanée ! L'obscurité s'embrasait ! Les flammes léchaient les structures d'acier qui formaient un vaste dôme, au centre duquel *elle* était – depuis toujours. Sous la puissance instinctive du feu, l'acier fondait, et, doucement, le vaste dôme se ratatinait. *Elle* traversait les flammes, emportant contre son petit ventre rebondi le bouclier de la Méduse. Le son de l'EMPREINTE se dissolvait dans chacune des particules du feu. Toute marche au rebours était impossible.

6

Les lourdes portes sombres de l'ascenseur s'ouvraient sur le Salon de la Méduse, totalement inondé. Du plafond rougeoyant des trombes d'eau s'abattaient en un rideau de pluie d'or, qu'*elle* traversait, s'avançant sur la mezzanine, le bouclier contre son ventre. *Elle* pataugeait dans l'eau très claire. Au bar, l'aquarium avait éclaté, libérant les deux poissons rouges, Parménide et Héraclite.

L'eau dévalait le Grand Escalier Droit. Dans la salle, des silhouettes floues féminines, cirés noirs serrés à la taille, collants jaunes et parapluies jaunes, se frayaient un chemin à grandes enjambées dans l'eau vers les sorties situées de chaque côté de la scène. L'eau ruisselait sur l'écran, qui prenait, peu à peu, l'aspect de la paroi d'une caverne mêlée de jour. Le sol tremblait. Les murs et les structures grondaient et craquaient. *Elle* se disait que ces tonnes de ferraille hurlante, en train de se liquéfier, allaient bientôt n'être qu'un amas d'ombres carbonisées, évoquant la fin d'un monde. En hâte, *elle* descendait le Grand Escalier Droit. De la bouche de la Méduse du bouclier, comme des 21 cordes d'une kora, s'échappait la mélodie sauvage de l'EMPREINTE.

Elle pataugeait en prenant appui sur des blocs de colonnes effondrées, et autour desquels l'eau bouillonnait. Accrochées à leurs parapluies jaunes, des silhouettes floues féminines se déplaçaient en tous sens. *Elle* sentait la Tour vibrer. Des morceaux de plafond tombaient. *Elle* se déplaçait entre les îlots de marbre, se protégeant la tête à l'aide de son bouclier. Le décor semblait fondre comme du carton-pâte. *Elle* arrêta une des silhouettes féminines floues, et lui cria par-dessus le bruit assourdissant de la pluie d'or :
— Mais que se passe-t-il ?

— C'est la fin ! Ce qui doit mourir doit mourir ! Vous allez choper la crève à rester comme ça !
— J'ai oublié mon parapluie...
— Ô mais l'eau glisse sur vous comme si vous étiez une femme de pierre...

Elle plissait les yeux pour distinguer au mieux la silhouette disparaissant dans le rideau de pluie d'or. Dans ce flou aquatique qui l'enveloppait, *elle* devinait les colonnes en train de s'effondrer en grondant. Aux murs des contre-allées, les portraits de Movie Stars paraissaient se dissoudre. *Elle* se dirigea vers la contre-allée située sur sa gauche (en étant face à la scène). À mesure qu'*elle* approchait, les portraits lui devenaient de plus en plus nets. L'eau fouaillait avec violence les Movie Stars, lesquelles se décomposaient en une substance noire, de consistance visqueuse et d'une odeur pestilentielle de cadavre. *Elle*, le visage trempé, regardait le portait de la *Divine* qui lui faisait face. Une image tronçonnée. C'était la guillotine qui avait inventé le gros plan. Le reste du corps était hors-champ : exclu à jamais. Le hors-champ n'existant pas, l'Image créait une Zone Invisible en laquelle s'engouffrait l'imaginaire du regardant. L'illusion du cinématographe et des Icônes résidait peut-être en cette Zone Invisible, où l'on était en situation de se raconter des histoires, de fabriquer du *muthos* à l'infini, parce que la condition humaine ne pouvait tenir debout que sur un socle idéologique de gloses et de saynètes perpétuellement renouvelées.

La matière organique noire s'échappait des côtés tranchants des bords du cadre. La blondeur défiant l'entendement fondait au noir méphitique. La Movie Star était cette créature qui voulait plaire plutôt que jouir, qui ne s'appartenait pas et qui s'offrait à l'image comme trophée : un *must fuck* dont on imitait le portrait rien qu'en *le* regardant, parce que là était sa fonction sociale. Entre la

Movie Star et le regardant s'actualisaient pouvoir et soumission, séduction et distraction, afin de le divertir en le détournant de l'essentiel : être.

En suivant le mouvement de l'eau, qui lui arrivait aux genoux, *elle* longeait le mur sur lequel les *Divines* s'épanchaient en de pathétiques gargouillis. Mais, au bout de l'allée, la porte était obstruée par un amoncellement de gravats. De même de l'autre côté, où une partie du plafond s'était effondrée. Dans la salle, parmi des morceaux de colonnes, sous la pluie d'or battante, flottaient des cirés noirs tout étincelants d'écarlate ; des collants jaunes tout boursouflés d'eau ; des parapluies jaunes renversés se balançant sous les remous...

Écoutant sa voix intérieure, *elle* enfonça sa main dans la chair d'une *Divine*, matière organique noire, gluante et épaisse, avec laquelle *elle* dessina une porte noire qui n'existait pas... l'ouvrit... en franchit le seuil... et s'engagea vers le labyrinthe, orienté EST. Derrière *elle*, la porte noire qui n'existait pas se referma, lui interdisant tout retour en arrière.

Dans toute sa magnificence, *elle* surplombait le labyrinthe. Celui-ci s'étendait à perte de vue, au-delà d'un horizon azur, moucheté de gris et de noir, qui se diluait dans l'écarlate de la Terre. Face à ce méandre de circonvolutions, *elle* était tout ce qu'*elle* contemplait, et rien d'autre. Mais cette conscience, *elle* ne pouvait l'embrasser dans sa totalité. Seul l'éclair pouvait lui permettre de saisir toute la conscience en laquelle *elle* était et qu'*elle* était, et ainsi de choisir de s'engager sur un chemin. Dans ce parcours de vie toujours recommencé dans l'orage de la conscience, chaque éclair libérerait de la Persona un peu de soi, jusqu'au soi intime, instinctuel – la conscience libre et infinie – et qui hurlerait, dans cette totale et insoutenable nudité : JE SUIS !

En un éclair, tout le labyrinthe surgissait à la conscience… moment opportun où *elle* s'élança, le bouclier de la Méduse plaqué contre son petit ventre rond. *Elle* descendit un escalier en pierre ruisselant d'eau, puis s'engouffra dans un chemin… Derrière *elle*, dans la Tour en feu, des sirènes hurlaient. Les flammes ne se reflétaient pas sur la pierre tombale sise au pied de la Tour, dalle noire – métaphore sauvage de ce livre – sur laquelle était gravé en lettres d'or :

PIERRE APORIA
Écrivain médicinal
« Créer *sa* vie *dans* la vie »

Elle s'avançait à grands pas. Plus *elle* s'enfonçait dans le labyrinthe, plus *elle* retrouvait le regard latéral de ses ancêtres préhistoriques. Ainsi, tout en regardant droit devant, *elle* voyait sur sa gauche et sur sa droite. À gauche, des collines sensuelles se dressaient au-dessus des murs de briques Terre de Sienne du labyrinthe. Des Phuances se roulaient dans la terre humide. D'autres la nourrissaient de leurs excrétions. Et certaines s'enfonçaient dans cette terre jusqu'à y disparaître. Plus loin, sur la droite, d'un champ de coquelicots s'élevaient des femmes nues crucifiées sur la croix de la psychopathologie de la socioculture. Un éclair zébra le ciel crépusculaire, et *elle* changea de chemin. À sa gauche, sur un versant de colline aux herbes folles colorées, des femmes de toutes tailles, de toutes formes et de toutes couleurs de peau couraient avec les loups. Les murs de briques Terre de Sienne défilaient très vite de chaque côté d'*elle*, masquant, selon leur hauteur, les collines alentour. Du sol en terre battue noire s'exhalait une odeur crue. À gauche, la hauteur du mur diminuant, *elle* voyait les femmes et les loups jouer au pied d'un gigantesque squelette de femme aux os blanchis. Puis, comme apeurés, ils s'enfuirent tous très vite... jusqu'à se dissoudre dans le paysage minéral. Soudain, une vive lueur blanche jaillit de la cage thoracique, créant une irradiation éblouissante qui se propagea sur toute la longueur du squelette, le dévorant et le consumant en passant du blanc cosmique au rouge sang, sphère de feu de laquelle une aspersion d'ossements incandescents s'élevait dans les airs pour retomber ensuite sur le labyrinthe, telle une pluie de flèches en flammes. *Elle* se faufilait au travers de cette averse de feu en suivant son instinct. Les flèches passaient auprès d'*elle* avec un sifflement aigu et une puissance du trait qui pouvait leur faire traverser de part en part le sol et les murs, mais aussi son corps, risquant d'y provoquer des dégâts comparables à ceux des rayons cosmiques (par exemple, bâillonner le minuscule chromosome Y – d'aucuns prédisent son extinction prochaine, alors !). Les flèches allaient toutes vers le même endroit, traversant toutes les choses comme si celles-ci étaient des spectres. Cela serait absurde de se faire tuer par une flèche du Temps – car ces os de femme étaient les flèches du Temps, la mort la vie, le devenir, cet instant éternel où Passé Présent Futur sont une seule et même chose. *Elle* essayait de surmonter sa peur de mourir. Ou bien était-*elle* déjà morte ? *Elle* courait très vite, s'engouffrant dans les étroits passages du labyrinthe. Son corps féminin, cet instrument de la connaissance, la poussait à prendre la direction des flèches... Ce qu'*elle* fit... Et l'averse cessa... Puis, dans un grondement assourdissant, la Tour en feu s'effondra sur elle-même, soulevant un énorme nuage rouge sang qui s'engouffra dans le labyrinthe. Immobilisée de stupeur, *elle* voyait rouler en sa direction le nuage, qui, très vite, l'enveloppa. *Elle* ne voyait plus.

Étouffement. Désorientation. Peur. *Elle* paniquait. Le nuage rouge sang, qui lui collait au corps, était comme tapissé d'un entrelacs monstrueux de veines sombres.

« Ferme les yeux et écoute ! » lui disait Pensée Sauvage au creux de l'oreille. Le bouclier de la Méduse tendu à bout de bras, *elle* avançait très lentement, les yeux grands fermés, se guidant au son de la mer qui résonnait dans le lointain d'un Temps présent à venir. Le chemin aveugle serait encore long. Très long. Mais les yeux de la Méduse avaient une totale préhension du Tout.

Elle sent qu'*elle* vient de traverser la brume rouge. La tête inclinée côté cœur, *elle* ouvre les yeux. La boule de feu dans le ciel l'éblouit. De son bouclier, *elle* se protège le visage. Dans la terre détritique noire des empreintes de pieds nus : celles d'une femme et d'un enfant. Peu à peu, dans la lumière blanche, apparaît un paysage minéral et aquatique. Oser traverser la *zone* qui sépare la Forme Intelligible et l'étant. Oser. Les chaussures en forme de poisson s'enfoncent dans les traces de pas. *Elle* avance dans une chaleur terrible vers toutes les choses non pensées : le monde instinctuel. Des plaintes lancinantes remontent du ventre de la Terre. Le vent hurle abominablement. L'air vibre comme des cordes qui pleurent. Dans les rais de lumière flotte une infinité d'atomes. Allant et venant éternellement les uns vers les autres par le faire-violence de la Jouissance Féminine, ils s'effleurent, se heurtent, se touchent, se font rebondir, se dissocient, s'associent, s'entrechoquent, s'entrelacent, se produisent et se recombinent à l'infini.

Dans le prolongement des traces de pas, une femme et un Bébé sont assis dans le sable, qui a la couleur de la boue créatrice de la psyché. Ils contemplent l'étang chimérique, immense étendue d'eau d'un blanc sauvage qui brasille. Éblouie par l'iridium de l'eau, *elle* détourne son regard un peu plus loin, et aperçoit les silhouettes fantômes de deux créatures nues, opulentes et graciles, ramassant des algues. Chacun des corps est orné de fines branches feuillues, remontant le long des jambes pour s'enrouler autour du torse jusqu'au visage, où les feuilles vertes s'épanouissent comme un masque végétal orné d'une bouche charnue coquelicot et de grands yeux noirs démesurément ouverts. Couvertes d'algues, les seins tout ronds empreints d'amples ondulations, les deux créatures chaloupent vers l'étang chimérique. Leurs corps obstinés entrent dans l'eau chargée d'écume. En nageant sur le côté, très vite, les deux créatures, déesses du

Jouir, s'enfoncent vers un horizon indépassable tout étincelant.

Elle s'est extraite de la robe "Cible" en la déchirant de l'encolure jusqu'à la taille. Nue, *elle* regarde la robe "Cible" repoussée par le vent chaud et sec vers le monde intelligible, par-delà la brume rouge sang de la socioculture, qui s'éloigne irrémédiablement.

Au creux de son oreille, *elle* entend Pensée Sauvage lui murmurer : « Lorsque tu n'auras plus peur de la nature immense qui se balance sur la "bête à deux dos", tu pourras dire : je suis ! »

Vivre le monde sauvage en étant à l'intérieur et non à l'extérieur. Accepter son principe ineffable. Aller à la rencontre de ce principe : le soi instinctuel.

De la main gauche, *elle* dégage sa tempe droite d'une longue boucle de cheveux blonds qu'*elle* glisse derrière l'oreille. *Elle* pose sur sa tempe le canon formé par l'index et le majeur de sa main droite figurant un revolver. *Elle* arme le chien en repliant le pouce. Puis, *elle* appuie sur la gâchette qui n'existe pas. La détonation gronde comme un orage de conscience. Et la belle tête vole en éclats, avec toute sa représentation cognitive du corps et du monde… D'entre les lèvres turgides de sa vulve jaillit une fontaine pure et transparente, puissantes aspersions saccadées qui irriguent généreusement le sable, lequel a la couleur de la boue créatrice de la psyché… De la bouche de la Méduse, bellement sauvage, s'exhale un bouquet de fragrances crues… Autour de la Méduse, pêle-mêle sur le sable ensanglanté et trempé, des morceaux de corps… Peu à peu, sous l'action d'une énergie chtonienne et solaire, les membres épars viennent s'unir autour du visage de la Méduse aux yeux d'un éclat numineux. Et cette union constitue la *matière* d'un homme entier, mélange à la fois de feu et d'humidité, de Haine et d'Amour.

Sol'Ange, Pierre et le Bébé, tous les trois dans le monde instinctuel, la conscience toujours en éveille, ne considérant que l'instant même, contemplent l'étang chimérique. Dans les yeux azur férocement doux de Sol'Ange, danse le désir d'être couverte de toute la sauvagerie de Pierre. Des corps en sueur monte l'odeur terreuse et végétale de l'âme. Un crachat blanc luit au bord des lèvres charnues de Sol'Ange.

Pierre pose sa main, sculptée de Haine et d'Amour, sur le ventre couvert de vergetures de Sol'Ange. Une goutte de sueur étincelle près du nombril, cicatrice de l'origine féminine du monde. Sous la paume de sa main, Pierre sent l'ovulation qui perpétue en son sein l'*en puissance* du chaosmos, lequel est Jouissance Féminine tout entière tournée vers une *sauvage patience* qui voit les choses telles qu'elles sont.

L'ouïe fine de Sol'Ange perçoit dans la sylve humide et obscure les espèces sexuées et non sexuées se livrer à un combat sans merci pour perpétuer leurs gènes. La seule raison d'être est d'être. Tout est vivant.

Échappés de la pensée, libres des couples de contraires, bercés de raison raisonnante, Sol'Ange et Pierre se regardent de front. De leurs bouches coquelicot s'exhale une bruyante haleine à l'odeur entêtante. Sol'Ange crache dans ses mains, longues et fines. Puis elle étale toute la salive spumescente sur le corps noir de Pierre. Celui-ci s'enivre de l'effluve de la salive qui a le goût du sauvage.

Penché au-dessus du ventre de Sol'Ange, Pierre laisse s'écouler de sa bouche de longs filets de salive. De ses mains sculptées de Haine et d'Amour, il en frictionne tout le corps noir de Sol'Ange. Sur le front d'icelle, deux veines en saillie contournent chaque muscle occipito-frontal, évoquant la forme d'un V.

Sol'Ange et Pierre enduisent de leurs salives la beauté sauvage du corps noir du Bébé. Celui-ci joue aux dés avec de petits cailloux. Des poissons argentés sautent hors de l'eau de l'étang chimérique, d'où se dégage la puissante odeur crue de la vie la mort au travail.

Férocement douce, l'œil flamboyant d'éclats azur, Sol'Ange empaume d'une main sauvage, *lourde et lente*, la verge de Pierre, éclatante de vie – le bien-être le mal-être, rien d'autre. Des veines anilines dessinent sur le velours de la peau noire du sexe des motifs variés, comme ceux des végétaux qui constituent, du côté du levant, la sylve, forêt dense et humide où le vivant côtoie la mort sous l'égide dionysiaque du sexe.

Au-dessus de la sylve, le Soleil de la vérité brille d'un vif éclat, brûlure de la vérité crue qui danse dans les yeux de feu des amants sauvages.

De la bouche en O de Sol'Ange s'échappe cette *alêthéïa* qui est l'au-delà d'avant le chaosmos, au-delà qui trouve son image dans la *matière*. Dans le silence minéral du Jouir, Sol'Ange esquisse un geste dans l'éternel présent, lequel, œuvre inachevée bellement *pánta kineîtai, pánta rheî* et *pánta khōreî*, n'a rien à ajouter

Chute finale du rideau rouge sang

SOURCES

BIBLIOGRAPHIE

Samuel BECKETT « EN ATTENDANT GODOT » Les Éditions de Minuit 1999
Michel CIMENT « KUBRICK » Éditions Calmann-Lévy 1980 et définitive 1999
Hélène CIXOUS « LE RIRE DE LA MÉDUSE » Éditions Galilée 2010
Collectif « Homme, Femme… Les Lois du Genre » Hors-série Le Point 2013
Collectif « L'Obscène » Revue Traverses N° 29
Régis DEBRAY « VIE ET MORT DE L'IMAGE » Éditions Gallimard 1993
DÉMOCRITE Fragments GF 1964

Jean-Paul DUMONT « LES ÉCOLES PRÉSOCRATIQUES » Folio Essais 1998
EMPÉDOCLE D'AGRIGENTE « DE LA NATURE » fragments GF 1964
Federico FELLINI et Bernardino ZAPPONI « LA CITÉ DES FEMMES » Ed Albatros 1980
Yves FERROUX « SECRET DE FEMMES » Éditions Emis-Empc 1994
Elsa FAYNER « VIOLENCES, FÉMININ PLURIEL » Librio 2006
Jean GENET « JOURNAL DU VOLEUR » Édition Gallimard (folio) 1998
Olympe de GOUGES « PRÉFACE POUR LES DAMES OU LE PORTRAIT DES FEMMES » 1791
Benoîte GROULT « AINSI SOIT OLYMPE de GOUGES » Éditions Grasset 2013
HÉRACLITE Fragments (traduction et présentation Jean-François Pradeau) GF 2002
HÉRACLITE Fragments (Texte établi, traduit, commenté par Marcel Conche) PUF 2001
Sylvia KRISTEL « NUE » Éditions Le Cherche Midi 2006
Vladimir NABOKOV « INVITATION AU SUPPLICE » Éditions Gallimard (folio) 1980
Vladimir NABOKOV « LOLITA » Éditions Gallimard (folio) 1976
PARMÉNIDE « SUR LA NATURE OU SUR L'ÉTANT – LA LANGUE DE L'ÊTRE ? » (Présenté, traduit et commenté par Barbara CASSIN) Éditions Points Essais 1998
Clarissa PINKOLA ESTÉS « FEMMES QUI COURENT AVEC LES LOUPS » Éditions Le Livre de Poche 2003
Olivier POSTEL-VINAY « LA REVANCHE DU CHROMOSOME X » Éditions JC Lattès 2007

Jacques SALOMÉ « L'EFFET SOURCE » (témoignage de Carine) Édition de l'Homme 2012
Susan SONTAG « SUR LA PHOTOGRAPHIE » Christian Bourgois Éditeur 2000

SÉMINAIRES

Collège International de Philosophie :
Paul AUDI : « Éthique et esthétique : points de croisement » (Atelier Wittgenstein - Élisabeth RIGAL) (Année 2013-2014)
Jean LEVÊQUE et Jean-Philippe MILET : « Des ratures de l'origine à l'écriture des intervalles » (Année 2011-2012)
Thierry MARIN : « Pour un communisme végétal » (Années 2011-2012 /2012-2013)
Marie-José MONDZAIN (CNRS) : « Eikôn et image : une zone à l'écart » (L'Antiquité, Territoire des Écarts, Florence DUPONT) (Année 2011-2012)
Bruno PINCHARD (Université Lyon III) : « Le Convivio *de Dante ou la féminité de l'Intellect* » (Atelier Néo-Platonicien - Année 2012-2013)

DISCOGRAPHIE

LUCIANO BERIO : « EINDRÜCKE »
GYÖRGY LIGETY : « L'ESCALIER DU DIABLE » Presto legato ma leggiero (étude pour piano 1993)
« REQUIEM FOR SOPRANO, MEZZO SOPRANO, TWO MIXED CHOIRS AND ORCHESTRA »
KRZYSZTOF PENDERECKI : « THE DREAM OF JACOB »
IGOR STRAVINSKY : « L'OISEAU DE FEU »
IANNIS XENAKIS : « EONTA »

Ray Noble and his Orchestra, Al Bowlly vocal - Midnight, the stars and you - 1934
Henry Hall and His Gleneagles Hotel Band, Maurice Elwin vocal - Home - 1932

CINÉMATOGRAPHIE

« 2001: A SPACE ODYSSEY » Stanley KUBRICK, 1968
« SHINING » Stanley KUBRICK, 1980
« LA CITTÀ DELLE DONNE » Federico FELLINI, 1979
« MON ONCLE D'AMÉRIQUE » Alain RESNAIS, 1980

SCULPTURE

« Bouclier avec le visage de Méduse » Arnold BÖCKLIN, 1897 – Relief en papier mâché peint, ø 61 cm, musée d'Orsay, Paris, France.

DOCUMENTAIRES

« NOS SEINS, NOS ARMES » Un film de Nadia EL FANI et Caroline FOUREST, Milaya Production, 2013
« Féminisme Radical, FEMEN, Les Francs-Tireurs » Télévision Québécoise, 2014
« Femmes Libres » Radio Libertaire
Professeur Henri LABORIT   Entretiens Radio Libertaire

ARCHIVES

NASA (site internet)
France Culture (site internet)
Radio Libertaire (site internet)
Youtube (site internet)
FEMEN (site internet)

Les Antigones (site internet)
La Télé de Lilou (site internet)

DU MÊME AUTEUR

Aux Éditions Books on Demand

LES FEMMES, LE SEXE, LE NON-ÊTRE ET LA FUITE DU MONDE (Nouvelle édition révisée).
À QUIA.
LA CHAMBRE DU JOUIR (À paraître).

Version définitive revue et corrigée par l'auteur.
Tous droits de traduction, de reproduction et d'adaptation réservés pour tous les pays.
© Pierre ALCOPA, 2017.
Éditeur : BoD-Books On Demand,
12/14 rond-point des Champs Élysées
75008 Paris, France.

Impression : BoD-Books On Demand
Norderstedt, Allemagne
ISBN : 978-2-322-09992-4
Dépôt légal : novembre 2017